普 天 之 下 ・ 盡 是 好 書

普天 出版家族 Popular Press Family

凌雲 A-Plus Creative Company 文創

《鬼打牆》續寫作者
北嶺鬼盜 著

和《鬼打牆》一樣驚悚玄奇的盜墓探險小說

鬼畫符

A Novel of Terrible Ghosting

黑船魘屍/七星棺場

全集

一個年輕的紅衛兵，意外地在一場武鬥中，接觸到屬於另一個世界的恐怖。
二十年後，一個奇異金絲楠木衣櫃的出現，重新誘發當年種下的禍根，為了不讓命運被主宰，他決定進行抵抗，扭轉一切。而唯一的生路[redacted]藏在茫茫大海中，[illegible]
接受鬼鏡謎蹤的指引，來到陌生世界，七星銅人、黑船妖棺，是揮之不去的夢魘，也在冥冥中指點出一條詭異人生路。
行到終點，等待的，將會是什麼樣的結局？要想解開死亡宿命，唯有深入地回溯歷史，找出不為人知的真相！

【出版序】

和《鬼打牆》一樣驚悚玄奇的探險小說

《鬼畫符》懸念重重、步步驚魂，情節曲折離奇、驚悚詭異又精采有趣，同時還將諸多奇風異俗和鄉野傳說融入其中。

茫茫大海中，洶湧波濤下，究竟隱藏了多少說不清道不明的秘密？巡山北嶺使，鬼盜七星屍，冥冥之中指引著一條怎樣的人生詭路？入荒村、下怒海，力戰妖屍黑船，遊走七星棺場，這是一場驚心動魄的宿命冒險，更一場無底深淵的生死搏殺！驚險駭人的海底探墓之旅，將遭遇何等不可思議的怪物？又會有怎樣出人意表的結局？

《鬼畫符》是北嶺鬼盜寫作時間最長、耗費精力最多，同時也是自認為最好的故事，書中既有環環相扣的謎題，更有不斷引出的懸念和緊張刺激的情節，勇闖海底詭墓也開啓了探險小說另一番不同視野。

一九六〇年代，中國大陸文革時期，一個年輕的紅衛兵，意外地在一場武鬥中落入陷阱，接觸到屬於另一個世界的恐怖。

因緣際會，二十年後，一個奇異金絲楠木衣櫃的出現，重新誘發當年種下的禍根，鬼影與怪事層出不窮，甚至危及性命。

爲了不讓命運被主宰，他決定進行抵抗，扭轉一切。而唯一的生路，就深藏在茫茫大海中，洶湧波濤下。

接受鬼鏡謎蹤的指引，來到陌生的海底墓葬世界。千年前消失在東海中的王國，留下駭人的壯麗王陵遺跡。決定放手一搏的他，必須克服一個又一個難關，冒險走到地宮的最深處。

盜墓前輩們代代相傳的驚人傳說，究竟是眞是假？行到終點，等待他的，又將會是怎樣出人意表的結局？

作爲一個老辣、經驗豐富的文字創作者，也是盜墓風潮的第一波代表作家之一，北嶺鬼盜的說故事本領自然是不容置疑，早有保證的。不論是原創的《龍樓妖窟》、《深

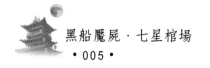

淵空屋》，或是為天下霸唱續寫的《鬼打牆》，都是明證。《盜墓筆記》作者南派三叔也相當欣賞他的作品，曾多次推薦。

翻開新作《鬼畫符》，不難驚喜地發現，北嶺鬼盜所有擅長的元素，都在這一部作品中得到更完全、更成熟的融合與發揮。

開篇的月夜老宅院探險，詭異陰森，卻又生動寫實，一下子就抓住了閱讀目光，挑起一窺究竟的心理，不捨得再將書放下。

懸念重重、步步驚魂，情節曲折離奇、驚悚詭異又精采有趣，同時還將諸多奇風異俗和鄉野傳說融入其中。

這是一個好看的故事，情節轉折出人意表，使人深受吸引。

這更不止是一個好看的故事，結局清晰完整，值得回味再三。

如果你喜歡《盜墓筆記》、《鬼打牆》，就絕對不能錯過《鬼畫符》！

卷二 淘沙令

第12章 鬼鏡之賊／137
猛然驚醒，睜開眼就看到窗戶外邊的路燈光。我覺得不對頭，正想起身去把窗簾拉上，就發現屋子裡有人，在腳頭那邊站著，悄無聲息。

第13章 撞邪／147
窗戶外頭的玻璃上映出一張人臉，面無表情。這人要是不認識還好說，偏偏我認識，五官絲毫沒變，正是當年給壓在磚墓裡頭的李衛東！

第14章 秘瓷海域／157
努力回想腦海裡那些瓷器的掌故，我突然倒吸一口冷氣。胎薄體輕，釉色碧翠，厚薄均勻，如冰似玉。這是唐末五代時期越窯的秘色瓷！

第15章 進村／167
我和魏胖低頭揉起酸麻的小腿肚子，驢車很快就沒影了，卻聽到不遠處那漢子的聲音還在喊：「這地兒不是你們來的，走晚了小命都保不住！」

卷四 前往東海

卷五 水下異變

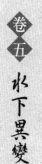

第24章 葬於雲端／263
魏胖脫口而出的一句話啟發了我：「金中之鋼，那不就是金剛石嗎？鑽石啊！哥們兒這次真的要發達了！」我一愣，不錯，真有可能是鑽石呢！

第25章 準備再下潛／271
轉身準備回船艙叫醒其他人，忽然聽見「撲通」一聲，似乎有人落水。跑到發出聲響的地方，只有阿健一個人神色慌張地站在那兒，水面上什麼都沒有。

卷六 地宮

第26章 人檻外的力士／283
魏胖的漁網竟然彈開一邊，緊跟著，一個高大的黑影向我們撲來。這下大夥慌了，手裡的長短刀、魚槍、魚叉，全都亮出來，對準了那黑影。

第27章 金箍板後的世界／295
其他的乾屍人釘都是身無寸縷，這個卻英武彪悍，蹲在水底的地板上，頭戴一頂紫金道冠，上身穿黑紅條紋的織錦短袍，極像古代道士的短裝打扮。

卷七 十八層地獄

卷八 銅人的力量

第36章 七星棺場／389
我被嚇得魂飛魄散，使出了吃奶的力氣拚命掙扎。抬起頭，忽然看到金屍的脖子中掛了個小小的墜飾，模樣非常眼熟，和七星銅人很相似。

第37章 平衡／399
真是屋漏偏逢連夜雨！棺材板竟然喀嚓一下斷掉，順著裂縫就掉了下去。剛衝到正中間的我頓時愣住，緊接著便順著地板搖晃起來，穩不住平衡。

第38章 被封存的往事／409
那老猴眨巴著眼睛，有點聽懂了老嚴的意思，一手摳住青銅柱，一手使勁往頭頂的黑暗中指，嘴裡吱吱呀呀的叫個不停，意思是說上面可以出去。

第39章 天譴／417
紫色的樹狀閃電劈在了青銅柱子上，白胖的屍首化為飛灰。屍體腹中果然真有一塊巨大的紅色寶石，但隨即也被劈成無數顆粒，漫空飄灑。

第40章 月明星稀／427
此人點點頭，默不作聲地轉過身就走。他轉身的一剎那，我的酒卻瞬間就醒了。他背後竟然蹲著一隻老猴，黑乎乎的，看起來非常眼熟。

卷一

井下

一股潮氣撲面而來，手電筒一照，裡頭並不大，一張大床半埋於地下，上頭搭著絮狀的東西，像是棉被，疙疙瘩瘩的不太平整，似乎蒙的有東西。

第1章

夜深沉

這人腿上只穿了條寬大的褲子，
上頭是一件很寬鬆的黑色衣服。
再往上看，就是一張腫脹的臉，
歪著頭，脖子被一根繩索緊緊地扣著。
是個吊死的人！

一九六七年，中國大陸，北京郊區。

十年浩劫的狼煙初起，四濺的鮮血開始飛向無數角落。

身在這個年代中，我是一名年輕的紅衛兵。

本來以為，自己的日子只會在日復一日的瘋狂中度過，與其他紅衛兵沒有差別。想不到一場意外降臨的武鬥，卻改變了一切。我的命運就此被徹底扭轉，遇上本不該接觸的東西。

事後我才得知，那東西，原來是屬於陌生世界的恐怖禍根……

一九六七年七月，悶熱夏夜。北京郊區的一個鄉下農村。

天上無星無月，更沒有一絲風，喧囂的蟬聲蛙鳴一概消失，陰森得讓人心悸。

老式的四合院建築幽深曲折，月亮早就躲進了烏雲裡，四周黑糊糊的什麼也看不見，我和魏國只好把兩隻眼睛瞪得溜圓，躡手躡腳地跟著表弟，生怕走迷了路。

漆黑中，忽然有手電筒的光柱閃亮，剛閃了一下就被緊張地捂住，剩下手指縫裡一片通紅顏色。

死一般的寂靜，只有輕輕的呼吸聲，很壓抑。

手電筒是走在前面的表弟打開的，他停住腳步，輕聲嘀咕：「你們有沒有聞著什麼味道？好像誰踩著了臭狗屎，怎麼突然就這麼臭？」

確實有股味道。用手捂住手電筒，照了照我們三個的腳底板，啥都沒有，但是臭味越來越濃，臭得我一股股胃酸使勁往上翻，皺著鼻子一個勁兒地想吐。

低頭又走了幾步，身邊呼的一聲，有個東西竄了過去。抬頭一看，表弟的人影突然不見了。

我一陣恐慌，拽著魏國的手緊了緊，停住腳步，結結巴巴地小聲叫道：「表弟——表弟——」

沒人應聲。我有點慌，魏國也是很緊張，正想撒丫子往回跑，本來一片漆黑的四合院裡，卻猛然亮堂起來。

原來是月亮從烏雲中鑽了出來，清冷的月光，把地面照得慘白慘白。

我回頭看魏國，這小子整天吹牛說自己膽大，現在倒是可以瞧瞧他有多膽大。沒想到一扭頭，就看見地上自己的影子頭頂上方，突兀地出現另一雙腳的影子，嚇得我渾身一個激靈。

魏國面色煞白，結結巴巴地說不出話來，只是用手指著前頭，讓我轉身去看。

我僵硬著脖子，慢慢擰過身子……

媽呀！額頭上方，竟耷拉著一雙沒穿鞋的僵硬腳丫子，皮肉白慘慘的，跟泡過水一樣。我只要再往前走一步，就要撞上這雙腳丫子，看高度，剛好能擱在頭頂上。

我已經嚇得完全不敢動了，順著腳丫子往上看，看到這人腿上只穿了條寬大的褲子，黑布褲腳耷拉到腳踝處，上頭是一件很寬鬆的黑色衣服，對襟也很寬鬆。再往上看，就是一張腫脹的臉，歪著頭，脖子被一根繩索緊緊地扣著。

是個吊死的人！

四合院牆外有棵大樹，一根粗大的樹幹伸進來，這人就吊死在樹枝上，僵硬的雙腿一盪一盪。

我和魏國被嚇得不輕，好端端的，怎麼會有具死屍吊在樹枝上？白天可是沒有的。我敢肯定，絕對沒有！

表弟他人呢？剛才呼的一聲，竄過去個什麼東西？

魏國扯住我，哆哆嗦嗦地說：「快走，咱們撤！頂不住了，他娘的有死人啊！」我耳語一樣儘量壓低嗓門說道：「你聽，前頭有人過來的動靜！別……別急，咱們再等下表弟，說不定他自己跑去拿手槍了。」

我們靠牆蹲下身子，警惕地看著前邊，周圍連知了叫都沒有，靜得可怕。

這個大四合院，解放前是非常有名的地主家，解放後房子被沒收，分給了莊上的貧農合住。去年文革興起，到處都忙著破四舊，這個大宅也沒能倖免，被砸了個稀巴爛。

不過，表弟讓我們睡的西廂房還算完整，除了不少地方和北屋後院打通之外，遭受過的破壞大部分又都修復了。

後院有一排格子間，東頭住了幾個人，西頭有兩間房子，但面積太小，沒法住人，只用來堆雜物，表弟說，他就把手槍藏在裡頭，平常根本沒人會去，放在那兒很安全。

來了！來了！前邊傳來窸窸窣窣的聲音，我和魏國立刻感覺到，有個人在慢慢向我們靠近。

這人走近了許多，藉著月光，我看到他勾著頭、彎著腰、兩手蜷在胸口，走得很慢。他沒有發現頭頂上的屍體在晃悠，卻覺察出一絲異樣，於是停在那死屍的腳丫子下頭，左看右看地四下張望。

魏國要開口說話，我使勁掐了他一下，示意別出聲。我心裡害怕得很，這個人影明顯比表弟還要乾枯瘦小，而且還有股子很臭的味道，和剛才聞到那極其反胃的臭味一樣刺鼻。

黑影站那兒不動，終於抬頭往上看了看，發現了那具死屍，卻沒驚慌，反倒用鼻子趴上去聞了聞，接著就動手往下拽屍體。

我嚇了一跳，這是個什麼玩意兒？

想起魏國打架一直很厲害，此刻還有我幫手，抓獲一個現行反革命定是易如反掌，於是掐掐那小子的胖手，示意他服從命令聽指揮，準備行動。

看那黑影還在往下扯屍體的腳脖子，我躡手躡腳地走過去，輕輕在那人肩膀上一拍，壓著嗓門道：「幹什麼的？別動！老實交代你哪部份的……」

話沒說完，人就渾身一哆嗦地愣住了，因為被我拍了肩膀的這位仁兄生硬地一扭頭，讓我把那張臉看了個明明白白，頓時便嚇得魂不附體。

這他娘根本不是個活人的臉！頭頂光光的，沒有一根頭髮，還黑黝黝的發亮，眼窩子周圍黑了一大圈，乾癟地往裡陷著，鼻子上都是黏液，往下滴到嘴裡，而那本來是嘴的地方，卻沒了上下嘴唇，只剩下為數不多的幾顆牙露在外邊，參差不齊，臉上沒有一絲表情。

我的手拍著這人肩膀，軟綿綿地拿不回來，感覺如摁著了一根融化的冰棍，涼到透骨，還似乎黏糊糊的，黏住了手。

短短的一秒鐘，竟像是漫長的十分鐘。

不遠處突然再次傳來急促的腳步聲，就這麼一剎那，這個半人半鬼的東西便迅速甩開了我的手，消失在黑暗中。

我和魏國已經在暈過去的邊緣，勉強看到一個身影越來越近，幾乎是踮著腳尖在狹窄的走道裡飛奔，隨後砰的一聲撞上了吊在樹枝上的死人腳，立刻仰面朝天地重重摔在地上。

回過神來的魏國，忙舉起一塊大石頭，瞄準了就要往下砸。我卻聽得清楚，急忙攔阻。躺在地上那被摔得七葷八素、不知道東西南北還哼哼唧唧的人，正是剛才不見人影的表弟。

魏國放下石頭，我則把表弟從地上拉起來。

這小子渾身汗津津的，又濕又滑，居然是嚇出了一身冷汗，心有餘悸地說道：「我看你們走得慢，那藏槍的地方又不遠，就想不如自己去拿回來，省得人多鬧出啥聲響。沒想到剛摸到那個藏著手槍的破包，就看見小屋門口有個東西瞪著一雙紅眼……周圍太黑了，還有一股子漚爛的大糞味道。我給嚇壞了，一動不敢動，那東西卻好似受了驚，扭頭就朝你們這邊跑過來，我還沒起身，看見又一個人影跟在後邊竄過去。我他媽的腿肚子直打哆嗦，走不動路，這還沒跑到地方就撞到了什麼……到底是什麼撞了我……我的媽呀！」

他說著抬起頭，正好和吊著的那具死屍看了個對眼，頓時眞暈了過去。

我和魏國不約而同的汗毛一炸，我們不但看見了人影，我還拍了人家一下，但不像表弟說的有兩個啊！難道還有一個躲在暗處？

「這事有點出邪，咱背起表弟，得趕緊撤！」我耐住性子聽完，立馬覺得此地不可久留。

然而，就在急惶惶地要撤回西廂房時，一隻冰涼的手忽然從斜刺裡伸過來，捏住我的脖子，登時攥得我直咳嗽，伸手蹬腿地掙扎。背後接著一陣刺痛，像被幾百根鋼針扎進去，血往腦子一衝，立刻天旋地轉。

魏國在我旁邊，不知道哪裡來的勇氣，一個勾拳砸過去。只聽噗的一聲悶響，身後緊接著傳來一股大力，把我摁倒地上。

隨著陌生的嘶啞咆哮聲，又一個黑影飛撲向魏國，只一下就把他也壓倒在地。慌亂之中，我感覺眼前黑了黑，似乎有一張漁網兜頭罩下來，把那黑影給捆在網裡頭，跟著就一暈，啥也不知道了……

睜開兩眼，我發現自己躺在席子上。天還沒亮，只有點微光映在窗戶上，魏國和表弟正一左一右地在兩邊看著我。

脖子實在痛得要命，我忍不住哎喲了一聲。

一個乾瘦的老頭立刻撥開表弟，湊了過來，嘴裡說道：「小子還算命大！真搞不懂，你們三更半夜跑那兒幹啥？」

我糊糊塗塗地看魏國，只覺得他臉上黑漆漆的看不清楚，那老頭卻拿出把鋒利的小刀，突然朝我脖子的位置切。

我猛一激靈，大叫：「你！你！老頭，你幹啥？魏國，你他媽臆怔個啥？還不快點動手攔住他！」

魏國一動不動地看著我，沒有動作。

雪亮鋒利的小刀在脖子上割了一下，我只感到金屬和皮膚接觸的沙沙聲，就沒了疼痛，老頭似乎在一刀一刀往外剜什麼東西。

等到老頭起身，我忍住痛捂著脖子坐起來，瞪著他不言語，不知道該說什麼。他也不在意，用手一指地上：「你娃自己看，看清楚點！」

扭頭看地上，一個黑糊糊的玩意兒被漁網緊緊包裹成弓形，纏得跟個粽子一樣，一動不動。

這是個什麼東西？我看不清楚，叫表弟拿過手電筒一照，立刻嚇得差點叫出來。

地上那黑糊糊的東西是個人，還是個死人，渾身赤裸，手長腳大，黑得跟煤灰一樣。再一看，那腦袋光溜溜的，竟然就是被我拍過肩膀那位！

天啊！難道我三更半夜拍了一具死屍的肩膀？這世界上真的有鬼，還掐住我脖子，用什麼東西扎了我？

糟糕！我脖子上的傷口，會不會染上了什麼要命的毒？

腦袋一嗡，我熱燥得渾身冒汗。

老頭看看窗外，說道：「時辰不早了，你們幾個城裡的娃子，不知道天高地厚，往後千萬不要再幹這樣的傻事了！」

我看看老頭，再看看魏國，突然福至心靈：「老神仙，你就發發慈悲，救救我吧！我和魏國可是一心一意緊跟革命步伐，從沒幹過壞事的好人啊！」

這老頭既然能逮住地上的東西，說不定就有救命的方法。我雖然是個堅定的無神論者，但親眼看到地上那死屍形狀，還有離奇出現在樹枝上的吊死鬼，信念很有點動搖，擔心碰上了惡鬼、殭屍之類的怪東西。

老頭齜牙一笑：「小娃別嚷，我是有救你們的辦法，就看你倆膽子怎樣了。」

我毫不遲疑地一拍胸口：「沒問題，我們啥都不怕！魏胖，你說是不？」

魏國點點頭，居然好像無法開口說話。我心一沉，擔心他是否也被地上駭人的死屍弄傷了。

老頭慢條斯理地又拿出那把小刀道：「我老實告訴你們，地上這東西就是貨眞價實的老殭屍，而且是個千年老屍！我已經在這個村子裡待了三天，就爲了找它的老窩，想不到今晚才逮住，也是它在劫難逃！」

他說著，在地上點起一根蠟燭，蹲下身子，用火苗反覆地烤那幽藍的刀刃。火光下，人顯得面色紅潤，慈眉善目的，挺像一個老教師。接著，他又開口慢慢說道：「這個村子的風水很惡，典型的萬佛養屍之地，卻埋了個突厥胡人。唉！上千年了還不安生！」

「你被殭屍的手攥住脖子，破了皮，我剛才用小刀放了血，那位小兄弟也沾上了屍氣。要徹底治好不容易，一要看你們的膽量，二還要看你們的運氣，是好是歹，走著瞧吧！來，仔細看著點！」

老頭說完，拿著烤得發紅的小刀，飛快捅進了地上那死屍的腦袋。畢剝一聲脆響，頭蓋骨被撬開，刀刃一翻，在裡頭劃拉了一下，一顆鴿子蛋大小的肉丸挑在了刀尖上，暗紅色的，滴著黏液。

他沉聲說道：「快！一人一半，吞了它！」

我嚇了一跳，魏國也是苦著臉不敢看。

這他娘什麼玩意兒？死人腦子有沒有毒啊？

看我們的反應，老頭急了：「你娃還要不要命啦？殭屍肉可以入藥，本草上都說了，算你們運氣，這老屍腦子裡有了肉丹。別不信我，要是不吃，絕對活不過今晚！」

看著他把刀尖伸過來，彷彿要把那滴著黏液的死人腦子塞進我嘴裡，我也急了，兩眼一黑，竟然又暈了過去。

第2章

尋槍

倉皇掉頭，卻窩了腳脖子，
還正好是昨夜踢到死屍那隻腳，
頓時痛得我齜牙咧嘴。
眼冒金星中蹲下身子揉腳脖，
卻意外發現地上似乎有個金屬小人。

再次悠悠醒轉，看看天，還是沒亮。

這他媽不是做夢吧？

我不由得舔舔舌頭，很怕剛才暈過去後，眞的吃下那死人的腦子。那老頭還在旁邊，看見我醒了，哈哈笑道：「就這破膽子，還啥都不怕呢！眞丟臉。」

我怒極，「有你這樣的？那可是死人腦子啊！你倒是自個試試看，吃死你個老東西！」

這時，卻聽到魏國的聲音：「好了，你就少說兩句吧！老神仙和我們開玩笑的。他後來把那個肉丸子切成薄片，給咱倆一人敷了一片在傷口上，這會我全好了，你呢？」

我摸摸脖子，嘿嘿！不疼了，皮膚平滑，連傷口也沒了。

老頭說道：「行了，我也不耽誤你們的革命工作，這就走了，不過你倆嘴巴嚴實點，說出去可是要被打成神棍反革命的，知道不？」

看他把那漁網連同殭屍都塞進個破口袋裡，扛起來要走，我趕緊攔住，「等等！等等！你要去哪兒？說說清楚啊！這到底是怎回事？萬一我和魏胖落下後遺症，上哪去找你呀？」

老頭無奈地放下破口袋，「也罷，還有個把鐘頭天才亮。不過，天亮前我一定要走，不然這屍體的老窩可要費工夫去找了。你們坐好，聽我簡單說一下……」

這老頭原來是一個淘沙夫子，名字好聽，其實就是解放前的盜墓賊。

北京這片地兒，一溜兒邊山七十二府，從古到今，可是埋了不少大墓，裡頭陪葬的寶貝數量之多，沒人確切統計過，但這些被帶入墳墓的寶藏，從被埋入開始，就成爲許多人覬覦的對象。

種種原因驅使著各類人群去盜墓，包括王侯、軍閥、官吏、土匪、平民百姓。歷史上出現過三次盜墓高峰期，分別是兩漢、宋末和清。

西漢時期，官方允許私人鑄錢，而鑄錢的原料就是銅。秦墓中許多陪葬品都是銅製品，包括青銅器物和兵器，因而成爲私鑄穩定、大量的原料來源。至於綠林、赤眉則又完全不同，那是帶有政治原因的盜墓行爲。

東漢時代，曹操首先設置「發丘中郎將」、「摸金校尉」兩大官職，專職掘墓，獲取軍餉。

如此到了清朝，更是誇張，不僅社會上的各個群體都在盜墓，許多歷史學者、考古學家，爲了儘速獲得失傳的寶貴文物，也加入到盜墓的行列中。

淘沙夫子的根源，在南宋末年大齊國皇帝劉豫那兒。此人效仿曹操，設置「河南淘沙官」、「汴京淘沙官」等官職，雖然名稱不同，但職責都是一樣的，就是盜取古墓以獲得財寶，在中原地區對宋室的兩京塚墓做了大規模破壞。後來金亡元興，淘沙官轉入地下活動，改稱淘沙夫子，漸漸式微。

老頭在這個鄉下蹲守了三天，是因爲去年這裡出土一件銅龍。

那龍頭向左斜，張口，頸部火焰珠裝飾，前腿直立，後腿曲踞，尾穿過後腿襠向上捲至腰部，軀幹有鱗片，前肢五爪，後肢三爪。由於是蹲坐的，也叫「坐龍」。他知道消息後，立刻意識到這乃是伏龍養屍，因爲伏龍是宅中之神，只流行於唐宋間，加上一起出土的還有玉冊墓文，雖然是個衣冠塚，並無墓主人的骸骨，但根據上頭的文字，可以清晰判斷出，墓主乃是唐朝末年安史之亂的一個叛軍主將——史思明。

按照歷史記載，叛唐的史思明死後，被運回幽州范陽，也就是現在的北京附近安葬。這個突厥胡人倚仗外族的風水秘術，把墓穴弄得眞假難辨，光是衣冠塚就有好幾個，除了想讓自己屍解升仙，還隨葬了不少神秘的異族法器。

淘沙夫子確實有不少絕技，老頭經過仔細揣摩，找到了史思明墓室的方位，就在這村子東邊的崗子下頭，但是衣冠塚裡的伏龍被挖出後，千年老屍便如同蟄居的蟲子一樣，深藏在地底下不出來。

不得已，他只好四處下剋制殭屍的毒藥，要把老殭屍逼出巢穴，今天晚上更乾脆在地穴氣門上一路懸掛好幾具假屍體，意圖用死屍的味道引那老屍出洞，再順藤摸瓜取走老屍身上殉葬的神秘法器，想不到卻意外地救下我們。

老頭大致介紹完，趕著去挖史思明的老窩，急忙忙走掉了，臨走時要了我們的名字和地址，答應過段時間會再來找我們。

這都哪跟哪啊？他說了不少三教九流盜墓的事情，不同的方法、不同的人群，神神叨叨的雲天霧地，讓我一直沉浸在其中。

舊社會的三教九流，包括的意思可真多，我還是第一次聽說。九流，泛指儒家、道家、陰陽家、法家、名家、墨家、縱橫家、雜家、農家。不僅如此，其中又分爲「上九流」、「中九流」、「下九流」。

「上九流」是：帝王、聖賢、隱士、童仙、文人、武士、農、工、商。

「中九流」是：舉子、醫生、相命、丹青、書生、琴棋、僧、道、尼。

「下九流」是：師爺、衙差、升秤、媒婆、走卒、時妖、盜墓、竊門、娼。

通俗地說，所謂九流，就是一流舉子二流醫，三流地理四流推，五流丹青六流相，七僧八道九琴棋。

盜墓名列九流，裡頭學問可多了去，除了淘沙夫子、脫甲道人，還有巡山大聖、望海相公，林林總總很多派別，手段各有所長，其中尤以巡山、望海的兩夥人最神秘，都快成了仙人，被其他的盜墓賊尊稱為「大小相公」。像老頭這樣的淘沙夫子人數最多，但是解放後差不多都改行了。

淘沙夫子源起南宋大齊國皇帝劉豫，脫甲道人則是從西漢廣川王劉去那兒發跡。至於大小相公，出現雖晚，卻後來居上，名揚天下，聽說是明朝初年大堪輿家汪藏海的門人，全是得了真傳的高手。

盜墓者形形色色，有的求財致富，有的求藥升仙，各有複雜的套路，老頭不肯細說，但是答應將來有空再告訴我們。

我實在非常好奇，很是期待和他的再次見面，想想他說了會再來看我和魏胖，也就暫時放下心來。

想著想著，天終於快要亮了。我和魏國回過神來，看看表弟，也是傻愣愣的發呆。

我無意識地問他：「槍呢？」

表弟一激靈，渾身一摸，「呀！掉了！」

我和魏國立刻怒目而視，什麼小屁孩兒！費盡心思拿的槍，居然掉了！

表弟不好意思地道：「我本來就怕得要命，撞上那吊死鬼後，一緊張就扔了，後來又出了那麼多事，哪還記得咱們是幹啥去的？」

我看看天差不多就要亮了，時間不等人，萬一給別人撿了去，那可是說不清的大事，懶得多理他倆，跳下床就往後院跑。

藉著清晨的微光，很快發現那棵樹，表弟就是被撞倒在那的。再一看，地上果真有個破布包，心裡一喜，趕忙過去拿在手裡，捏著硬硬的，像是把槍。

哎喲！樹枝上本來那具吊死鬼的屍體，怎麼還在？

昨晚老頭明明說，是他故意懸掛的假屍體，這會兒他人都走了，怎麼假屍體還留著？難道這屍體是真的？

前後看看，土坯、青磚、黃土地，毫無異常。

正在納悶，耳朵邊突然聽到一陣若有若無的號角聲，嗚嗚嘟嘟直吹。

這到底怎麼回事呀？

一大清早會有人吹號角？還不到上工的時辰呢！

按捺住突突亂跳的心，我逃命似地往回跑。跑了幾步，發現壞了，居然跑反了方向，朝表弟藏槍那小屋跑去。

原地一個轉身，倉皇掉頭，卻窩了腳脖子，還正好是昨夜踢到死屍那隻腳，頓時痛得我齜牙咧嘴。眼冒金星中蹲下身子去揉，卻意外發現地上似乎有個金屬小人，順手又撿起來，立馬慌不擇路地竄回西廂房。

見我衝進門，魏國還有表弟目瞪口呆地看著，半晌才問道：「這是怎了？丁大軍師，怎麼臉色這麼難看?碰著啥了?」

我恨恨地取出那破包扔給他們,直想罵人。

魏國撕開一看,笑道:「哈哈!眞是把手槍呢!老實交代,這槍到底是那兒來的?眞土得可愛,居然是二十發的盒子炮!」

表弟說道:「就是不知道能不能用呢!是我從河裡摸上來的,子彈還是後來從我爹那兒偷來的,可惜只有四五顆。」

魏國仔細看著駁殼槍,遺憾地舔舔嘴唇,「這槍太老了,槍機榫磨下去不少,子彈很容易飛,我看最多打十發子彈就得扔,再說浸過水,恐怕是不能用了。不過,這款式,嘿!還挺威風的!」

這小子一直喜歡擺弄他爸的佩槍,是我們幾個中玩槍玩得最好的,現在聽他這樣說,不由得有點洩氣。

這次跑來鄉下,老實說,其實就爲了這把破槍。

我叫丁朝陽,剛上高中,是紅衛兵組織中紅聯的宣傳部長。

魏國是我的死黨,家庭出身好,根紅苗正,可這小子學習實在差勁,別說考試很少及格,有時候還會考零分呢!眞不知道他整天在教室裡學了個啥?我雖然不是尖子生,但考試及格壓根兒不是問題。

文化大革命一開始，魏國立刻成了被資產階級教育路線迫害的典型。但他說的所謂老師迫害他，其實是他爸揍他，因為老師要求家長在考試卷上簽字，所以每次他都被揍得皮開肉綻，不過他皮厚，越揍越結實。

大夥都愛叫他魏胖，因為他長得膀大腰圓，穿上綠軍裝，束上寬寬的武裝帶，很有幾分他爸當年打仗的味道，於是成了中紅聯的作戰部長。這個職位，倒是挺配他的打架天賦。

現在風傳到處都在武鬥，有些地方還死了人，不知道我們會不會也要參與武鬥，心裡一點底兒都沒有。中紅聯的王司令便下命令，要我們兩大部長帶了十幾個鐵桿紅衛兵，踩著單車殺到鄉下，去取回表弟藏匿起來的手槍，以便於和敵人展開更加殘酷的搏鬥。

來到這，找到村裡管事的一問，地主、貧農、壞分子都有幾個，仔細找找，湊五六個問題不大，在我們的鼓動下，搞了個批鬥會當掩飾，結束後十幾個人分成幾撥找地方睡下，準備明早再回去。

我和魏國便順理成章住到他表弟家裡。半夜跑去藏槍的地方，卻鬧了這麼一齣，擔驚受怕的，累是累了點，但目的已經達到，也沒出啥大事，我和魏胖還有表弟也就匆忙地收拾東西，準備回去。

他們輪流去摸那破槍，我卻想起手裡還有個東西，翻開手掌，沉甸甸的，仔細一瞧，是塊髒糊糊的黃銅，看那模樣真是個小人，雕刻的身子彎成弓樣，也不知道是本來雕刻成這樣，還是被我踩成個彎的，右手放在臉上，左手放在腰上，好似側臥著睡熟的姿勢。

魏國伸頭，看見我拿的東西，嘿嘿一笑，「是銅的吧？拿去能賣點錢了，哪兒撿來的？」

我蠻喜歡這個人像，於是支支吾吾道：「剛才那破包裡掉出來的，不像銅的，我看是鐵做的。」說完塞進了口袋，誰要也不給看。

天大亮了，院子裡有人走動，可是我腳痛得厲害，根本踩不了自行車，商議到最後，幾個頭頭不能全留在鄉下，只好讓魏國帶著骨幹們先走，我和表弟留下，等腳脖子好一點，下午再騎車回去。

第3章

武鬥陷阱

豎起耳朵仔細辨認，果真，
井底下有人說話的聲音，
還有一絲光亮從一側照出來。
老枯井的底下，怎麼會有人說話？
別是這井還真的是一老墓坑吧！

我弄傷了腳，一瘸一拐地在屋子邊閒逛，就聽見有人嘟囔：「城裡這些學生娃子，吃飽穿暖了沒事幹，弄這麼好的紙、這麼些糧食打漿糊，到處去貼，也不上學，眞胡鬧！有那閑工夫，還不如幫我們鋤鋤地！」

說著，幾個人笑起來。

我聽了一肚子氣，走上去一擺手說道：「得！得！得！你們思想覺悟還不夠，今天不要出工了，由我給你們上一堂思想教育課，現在開始，跟著我一起朗誦……」

這下，這些鄉下人不幹了，有人說：「就早上這會兒涼快，不下地幹活，到中午怎幹啊？毛主席教導說智慧從勞動中來，可見咱們還是下地幹活重要啊！」

我一愣神，沒想到鄉下老農還有這覺悟，眼瞅著一個個都溜走了，也沒辦法，到最後就剩表弟一個同盟在身邊，膽氣更加不壯，只好恨恨地說道：「好好好！下地幹活重要，等晚上彙報時候，看我怎麼好好跟你們辯論！眞氣死我了！」怎麼說我這宣傳部長都一直被他們尊稱爲軍師，不小心吃個癟，眞丟人。

表弟瞧瞧我臉色，撇撇嘴說道：「別和他們生氣了，這個村子一直覺悟低，沒辦法！我都不願意回來，跟他們說不到一起。對了！這會反正沒事，你撿的那塊銅，到底是啥子玩意兒？拿出來給我瞧瞧。」

我一邊想著晚上的辯論詞兒，一邊從兜裡掏出來那個小銅人，遞給他看。

他翻來覆去地摸那個小銅人，又吐口唾沫，拿袖子使勁蹭，吃驚地說道：「我說丁大軍師，這玩意怎不像是銅的？」跟著一咬牙，壓低嗓子說道：「我看肯定是金的！到底哪弄來的？這麼好運氣！」

我吃了一嚇，要是給老爸知道我撿了個小金人，不剝了我的皮才怪！趕忙一把奪過來塞進口袋，惡狠狠地說道：「少給我胡扯！金個狗屁，你丫想錢想瘋了！明明是塊黃銅，回城我就賣去收購站。敢給我胡說八道，小心我叫魏胖子揍你！」

表弟最怕的就是魏國的拳頭，趕緊收口，發誓不說出去，但又皺著眉頭說道：「我怎總覺得在哪見過啊……好像見過這個姿勢的小人畫像，就是想不起來啦！」

我沒仔細去想他說的話，卻想起昨晚碰到那老屍時，還傻乎乎地去拍人家肩膀，幸虧這小子湊巧跑過來，要不然那老屍肯定當時就把我給吃了。鬧不好，連魏國都得搭上！

哎呀！不對！想起了那吊死的屍體，我心裡一突，對表弟說：「你還記得昨晚你撞上得那個死人腳不？我早上回去時，竟然還在，怎麼看都不像是個假人，邪門得很！你熟路，咱再去瞧瞧到底怎回事，爲啥這麼久還沒人發現？」說完拽起他就走。這會大天光的，什麼都不怕，倒是要去看個究竟。

順著昨晚的路線，我和表弟翻來覆去走了幾遍，怪事！屍體不見了！眞的，毛都沒有一根，樹枝上連點痕跡都沒有！不止如此，連我們昨晚在這裡一場搏鬥的痕跡，也一概消失不見。

我和表弟百思不得其解，也實在是累了，就慢慢地往回走。走著走著，他突然叫道：「丁軍師，你看，牆上好像有人寫的有字，昨晚上還沒有的！」

定神仔細一看，牆上果真寫有兩行字：巡山北嶺使，鬼盜七星屍。

那筆跡很娟秀，極像一個女子的筆法。可我早上回來撿槍時，印象中也留意過這牆上頭，當時可是什麼都沒有。

莫非我們做的這一切，全被人在私下看在眼裡了？

我一頭霧水，怎也猜不出來這兩句謎語是啥意思，更加一刻都不想多待。這老四合院陰森可怖，很有點問題，得趕緊走！

村裡靜悄悄的，人們都下地幹活去了，我和表弟膽顫心驚地推出自行車，蹬上就跑，算算時間，還能趕回學校吃午飯。

一路上，兩個人玩命兒地拚命往回騎，生怕後頭有人追來似的。

騎出一段路，我問表弟：「你們村以前叫啥名字？」

他道：「我們村叫朝陽村。」

我一聽就瞪眼了，什麼？朝陽村？老子就叫丁朝陽，你這不是咒我嗎？兩眼一瞪就準備開罵。

表弟趕忙辯解道：「丁大軍師，我還沒說完呢！這名字其實是去年破四舊時改的，以前一直叫做文忠村，聽說是根據一個大臣的名字起的，後來當成四舊的遺毒，這才給改成朝陽村的。」

文忠村？這是哪個大臣的名字？倒要回去查查。

進了城，隨著離學校越來越近，我感覺到不對勁。到處乒乒乓乓的，動靜不小，大街上長矛、鋼釺、標槍一片林立，很多都是我們的死對頭紅戰團的人。

我和表弟只覺熱血沸騰，興奮莫名，早就想真刀真槍地幹一場，紅戰團這麼囂張，不是現行反革命組織是什麼？

事不宜遲，得趕緊回去投入戰鬥的第一線。俗話說路遙知馬力，患難見真情，此時此刻，我可不能當逃兵！

才進校門，突然一聲沉悶槍響，傳進每個人的耳朵，嘈雜的高音喇叭聲立刻停止，紛雜的人員消失在簡易工事裡，看來都被槍聲嚇了一跳，忙著開會調整下一步的動作。動用槍枝，對於我們這些半大的紅衛兵學生來說，畢竟是一件大事。

整整一個下午，紅戰團都沒有發起攻擊，只是卡車的往來很頻繁，看起來是有大的調整，等天黑了，準備一舉拿下。

我們這邊也沒閑著，體育室的標槍都給加上了鋒利的槍頭，還製作了不少大彈弓，可以把排球大小的石頭彈出去。最厲害算是燃燒瓶了，不知道誰出的鬼點子，用煤油做的，砸碎後就爆炸，燒起來時間長又難撲滅，作爲防身利器，每人都拿了幾個放在書包裡。

天終於黑了。中午下過雨的校園裡，空氣依然燥熱，背心緊緊地貼在身上，濕滑濕滑。隨著三道聚光燈的白色光柱相繼亮起來，戰鬥正式打響！

我舉著望遠鏡，不停觀察前方動靜。因爲有魏胖的手槍坐鎮，象徵性打了一發子彈，不明就裡的敵人倒也不敢正面突破，影影綽綽的，都在觀望。

看了半天，我把望遠鏡遞給魏胖，招呼他看，「你瞧那後邊，有個穿紅背心的，胳膊上的紅袖箍很寬的那個，胸口毛主席像章也很閃眼，我看是個頭頭。你說，咱們要不要來個擒賊先擒王？」

他一看就兩眼放光，怪叫道：「百萬軍中敢取上將首級！爽啊！就打他！」

喊完，他轉身回去嘀咕了幾句，一個學生便湊上來自我介紹：「丁部長，我叫費同慶，大夥都叫我飛機。說吧！怎麼幹？我跟著你了。」

魏胖告訴我，這傢伙視力極好，夜裡看得清楚，就咱們三個夠了，事不宜遲，這就去逮那頭頭。

我說：「好！咱們先來個誘敵之計，把那傢伙引出來。飛機，你打頭，出了門就往車棚那邊跑，邊跑邊晃手槍引那頭頭注意。魏胖，你去車棚那邊守著，我拿燃燒瓶在後面追。」

飛機依言換過魏胖的寬寬紅袖箍，拿了個木頭雕的假槍就跑了出去，魏胖則往自行車棚去埋伏。我用望遠鏡一看，嗨！那頭頭果真被吸引住了，立刻帶了幾個人出來，悄悄地跟著飛機走。

天黑，路不好走，還得小心自己做下的陷阱，等我跑到地方，他們幾個人影都不見了。百無一用是書生啊！

正懊惱著，忽然聽到不遠處隱約有打鬥的動靜，忙順著聲音追下去，越跑越遠，卻找到了受傷的飛機，正坐在牆角喘氣。

扶起飛機，我就問他：「他們人呢？魏國跑去哪裡了？」

飛機受的傷在肩膀上，是被標槍扎的，還在流血。這小子也是個硬骨頭，低聲咬著牙說：「魏部長追上去了！這次發達了，那個傢伙真是紅戰團的副司令李衛東，還有幾個高中生，往朝陽村的方向去了。走！咱們快點跟上。」

我看飛機的傷勢不要緊，沒扎破大血管，只是點皮肉傷，休息下就拽著他一起往下追，高一腳低一腳地猛跑。

然而，隨著與朝陽村的距離越來越近，心裡突然一陣害怕。朝陽村下頭可是個大墳窩子，這黑燈瞎火的，萬一再碰上嚇唬人的東西，怎麼辦才好？

前邊呯的一聲槍響，我一驚，不敢停步。魏胖要是出了事，手槍落到李衛東手上，我們可就吃不了兜著走了。

聲音越來越近，周圍也越來越黑，等我和飛機氣喘吁吁地趕到時，什麼都沒有，只剩一個圓圓的土包。

人呢？哪去了？

我幾步竄到土包頂上，四處張望。飛機跟著也跑上來，對我說：「丁部長，等等！我看見……」

話音未落，土包居然塌了，我們一起重重地摔了進去。

落到土包底下，我摔得七葷八素，沒好氣地叫道：「飛機，你幹什麼？我又沒叫你上來！這下可好，壓塌了頂……你剛才想說啥？」

飛機也摔得夠嗆，哼哼唧唧地爬起來說道：「我……我哪知道這土包這麼薄！我剛才看見前頭有個黑坑，總覺得像是個墳堆，該是去年挖墓碑破四舊時的痕跡，心裡害怕，才跑上來的。」

我一聽，立時渾身發涼，「飛機，你的意思是不是說，咱倆掉進墳坑裡了？我剛剛才知道朝陽村下頭原來是一大墳窩子，咱不會這麼背時吧？不過，哪有這麼淺的墳坑？去年破四舊時，不都給平掉了嗎？」

那傢伙依舊哼哼唧唧的，揉著屁股，答不出來話。

我四邊摸了摸，又抬頭往天上瞅瞅，放下心來。這肯定不是墳坑，應該是個荒廢的枯井，井口堵得不嚴實，承受不了兩個人的重量，這才掉進來。想到這裡，不由得擦把汗，心說好險，幸虧是個枯井，要眞是墳坑，再聯想起昨晚那老屍，我非嚇得尿褲子不可。

飛機忽然拽住我，勁兒很大，隨即小聲說道：「別出聲！丁部長，你聽，是不是有人說話？」

豎起耳朵仔細辨認，果眞，井底下有人說話的聲音，還有一絲光亮，從一側照出來。我眞有點怕了，一口老枯井底下，怎麼會有人說話呢？別是這井眞的是一老墓坑吧！

我和飛機悄悄蹲下身子，發現聲響傳來的地方，是井底一側的一個圓形洞口。黃泥巴已經被挖開了，土還是新鮮的，剛翻起來，斜斜地朝下延伸，足夠一個人貓著腰進去。

靠近了點再聽，聲音越來越清晰，我第一時間就聽了出來，是魏胖，那壓低了的粗嗓門格外親切。

原來是魏胖逮住了幾個人，正訓話。這小子從來都不忘給別人上課，不就是羨慕我宣傳部長的風光嘛！跑到地底下也不安分！

我立刻鑽進井底的洞，貓著腰沒走幾步，就踩到了大大的磚頭，頭頂也高了，視野豁然開朗。

面前有一支手電筒，擺在一個大石頭上。魏國正端坐旁邊，手裡晃悠著那把盒子炮，面前蹲著三個人。

我怕這廝的槍走火，趕忙說道：「魏部長，是我丁朝陽，別瞅了，自己人！」

魏國莊嚴地點點頭，「嗯！丁部長，來得正好，這三個人交給你處理了，鎮壓不鎮壓，好好問問！我去那邊，看看這個巢穴是不是反革命分子的倉庫。」

前邊蹲著三個高中生，有一個看紅袖箍那麼寬，應該就是我們這次逮到的大魚──紅戰團的副司令李衛東。另外還有一個瘦猴，額頭上都是血，閉著眼睛喘粗氣，一副死豬不怕開水燙的神情。最邊上還有個女生，清清爽爽地梳著學生頭，正低聲哭泣。

第4章

井中床

一股潮氣撲面而來，
手電筒一照，裡頭並不大，
一張大床半埋於地下，
上頭搭著絮狀的東西，像是棉被，
疙疙瘩瘩的不太平整，似乎蒙的有東西。

井底下的空氣本就非常渾濁，再擠入我和飛機，就有了六個大活人，立時污濁得透不過氣來。我問了問他們的名字，李衛東、張明堂，還有那個女的叫汪倩，都是紅戰團的骨幹。

晃悠著昏黃的手電筒，魏國四處打量這個地方，我則招呼飛機把敵人上繳的武器都拿好，自己蹲到李衛東面前，盯著這小子不言語。

沒兩分鐘，李衛東的眼光開始遊移，眼珠子悄悄地轉起來，東張西望。

他是三個俘虜中最鎮定的，莫非曾來過這裡？

我儘量裝得陰陰的，一笑道：「李司令呀李司令，想不到吧！別以爲你們紅戰團多厲害，把我們引到反革命堡壘來，還不照樣給我乖乖地蹲著！你這是自掘墳墓，自絕於革命群衆，你說，讓我們怎麼鎮壓你呢？我看，這個地方，你們就老老實實先待幾天吧！等我們出去叫了人再說。」

李衛東的臉色馬上刷白，那個叫汪倩的女紅衛兵反倒停止了哭泣，義正辭嚴地叫道：「李司令，我們不怕！想當年，重慶的渣滓洞也沒有毀滅江姐的精神，我們不會低頭！要殺要剮，隨他們的便！」

我好氣又好笑地看著汪倩，「喲！看不出啊！面前還一女英雄呢！只可惜，妳這反革命分子被我們抓了個現行，妳的墳頭上，還不知道會不會給千萬人踏上千萬隻腳呢！」

魏國忽然叫道：「丁部長，這邊有路，我們走！」

我得意洋洋地又補上一句：「你們三個就蹲這兒吧！看誰將毫不留情地被掃進歷史的垃圾堆！」跟著便站起身，招呼警惕的飛機，「走！不要管他們了。」

李衛東猛地顫聲怪叫道起來，「不行！你們不能走那條路！」

我先是嚇了一跳，跟著回過身，歪著腦袋看李衛東，語氣裡滿是嘲弄，「怎麼？李司令想通了？那，快點交代吧！」

他這樣一喊，我越發相信這傢伙肯定來過這地方，鬧不好藏著紅戰團什麼秘密。這點小把戲，還是瞞不過群眾雪亮的眼睛。

他臉色煞白地催促道：「你先叫魏部長停下別動，我什麼都告訴你！」

我看這廝不像說假話，反正革命的主動權在我們手上，也不怕他變天，就招呼魏國：「魏部長，你先過來，這邊有新情況！」

李衛東看到魏國走過來，這才鬆了一口氣道：「這裡是有秘密，但和我們紅戰團沒有關係，這點汪倩、張明堂可以作證！」

那個額頭流血的傢伙叫做張明堂，此時也睜開眼睛，疑惑地看著他，「難道李司令來過這裡？我可從沒聽說紅戰團裡有誰提起過。」

李衛東神色黯然地道：「我算是來過，去年大破四舊時，我帶著十幾個戰士去鄉下砸墓碑，當時經過這裡。我們還押著幾個黑五類的小孩去勞動改造，其中就有個小女孩從這井口掉了下去，當時……當時我以爲她要逃跑，就往裡扔石頭，想嚇唬她快點抓著繩子爬上來，眞的，我不是有意害死她，直到下頭沒了求饒聲，我才發現不妙，下來看時，那小女孩已經斷氣了……」

魏國聽得義憤塡膺，「你這畜生，還算是個人嗎？黨和國家算是白教育你了！一個小女孩也是人啊！你這麼大個也下得了手！」

張明堂卻無所謂地說道：「黑五類的子女，死了就死了，有啥子關係？上次我老家來人說，他們那兒還公開槍斃了一大批黑五類呢！我就說，一定要從嚴打擊這些不安分的！」

我對這人的這副腔調很反感，再想到一個小女孩慘死在這枯井裡，登時汗毛直豎，總覺得要出什麼事。

不等催促，李衛東舔舔嘴唇，接著又說：「後來我爬上來，說她跳井畏罪自殺，也沒人來追究，畢竟這年頭畏罪自殺的人太多了，這事呢，也就算過去了。但我心裡總是害怕，總是聽見那小女孩的求饒聲，晚上睡覺，閉上眼就有一對白眼珠子瞪我。我被足足折磨了一個月後，半夜尋機會一個人又溜過來，下到井底磕了好多好多響頭，希望這小女孩可以安息，從此不要再糾纏我，想不到卻發現井底其實還通到別處，鑽進去看了一下，膽子都差點嚇破了，拚命拽著繩子爬，上去後草草把井口掩住，直到今天晚上，被魏部長撵得無路可逃，才又冒險跳下來。」

他的話太詭異了，不止讓我有點脊背發涼，看看其他幾個人，也都是面色煞白，在手電筒的光線下，滲出來的汗珠子順著臉往下淌。

我強自鎮定，忙不迭地插口問：「這井底通到哪裡？什麼東西嚇住你了？是不是魏部長剛才走的那條路？」

李衛東還沒回答，汪倩突然一聲尖叫，大夥立刻順著她的目光看向魏國背後，頓時都愣住了。魏國的手裡拿著手電筒，在這個光源映襯下，後邊顯著影子。剛才汪倩的驚叫，讓我們注意到，他的影子的邊緣，有很多密密麻麻的鋸齒樣東西在蠕動。

難道是蛇群？還是什麼東西爬在魏國的背上，正往外伸出觸手？

啪嗒一聲，有團東西落下來，正好掉在魏國先前坐著訓話的石頭墩子上。是一大團蚯蚓，肥嘟嘟地糾纏在一起，蠕動著四處亂爬。

這東西，我們夏天釣魚時經常去地裡挖，捏斷成一小截一小截的，當魚餌很好用。但這一疙瘩蚯蚓看著不太一樣，個個都很肥大，有的長，有的短，無一例外地拚命蠕動，暗紅色的皮膚表面滑膩膩的，樣子很噁心。

李衛東的臉色變得愈發難看，抖著嗓子說：「就是那條路！鬼知道通去哪裡？一路上不是蚯蚓就是菜花蛇，還有一些東西藏在暗處追我，我當時嚇都嚇死了，哪裡還敢走到頭啊？」

魏國知道自己背後有東西，瞪著我們，一動也不敢動地叫道：「你們看見什麼了？快說啊！是不是有東西在我背上？」

我咬牙忍住噁心回答：「別動啊！全都是一團團的蚯蚓！是不是你剛才走那條路帶回來的？真他媽噁心，你丫這麼遲鈍，愣沒感覺啊？別過來！」

聽說是蚯蚓，魏國明顯鬆了一口氣。這廝一向膽大，蠍子蜈蚣之類的毒蟲從來不怕，一轉身就用手去撈，嘴裡還嘟囔：「這井裡頭悶熱悶熱的，咱們再不走，一會都要死在這兒……呀！這是什麼？」

他一哆嗦，猛地收回胳膊，看那樣子似乎給某樣東西螫了一口，通紅的臉一剎那變得煞白，嘴唇直打哆嗦，「丁部長，我……我……我一把摸到個頭髮辮子……媽呀！別是個人頭吧？」

李衛東和汪倩立刻站起來，直往後退，渾身都在發抖。

我渾身汗毛也是麻酥酥的，聽他說是人頭，沒好氣地訓斥：「少來這一套，怎麼可能有人頭？你把手電筒扔過來！慢慢給我轉身……慢點！對！就是這樣……操！拿好你的槍，別他媽走火了！」

魏國依言慢慢轉過身來，我拿手電對準了照上去，仔細看他的背。除了黃泥巴外，成團的蚯蚓中間，還眞有一疙瘩黑糊糊的東西。

仔細瞧瞧，終於看清楚了，一伸手便從他背上拽下。那是一個假頭髮套，還紮著兩根辮子，做得惟妙惟肖。估計魏國伸手摸到的，就是辮子當中的一根。

我扯下這疙瘩東西的同時，魏國蹦著腳跳起來，把背上的肥蚯蚓團甩得四處亂飛。汪倩免不了又是幾聲驚叫，看來女生都害怕軟乎乎的動物。

「有些地方管蚯蚓叫作地龍，咱都知道是些無毒的軟體動物，別害怕。」我安慰她。但是，說眞的，成疙瘩的蚯蚓扭在一起，個個腰肥體胖、腫脹無比，眞讓人看得有點頭皮發麻。俗話說癩蛤蟆跳到腳背上，不咬人也嚇你一跳，我們幾個就是這樣的心情，既害怕又噁心地看著蚯蚓團滿地亂爬，束手無策。

不由自主把手電筒往上面照去，只見不高的頭頂上有個裂縫，張著黑糊糊的口子，還有蚯蚓團正從上頭往下掉。我不敢站那裂縫下頭，萬一讓那些暗紅色的滑膩蚯蚓掉在臉上，誰都能噁心死。

空氣越來越渾濁，再不走就給憋死了，我於是問李衛東：「當時你被嚇壞了，碰到的是啥東西？有東西在暗中追你，是不是眞的啊？別是你當時嚇迷糊了。對了！那個小女孩死了後，你們撈上去，給埋去哪裡了？」

他尷尬地道：「那小女孩，那小女孩，我們埋在……」舔舔嘴唇，沒有說下去。

我渾身一涼，「你！你不會把小女孩就扔在這井底不管了吧？你……你……」

他趕忙擺手，「沒！沒！沒有！真的，我當時親自繫繩子下來的，那小女孩給一塊尖石頭砸中頭頂，死得很可憐。我用繩子綁好她，自己爬上去使勁拽，誰知繩子斷了，天又快黑，最後只好翻了一些土進井裡，把她暫時蓋住，說好第二天再帶工具撈的！」

我聽到這裡，明白了一大半，問他：「那你們後來把她撈上去沒有？說啊！到底撈上去沒有？」

他歎口氣說道：「唉！第二天我們忙著去串連，一來二去，確實給搞忘了。當我第二次來時，是打算撈她上去的，結果沒找著，四處亂摸時發現這個洞，就是咱們現在站的這裡，這我可真的沒有騙你。咱們快撤吧！這兒待久了是會出人命的！」

聽了這一番話，所有人都被死後消失的小女孩驚住。片刻後，李衛東和張明堂率先往來時的洞口衝，爭先恐後地想逃。

魏國吼了一聲：「跑什麼跑！你們誰有繩子？這麼深，怎麼爬得上去？」

李衛東扭頭喘著氣說：「沒事！咱們一起疊羅漢，肯定能爬上去！」

魏國罵道：「放屁！最後一個人怎辦？要不你墊底，等我們搬救兵來，怎麼樣？」

李衛東立刻站住腳，「這……這……不好吧！我可不敢！」

魏國回過顏色說：「你不敢最後一個墊底，就他媽快點給我滾過來！」跟著晃了晃手裡的槍道：「我剛才往那路上走時，看見裡頭很深，說不定可以走出去。都別搗蛋，李衛東你打頭，丁部長你斷後，快走！」

魏胖的槍和他不容置疑的命令，讓我們都有點膽壯，心裡雖然怕鬼，也不敢往臉上帶了。

他所說的路，其實是一個薄薄的土洞，一個個鑽過去，立刻覺得空氣沒那麼憋悶了，看來是有通風口。拿手電照照，比剛才的地方稍微寬敞一點，一邊擺兩口大缸，另一邊有兩個門。

掀開缸蓋，一個裡頭盛了多半缸顆粒，我捏了捏，是穀子，不過時間長了，有點霉味。另一個裡頭是空的，啥也沒有。

我靈機一動，叫道：「我知道這是什麼地方了！這裡肯定是一個防空洞，你們看，有糧食，還有通氣孔！記得那時美帝要扔原子彈，咱們不都是按照深挖洞、廣積糧、不稱霸的指示做的嗎？魏胖，你忘了，咱們還用畚箕一擔一擔地往外挑過土呢！」

魏國想起來了，一拍腦門，「嗨！真是個防空洞呢！怪不得有涼空氣，也不憋悶了，肯定有路出去！咱們找！」

李衛東陰陰地說道：「別做夢了！要有出路，這缸裡會有吃的穀子在？鬧饑荒那年，不早被人搬走了？一群笨蛋！」

我怒道：「你個俘虜少給我囉嗦，還輪不到你教訓大爺！就你這水準，還紅戰團副司令呢！出去以後好好練練，別淨給紅衛兵丟臉！」

這時，一直沒有出聲的汪倩說話了，小小聲的，「丁部長，我也覺得這是個廢棄的防空洞，弄不好是個挖塌了的。」

優待俘虜是一項光榮傳統，雖然此時已經難分敵我，大夥攪在一起找出路，可這點情操我還是有的，於是儘量和顏悅色地耐心解釋：「瞧見沒有？那邊還有兩扇門，肯定是出路。不要懷疑人民群眾的創造力，這防空洞不是那麼容易挖塌的，知道嗎？」

說幹就幹，我們站到那兩扇門前，仔細打量。

防空洞裡頭還有門，照我想來，應該是防毒氣、滲水之類的隔離設施，穿過去就應該是通向地面的出路，但看了一會兒，就意識到自己錯了，這不可能是防空洞。叫誰挖防空洞，都不會弄兩個這麼好的門出來，最多用塊厚木板擋住，哪像這兩扇門搞得如此正式，還有門閂、把手的？

更奇怪的是，其中一個門外面插著門閂，另一個的外邊卻光溜溜的，門閂應該在裡面。這怎麼回事？大家越發摸不著頭腦。

拉開有門閂的那邊，門無聲地開了，一股潮氣撲面而來，門的裡面還包有棉胎，厚實的很。手電筒一照，裡頭並不大，一張大床半埋於地下，上頭搭著絮狀的東西，像是棉被，疙疙瘩瘩的不太平整，似乎下頭蒙的有東西。

我渾身汗毛都豎了起來，莫非……下頭躺著的是死人？

嗰的一下，幾人都離那門跳遠了幾步，再不敢往裡探頭。他娘的！有門有床有被子，下頭蓋的是什麼，那還用問？

再看另一扇門，膽就大了。既然一邊是死人，另一邊肯定不會再有。只是，門怎麼會從裡頭給鎖上了？

我忍不住小聲問李衛東：「都到這步田地了，算你厲害，那個小女孩到底死了沒有？說句實話給我吧！」

他眨巴著眼睛說道：「我哪知道啊！反正屍體我第二次沒見著，說不定在井底另一側，也說不定還活著，給路過的人救出去了，這可難說得很。」

我滿肚子苦水，眞有點怕一腳踢開門，就竄出個冤死的小女鬼來，那可不是鬧著玩兒的！

汪倩又說話了：「你們注意到沒有？我剛才看見，那門裡頭的床上濕漉漉的，這是怎麼回事呢？」

轉過身子拿手電照照，眞的，床上還滴答滴答往下滴水，我心裡一動，原來如此，

「這裡頭不是住人的！你們看，門閂是從外邊閂上的，要是住人，怎麼關門？要是當牢房拿來關人的話，也不會弄張床不說，還送棉被。魏胖，你過去瞧瞧，下頭蓋的什麼？不怕，肯定不是死人！」

第5章

中招

張明堂忽然身子一歪，
倒在了門口的地上，
胳膊腿兒篩糠一樣的亂抖，極像羊癲瘋發作。
我連忙要湊過去，
被李衛東一把拽住：「千萬別過去！」

我一解釋，大夥頓時都明白過來，魏國跑進去把棉被一掀，原來是些還沒有化完的冰塊，四四方方的，正啪嗒啪嗒往床下滴水。

看來，這裡應該是哪個地主老財的冰窖，既可以冬天藏冰給夏天解暑，又能作爲臨時的避難所，萬一碰上土匪搶劫，暫避一時。另一口空的大水缸，本該也儲存的有生活用品，鬧不好就是朝陽村逃跑的大地主韓茂德的隱密避難所，只是時間太久，徹底荒廢了，今天無意中被我們撞破。

所有人都如釋重負地長出一口氣，本來想著床上棉被下說不定蓋著幾個死人，那種感覺眞壓抑得難受，這下知道是怎麼回事，就開始琢磨要不要打開另一扇門瞧瞧，說不定是地主老財的藏寶洞。那可是民脂民膏啊！萬惡的舊社會反動勢力剝削窮人的歷史見證！

一想起要親手把這些罪證大白於天下，大家就開始熱血沸騰，也不急著走了，這裡有通風口，不悶，搗鼓著弄開門，天也快亮了，湊乎著叫人拉我們出井，肯定不是什麼難事！

我大聲說道：「魏胖，動手！這次咱們非要把地主老財的牛黃狗寶給掏它個乾淨！」

他應聲上來就是一腳，哐啷一聲，門被踢破個大洞，搖搖欲墜。跟著他再接再厲，連續幾腳便把破門踹了個稀巴爛，搶過我的手電筒便往裡鑽。

想不到還不等我笑話，就見他狼狽地一步又退了出來，「我的媽呀！什麼玩意兒！一屋子死人！」

我更加好笑，「搞什麼鬼？魏胖，還一屋子死人呢！你發神經啊！」而後奪過手電筒往裡照。

不照還好，一照，頓時嚇出一身冷汗。眞他娘一屋子死屍！最靠近門口的，赫然是一個僵硬的小女孩，蜷縮成一團，手指頭緊緊摳著地板。

入眼的情景嚇得幾個人目瞪口呆，沒有誰曾見過如此可怖的畫面。屋子裡的死人少說有七八個，形態各異，唯一相同的就是腦袋只剩一小部分，身上衣服都碎成一條條的，少說該有幾十年了。

獨獨門口蜷成一團的那個小女孩，衣服完好無缺，應該才死了沒多久，可腦袋也已不像個人樣，不知生前受了什麼折磨。

過了好久，我回過神來，問李衛東：「這個小女孩，是不是就你說的那個？」

他臉色煞白地點點頭，「沒錯，看衣服就是她。」

我們都忘記逃跑了，就這麼傻愣愣地站著。地主老財的地下冰窖，除了避難用的穀子和日常用品，僅有的兩間房，一個拿來儲存冰塊，一個是從裡邊鎖死，這能說明什麼問題？

會不會有什麼可怕的東西在門外等著，逼得裡頭的人壓根不敢開門，又或者屋子裡鑽出了什麼怪物，啃了他們的腦袋？我猜不出來。

不過，那個小女孩的狀況，倒是能猜出來，該是李衛東當時心慌意亂，沒有仔細檢查，其實她並沒死透，只是暈過去而已，等後來緩過氣，誤打誤撞跑到這地兒，不幸也碰到可怕的東西，最後慘死。

但這樣講也不太對，她是怎麼打開門的？魏胖那大塊頭硬踹了一腳才踢破個洞，一個小的女孩，哪有那麼大的力氣？

正在百思不得其解時，又發生了新的情況，那個額頭冒血的張明堂，忽然身子一歪，倒在了門口的地上，胳膊腿兒篩糠一樣的亂抖，極像羊癲瘋發作的症狀。

我連忙要湊過去救他，被李衛東一把拽住，「千萬別過去！」

我瞪他一眼，就要發作，卻見張明堂腳尖繃緊，顫慄了幾下，然後便不再抖動，安靜下來。

李衛東接著便顫抖著聲音說道：「完了！咱們都要死在這裡了！媽呀！我可真不想死！」竟然忍不住地哭起來。

到底怎麼回事？我用手電筒一照，渾身立刻起了雞皮疙瘩。張明堂的臉頰上，不知何時鼓起個鴿子蛋大小的肉包，還在不斷蠕動。兩眼瞪得老大，裡頭黑漆漆的沒有一絲眼白，像有不少黑線在晃悠。

李衛東的聲音像哭喪一樣，「是黑螞蟥！我認得這東西！這下可好，一會就要來吸我們的血了！」

我疑惑地問道：「螞蟥？那東西不是水稻田裡才有嗎？別瞎扯，你怎麼知道是螞蟥的？」

李衛東答道：「螞蟥可多了，有水螞蟥、旱螞蟥、山螞蟥，還有花螞蟥，咱們碰到的一定是最毒的黑螞蟥！剛才我看到那麼多蚯蚓，就有點懷疑要碰到這東西，只有黑螞蟥才喜歡肥蚯蚓，像螞蟻養蚜蟲一樣圍起來吸血，誰知道裡頭果眞就有！你看張明堂的臉上，還有眼睛裡，都是黑螞蟥鑽進去，成疙瘩地順著血管爬，這東西有毒的！」

經他這樣一說，我猛然想起來，老爸曾經說過，他們部隊打雲南時，就碰到過很多這東西。

螞蟥又叫水蛭，小疙瘩的身子能拉得像火柴棍一樣細，有時樹枝上都能掛滿。旱螞蟥有兩個吸盤，其中一個固定在樹上，另一個四處飄著尋找目標，躲都躲不及。這裡頭，花螞蟥和黑螞蟥除了能吸血，還有劇毒，若是鑽進皮膚裡，扯都扯不出來，只能拿刺刀往外剜肉。

剜不出就糟了，這東西能在皮膚下面一直亂爬，直到把人毒死。

老爸另外還告訴我，螞蟥雖然毒，但是害怕鹽，以及肥皂水、煙、油、酒、醋，但我相信這會兒，咱們誰身上也沒這些東西。

這時，魏國大大咧咧地嚷嚷：「不過是螞蟥，怕什麼？我最喜歡這玩意兒了！能吃的，知道不？」

我沒好氣地瞪他，「別吹了你！北京根本沒螞蟥的，以為我不曉得啊？」

魏胖見汪倩眼巴巴地瞅他，臉上有點扛不住，「什麼吹啊！你怎知道？我又沒說是在北京，是在我外婆家跟她們學的。用一根尖尖的小木棍插入螞蟥的尾巴，然後從頭向尾翻過來，就跟咱們洗豬腸一樣，快曬乾時把小木棍拿出來，繼續曬，放在鍋裡用滑石粉炒熱，炒到稍鼓起，取出來再把滑石粉篩掉，放涼，就能吃了。」

我一聽笑了，「你可真能瞎掰，那是做藥的，能治關節炎！淨胡扯，根本不能當菜吃的。」

空氣似乎有點凝固，我們很快陰沉下臉來。螞蟥不是那麼容易躲開的，在北京很少聽說哪裡有。牠能聞著人的味道追過來，順褲腿往皮裡鑽，現在大家身上都是夏天的裝束，非常容易中招。

沉默中，我不甘心地拿手電照照那些死屍，一看更喪氣，分明就是樣板戲裡壞地主的穿著。肯定是地主老財一家人當年躲進這避難所，不知道怎麼招惹了成群的黑螞蟥，全無聲無息地死了。

如今只恨天爲什麼還不亮？折騰了這麼久，應該要亮了的。

黑暗中，會不會有無數肥嘟嘟的螞蟥，向我們步步緊逼？

魏國、李衛東還有汪倩、飛機都不吭聲地僵著不動。

我看看那間藏冰的房間，一拍大腿，有了主意，大聲說道：「快！我有辦法了！咱們去那屋裡，把床給拆了，弄幾根火把，怎麼樣？我看只要是個動物，就一定怕火！哈哈！這主意不錯！」

大夥立刻回過神來，飛機一豎大拇指，「高！不愧是丁大軍師！這主意妙極！」

興沖沖地鑽進冰屋，冰已經融化得差不多了，空氣涼颼颼的。魏胖幾把掀掉蓋在冰上的棉絮被套，跳上去使勁忽悠床板，「他娘的，還眞結實！這床眞怪，四根床腿都是埋在土裡的，你們都上來，咱們一起跺塌了它！」

咱們依言跳上去，汪倩也跨上來站好。手電筒隨便一照，我赫然發現她胳膊上突兀地出現一個黑團子，心裡立刻一縮，看來有螞蟥找上她了！這可怎麼辦？

別急！會有辦法的！要冷靜！我對自己說。

汪倩瞅見我們都瞧她，瞬間也發現了自己的不對勁，呀的一聲尖叫，直甩胳膊。

我吼道：「別甩胳膊，弄到別人身上怎麼辦？快他娘給我住手！」

說話間一把攥住她的膀子，見她的小手臂已經全黑了，皮膚表面一個黑團子，當中不知道有多少條螞蟥，正拼命地往裡頭鑽。聽說這東西破開皮膚的時候，會分泌出一種麻醉劑，讓人不覺得疼痛，看來是真的。

一時情急，我摁住她的胳膊便使勁往床板上摔，想不到那些螞蟥一碰到床板，立刻啪嗒啪嗒跌了下去，整個身子蜷成蠶豆大小，一動不動。我和李衛東幾乎同時出腳，吧唧吧唧狠狠踩下去，螞蟥群立刻稀巴爛。

再看汪倩的胳膊，還是紫黑一片，血流不止，但是已經沒有螞蟥附在表面。我不放心，又仔細地摸了一遍發黑的地方，還好，沒有鑽進血管去。

飛機猛地一把拉住我，「快看床下邊，糟了！好多螞蟥啊！」

我一聽，緊張地拿手電筒一晃，天啊！床的四周居然已經全佈滿螞蟥噁心的身軀，中間還夾雜成疙瘩的肥蚯蚓，一起滾來滾去。奇怪的是，這些東西似乎都不肯靠近這張床。

見沒有螞蟥敢靠近，繃緊的神經又暫時鬆了下，大家不由自主都往床中間挪了挪，害怕給掉下去。

莫非這床有什麼特別的地方，能夠剋制螞蟥？

蹲下身子，我拿手電仔細觀察起來。也沒什麼特別的，床板由兩塊整板組成，嚴絲合縫，三面都有圍欄，一面是空的，很像是破四舊時燒過的那些羅漢床，只是材料有點古怪，像是木頭，又像石頭，堅實厚重，烏黑細膩，油膩膩的濕滑。聞聞手指頭，有點香味不說，倒更像是中藥味，看來估計得不錯，這木料眞是一種藥材，能防蟲咬。

問魏胖有沒有刀，飛機遞過來一把匕首，我試著割那床板，硬得很，根本戳不進去。沿著床邊削了一點木屑，灑進螞蟥堆裡，那些螞蟥和蚯蚓立刻像開了鍋一樣亂爬，看來確實是這床擋住了牠們。

反正無路可逃，我們也累了，乾脆都團團坐在床上。好在床很寬大，還夠五個人擠在一起。

汪倩一直半暈半醒不說話，李衛東則眨巴下眼睛說道：「你們說，張明堂倒在外邊，是不是眞的不行了？」

想起這茬，心頭頓時沉重。別看我們整天耀武揚威的，可誰也沒有眞正打死過人，眼瞧一個活生生的人就這樣死了，心裡眞不好受。

魏國坐得腳痳，嘀咕道：「這可怎辦？咱們總不能也像那些隔壁鄰居一樣，都死這兒。丁，你主意多，想想有啥辦法，可以拚一拚？」

不用他提醒，我一直在想，偏偏對這種軟體動物有種莫名的恐懼。本來以爲自己最怕的是蛇，現在看起來，肥嘟嘟的螞蟥才是剋星。

屋漏偏逢連夜雨，唯一的手電筒支撐了這麼久，光線終於轉爲昏黃。我趕忙關掉開關，認眞想起辦法來。

時間所剩無幾，這死牢一樣的地方雖然有通氣孔，味道卻也極其難聞，尤其是隔壁的門踢破後，陣陣腐屍的臭味不時飄出來，嗆得我直噁心。

魏國又小聲說道：「丁，你剛才說拆了床板點火，你有火柴嗎？拿出來先頂一頂吧！這兒太黑了……」

我一愣，自己可沒有隨身帶著火柴，這問題還眞忘了，趕緊問問他們，竟然沒一個人身上有火。

李衛東突然道：「我有個主意，不知道行不行？」

卷二

淘沙令

這枚權杖有三分一個煙盒大小。正面有一個曲裡拐彎的篆字「汴」，背面是日月星辰，邊上凹下去兩行小字：巡山北嶺使，鬼盜七星屍。

第6章

深入

眼睛剛有點適應黑暗，
就見前頭出現蠟燭的火光，慢慢變亮。
我敢保證剛下來時，
絕對是沒有光亮的一片黑暗，
怎麼才落地就有蠟燭點亮？

沒有火柴這個事實讓魏國很受打擊，立刻介面道：「快說！快說！我是一會兒都不想待了。」

李衛東說道：「剛才我看這床板是兩塊拼起來的，我在想，要是把兩塊床板拆出來，鋪在路上防蟲，應該可以踩著出去。」

我苦著臉道：「這木板硬得很，刀子都劃不破，怎麼拆？再說，距離咱們進來的路太遠了，肯定不夠長度。」

他又道：「這床三邊都有床幫，很像我們破四舊時燒過的那些羅漢床，這玩意兒有機關的，床板可以拆下來，我知道！你們瞧屋子那邊的角落，好像有個大洞，圓圓的，不知道是不是出去的路……我可沒說要順著原路出去。」

魏國大喜，「你這傢伙，怎不早說？大夥都站起來！站起來！有辦法了！丁，把手電筒裡的電池取出來使勁用指甲掐掐，還能多亮一會兒！」

我們依言起身，儘量站到四角，誰也不敢往床下看，聽聲音就知道，成堆的螞蟥還沒有離開。

李衛東拿著手電筒，仔細地看了一遍床板，將手伸到床幫的一個角落裡，嘩啦嘩啦，似乎有個插梢。

我有些不安，忍不住叫道：「別急！李衛東，你真的拆過這種老式床嗎？萬一下頭是空的怎麼辦?你瞧這床的四條腿都埋進了土裡，床板下頭到底是啥，誰也看不見，要有個什麼地主老財的踏板陷阱，咱們豈不是都掉進去了?」

李衛東遲疑了一下，「不會是陷阱吧!這上頭本來是存放冰塊的，濕氣大，要是會翻轉的踏板，不早霉爛了?」

魏國不耐煩地說道:「不可能!我只聽說陷阱是挖在地上的，哪有誰沒事幹，擱一床上挖洞的?咱這不是給蟲子逼得沒法才跳上床的?別管了，誰也沒這麼無聊，費這麼大工夫設計，只爲了讓咱們都跳坑裡!」

我想了想也是，但爲了保險，還是使勁攥住了床幫，才示意李衛東動手。

隨著啰嚓一聲，一塊床板鬆動了，下頭沒有陷阱，是個實心的。

李衛東費勁開一個角，我跟著往裡一照，天啊!滿滿一大箱子，竟都是金元寶!地主老財剝削窮苦大衆的罪證啊!

看到有床裡頭藏了這麼多金元寶，大夥又興奮起來，七手八腳掀起兩塊床板，順著床邊一直鋪到牆角的洞口，剛好夠距離。那些螞蟥則彷彿遭到滅頂之災，忙不迭地躲，咯咯唧唧地壓死了不少。

趁著螞蟥逃竄的工夫，我們都站在了金元寶堆裡。

金元寶兩頭翹，中間凹，扁扁的像條船，和我見過那些中間凸起的道具元寶完全不同，拎起一個，差不多一斤重，很有份量感。其中還攙雜不少大小不一的金錠、銀錠，層層疊疊，怕是不下上千斤！

魏國興奮地拿腳不停劃拉著，突然叫道：「快看！下頭怎麼有人？」呼啦一下，大家都跳了起來，哆索著拿手電筒一照，可不是嗎？金錠銀錠的空隙裡，赫然露出一個乾枯的人，烏黑的顏色，非常可怖。

李衛東第一個跳下床，穩穩地站在剛才扔到地上的床板上，其他人連滾帶爬地也跟著他跳下床。汪倩還有點腿腳不便，我好意扶了她一把，小姑娘感激地衝我笑了笑，笑得我心頭一蕩，美滋滋的。

地上的黑螞蟥被床板的味道剋制，沒有一個膽敢往上爬，我們也不廢話，顫悠悠地踩著便使勁往前走，很快就走到屋角的洞口，再兩步就可以竄進去。

地上明顯少了很多黑螞蟥，只有成團的蚯蚓在蠕動。我心裡唯一念叨的就是一句：快點天亮吧！天快點亮吧！

昏黃的手電筒閃爍幾下，滅了，周圍一片黑暗。

那個床此刻已經不像是床了，哪有人會把床造成個大盒子的？裡頭有枯骨，還有元寶，幾人在黑暗中互相看看，心裡不約而同冒出一個念頭：難不成那東西是個棺材？

一想起自己居然站到棺材裡撈摸元寶，我心頭立刻一陣惡寒，恨不得長雙翅膀飛出去。偏偏這時候手電筒沒電了，死寂黑暗中，四面八方都瀰漫著恐怖氣息，只聽到彼此壓抑的喘息聲。

我再也不敢停留在這兒，猛然叫出聲來，「都別擠！一個接一個，按順序跑，快！」腳下的木板顫抖了一下，就聽見窸窸窣窣的衣服聲音，應該是飛機排在最前邊，鑽了過去。第二個是汪倩，小丫頭忍住胳膊的痛，不敢吭一聲地跟著。然後就輪到李衛東了，可在他起步的同時，那個放元寶的木頭棺材卻突然哐啷一下，跟著傳來嘩啦嘩啦的金銀撞擊聲，似乎有什麼東西在翻身起來！

我在魏國前邊，聽著那聲音，幾乎和發令槍一樣，立刻竄出去，一頭撞上李衛東，死命推著他往前爬，這才發現原來是個斜坡，但是不陡，角度斜斜向下，不是通往地面，而是通往地底深處，但此刻逃命要緊，顧不了許多了。

我用手摳住土壁，擔心還在上面的魏國，扭頭衝上喊：「魏胖！魏胖！你他媽倒是快點啊！」

他甕聲甕氣地哼道：「沉啊！快來搭把手，我弄不動！」

我大驚失色，這小子還敢拖東西出來？這可是一個放棺材的地下死牢，都這種時候了，還要虎口拔牙？

連忙摸過去，誰知摸到的是魏胖的屁股，我不由嚇了一跳，「你！你！你丫搞什麼把戲？你的頭呢？怎麼屁股朝前？」

他的聲音還是甕聲甕氣的，「我扭著腰呢！手在後邊。拽我！快點拽我！我拉著那木板呢！」

我又驚又怒，「你拉那玩意幹嘛？都啥時候了，你還惦記那個！」

魏國也急了，「你倒是快點拽啊！我要用木板擋住這個洞。哎喲！有東西在扯這個木板……丁！看在咱倆一起個戰壕的革命戰友份上，快！快使勁兒拽我！」

我明白了，敢情這廝心地瓷實，最後一個跑，還惦記著給那東西追上來，順手扯起木板想豎在洞口，真是忠勇可嘉啊！

我於是一邊使勁，一邊感慨道：「你這廝真是條漢子，革命到了關鍵時刻，需要的就是你這樣捨身炸碉堡的烈士，哥們真是太佩服了！」

李衛東和飛機也明白過來，湊過來幫我拽魏胖的肥腰，扯住皮帶像拔蘿蔔一樣使勁。誰知道那頭力氣也非常大，幾乎要把我們一起扯出去。危急時刻，我只得對魏胖喊道：「撒手啊！我們扛不住了！你他娘不會把木板豎起來？」

他吭吭哧哧地使勁扭腰，啰嚓一聲，木板懸空卡在了洞裡。我們接著一使勁，把他徹底拽了過來，癱在地上起不來，看起來似乎是扭傷了腰。

剛想定定神，就聽上頭轟然作響，有什麼東西在捶那木板，震得頭頂直往下掉土塊。

大家立刻站起身。哎喲糟糕！這洞恐怕要塌！

我們不敢停手，想盡一切辦法用手、用刀，把泥土往那木板後頭填埋，好在土塊不是很乾燥，雖然個個累得筋疲力盡，卻也堪堪把洞口封了個嚴實，撞擊捶打聲慢慢弱了下來。

幾個人使脫了力，一屁股坐下來，直喘粗氣。

汪倩此時又想起慘死在上頭的張明堂，帶著哭腔說：「剛才那個拽木板的，到底是啥東西？李司令，你也沒叫兩聲，萬一是那張明堂呢？要是這樣活埋在裡頭，那可太可憐了！」

魏國怒道：「不可能！那瘦猴哪有那麼大力氣？老子腰都快給扯斷了，這會兒還岔著氣呢！都是妳這小娘皮，害老子追了一夜，快過來給我揉揉！還他給活埋呢！我看是咱們幾個越爬越深，自己把自己活埋了！」

我知道魏胖只是嘴上不饒人，內心沒多少惡毒，於是沒好氣地罵道：「都不想活了，這種時候還想著掐婆子？剛才那東西不可能是瘦猴，咱們四個人都差點被拉進去犧牲掉，我看倒像是躺在棺材裡那位。對了，都老實交代，說！你們有沒有誰撿了人家的金元寶？」

魏胖一愣，「哎喲！我怎這麼不開眼呢？居然沒想起來往身上藏一塊。丁，你有沒有弄一塊？」

我的口袋裡倒是真藏了一塊，不過這是要命的事，一旦洩漏出去，抄家批鬥免不了，更還要戴著高帽子押來這裡指著挖，那張明堂的屍體可就說不清了。黑暗中看一眼李衛東，知道他也害怕那慘死的小女孩，心裡雖七上八下的，也算有了主意，咳咳兩聲便道：「我可不敢，我爸說過，手裡有金元寶的都是資本家和地主惡霸，逮住了全家都要批鬥的。你們要是誰拿了，趕緊扔這裡，千萬別帶出去。」

李衛東身子一震，明白了我的意思，立刻接腔：「對！丁部長說得對！汪倩，妳拿了沒有？咱可不能帶出去，我是真的沒有拿。」

小姑娘搖頭，飛機也表態說自己是第一個竄出來的，根本沒工夫撿金元寶。

空氣渾濁，歇息了片刻就覺得頭暈，一個個慢慢活動著手腳，貓著腰往前爬去。洞還真是挺深的，走了差不多十分鐘，打頭的魏胖停了下來，小聲說：「遠看像條蛇，近看還是像條蛇，這明明就是一條死蛇！但是，這兒怎會有條死蛇呢？怎麼來的？」

一聽有蛇，我們的神經立即又繃緊。怎麼老是碰上軟綿綿、滑膩膩還有毒的玩意兒？我最不喜歡的就是這種東西！

走近仔細一看，卻是根粗草繩擱在那兒，立時惹得大夥直瞪魏胖。這傢伙在最緊張的時刻還不忘記開玩笑唬人，終於引起了公憤。

我勉強擰開手電筒，還有點昏黃的光，衝前頭一照，趕忙拉住魏胖說別再走了，這個土洞似乎已經走到頭，眼下是站在懸崖邊上。

手電筒的光柱在洞口晃了晃，徹底耗盡了最後一點電力，閃了閃，熄滅。

魏胖撿起一塊土坷垃，試摸著往洞口丟，聽聲音並不深，下頭也沒有水，應該是土地，也就一人多高。順著邊沿拽住繩索跳下去，很快，一個個都踩在了堅硬的磚塊上。

魏胖突然道：「難道這裡頭有人？你們瞧，前邊怎麼亮了？」

眼睛剛有點適應黑暗，就見前頭出現蠟燭的火光，且正慢慢變亮。

這是怎回事？我敢保證剛下來時，絕對是沒有光亮的一片黑暗，怎麼才落地就有蠟燭點亮，像是知道有人來了似的？

這是什麼地方？難道是個磚窯？

第 7 章

逃

肥胖的螞蟥一頭已經鑽進了李衛東的脖子，
露在外邊的暗紅色部分竭力扭動，
猛然一抖……下一瞬間，
我看見這輩子都忘不掉的恐怖場景！

火光越來越亮，我的第一個感覺，就是自己的確置身在一個磚窯裡。周圍都是青磚，頭頂也是，一圈圈地壘成個穹頂，呈圓錐形，下頭很寬敞。我們爬下來那個洞口，就開在圓錐形的底部。

地上鋪著各式花紋磚，有一根石柱立著，撐起穹頂。周圍鑲嵌了赤幘力士、雷公、托樑獸、雞首人身等造型磚，最出奇的是還有彩繪，比如星雲紋飾闕門、青龍、白虎、朱雀、麒麟等異獸。

雄偉而陰森的氣氛瀰漫，那種石頭發出的獨特陰涼氣息，隨著火光照耀，越來越濃厚。火苗被帶動的空氣先吹得暗了一下，然後變得更加明亮。這才終於看清楚週遭環境，正前方居然起了個平台，擺著三具碩大的棺材，很高、很大。

這哪裡是個磚窯？分明是座大墳的墓室！

支撐穹頂的石柱下頭沒有鋪青磚，有個圓形小池子，裡頭都是些膏糊樣的凝固油脂，差不多還剩下半池，邊上有根粗大的絨繩，整體看著很像一個油燈。此時的光亮，就是燈芯被點燃發出來的。

圍著池子走一圈，我實在想不通，爲什麼這燈芯會自動點燃？

「咕咕……」

墓室裡突然響起兩聲蛤蟆叫，很沉悶，透著點詭異。

不可能吧！這裡頭會有蛤蟆？

就在我們幾個一愣神的工夫，跟著又響起一陣沉悶的腳步聲，由遠及近，每一步都相隔數秒，還夾雜著鞋底在地面拖曳的哧拉哧拉聲響。

我聽得頭髮都快豎起來了，別又是什麼百年殭屍吧！可又不敢跑，這兒至少還有個亮堂的大蠟燭，要是跑到黑暗中，豈不是更可怕！

腳步聲近了，「咕咕……咕咕……」的蛤蟆叫也越來越急促……

正在不知所措的時候，忽然又聽到一個嘶啞的熟悉聲音：「快熄了那火！來個人幫我！快！」

眼睛不由得一亮，是昨天晚上救了我和魏胖的那個老頭！

我和魏胖立刻向著聲音的來源猛衝，就見那老頭背對著我們，正一步步後退，手裡舉著根細長的鋼筋，臉漲得通紅，死命頂著，頭上戴個鍋盔樣的帽子，上頭有一個礦燈，亮閃閃的。

燈照著的地方，鋼筋扎在一個人脖子上，可看樣子撐不了多久，因爲被頂住的那個人一邊「咕咕……咕咕……」地叫，一邊用力逼上來，力氣顯然大得多。

我和魏胖手忙腳亂，不如這時該如何幫忙。

老頭憋著氣說道：「這是血屍！很厲害的！你們兩個人快點使勁推住我，讓我騰隻手出來。」

魏胖聞言，迅速站在老頭背後，死命頂住他步步後退的腳跟，我則幫著用手撐那鋼筋樣的東西。

老頭騰出一隻手，不知道在鋼筋底部撥拉個什麼插梢，就聽啰嚓啰嚓幾聲，那邊的人脖子立刻就被勒緊，隨著骨頭碎裂的幾聲輕響，一顆頭顱軟軟地向後耷拉下去。頂過來的巨大力量瞬間消失，差點讓我們三個往前撲個狗吃屎。

顧不上喘氣，老頭丟下手上的鋼筋，幾步跑到燃燒的燈芯前，呸呸幾口吹熄了火光，只剩他頭頂的礦燈閃亮。

他像虛脫一樣一屁股坐地上，開始喘氣，邊喘邊說：「怎麼又是你們幾個娃兒？吃飽了撐著沒事幹，還是活膩了尋死啊？呶！自己看看什麼叫血屍！幸虧我的套屍索還管用！」說完，把頭燈的光柱照了過去。

這一照，就聽李衛東尖叫一聲，暈了過去。汪倩和飛機還好點，但也是咬緊牙關，說不出話來。

那個被鋼絲擰斷了頭顱的人，就是老頭所說的血屍，渾身赤裸，但又不像殭屍那麼乾枯，看起來很結實粗壯，暗紅色的，沒有皮膚，可以看到肌肉紋理露在外邊，五官、頭髮、內臟皆無，如剝了皮的山羊。

老頭喘了一會兒，猛地站起來說道：「快走！快走！這兒說不定隨時會塌！那個池子是機關！誰點的火？」

大家全傻乎乎地搖頭，表示不知道。

他怒道：「算了！趕緊跟我出去再說，這個機關很惡毒的！沒時間跟你們幾個小屁孩廢話，不走就死在這兒吧！」

看他要甩下咱們一個人走，我們都慌了，魏胖趕緊背起李衛東，跟著朝他過來的方向跑。

身後果眞傳來震顫，有些小石頭開始從穹頂上跌下來。

沒跑多遠，又聽到一大片的蛤蟆叫，此起彼伏的，十分熱鬧，立馬嚇得我們幾個魂不附體。這時已經知道，蛤蟆聲其實是血屍喉頭發出的聲音，聽起來，前頭竟蹲著不下四、五個！

沒辦法，只得又掉頭折返，像沒頭蒼蠅一樣跑回了那石柱跟前。慌亂間，魏胖背上的李衛東被一個撲得最快的血屍扯掉，想不到在那之後，「咕咕……咕咕……」的聲音卻很是稀奇地猛然停頓下來。

扭頭去看，礦燈照射下，李衛東趴在地上，被三四個血屍圍著，裸露的脖子後面有隻蟲子，是隻特別肥大臃腫的黑螞蟥！

肥胖的螞蟥一頭已經鑽進了李衛東的脖子，露在外邊的暗紅色部分竭力扭動著，還在使勁往裡鑽，卻又鑽不進去，肥大的身軀於是略微停了停，跟著猛然一抖……

下一瞬間，我看見這輩子都忘不掉的恐怖場景！

螞蟥的身軀像氣球一樣膨脹數倍，與此同時，地上的李衛東卻整個人乾癟了下去，佝僂成個小孩，被吸去了所有血肉！

更加怪異的是，隨著螞蟥吸取血肉，腔子逐漸膨脹，本來滿是褶皺的滑膩皮膚撐大，尾巴部分模模糊糊出現一張臉，酷似李衛東，然後是人類的脖子、胳膊、胸口……

與其說是螞蟥吸了李衛東，更不如說，是李衛東自己一頭鑽進了螞蟥的肚子裡！

地上只剩下衣服和皮膚，破麵粉袋一樣攤開著。

不過片刻工夫，那螞蟥便完成了變身，渾身都是黏液，腥臭撲鼻，赤身裸體地爬在地上，翻騰著蟲體蠕動。

我的媽呀！分明是妖怪啊！

血屍逐漸退縮，看起來很是忌憚這個怪物。至於我們幾個，除了老頭，其他都已經徹底嚇傻。

老頭也不言語，脫下衣服去那池子裡使勁攪了攪，沾滿了油脂，連那燈芯也裹在了裡頭，扭頭衝魏胖吼道：「就你壯實，快過來幫我！」

魏胖應聲跑過去，油脂和燈芯裡像是有許多磷火，一揮動就畢畢剝剝地熊熊燃燒。追過來的幾個血屍首當其衝，濺上火星的地方立即著火，嘶叫著扭頭就逃。

我們跟著火光猛衝，竄得比兔子還快，雖然因爲極度缺氧而頭暈，但好歹都跑進了一個土洞。千鈞一髮之際，身後稀哩嘩啦一聲巨響，那穹頂徹底塌了下來，把血屍和李衛東都壓在了下頭。

「李衛東他……他死了嗎？」黑暗中，汪倩帶著哭腔問。

大家都很黯然。這種情況下，沒有人救得了他。

螞蟥變的那個東西，肯定不能算是李衛東。我想，那玩意兒該是咬在了李衛東的大動脈上，當時不知道是怎麼回事，反正吸入了過量的血液，再加上螞蟥本來就有劇毒，把人體的骨骼和肌肉一起融化掉，直接進了空腔子裡。只是，爲什麼最後螞蟥的肉軀會變成李衛東的模樣？

我想不通，老頭同樣也想不通。唯一可以確定的，就是那東西很虛弱，也不是什麼妖怪，最多只能算是個變了模樣的大蟲子。

老頭歎口氣道：「你們沒有都死在這裡頭，已經算是祖宗積德燒高香了。給你們說說那火是怎回事吧！」

這個墓室裡的池子是個非常簡單的機關，卻也極為陰損。

老頭說，他以前當淘沙夫子時，在嘉峪關新城鄉的丁家閘一帶，跟著別人見識過類似的機關。方圓一二十公里的戈壁灘上，那些魏晉古墓裡，墓室都由畫像磚壘砌而成，裡頭有很多這類設計，有些還把火燭暗藏起來，讓人防不勝防，一旦中招，地面便會猛然坍塌出一個深坑。幸虧他當時望風跑得快，沒被整個活埋，可仍因此稍微瘸了一條腿。

機關的原理很簡單，封墓前就先安置好放油的池子和燈芯，同時把很難揮發的油脂填進去，再連通到別處，有時連到支撐墓室的石柱，有時是斷龍巨石，甚至是流沙毒箭。墓主下葬後，封閉墓門前一刻把火點燃，然後封死整個墓室。燈芯燃盡墓中空氣後，會因缺氧而自然熄滅，此時還不會觸發機關，墓室形成真空，用以保護墓主的屍骨和陪葬的冥器。

當盜賊闖入，空氣湧入到一定程度，燈芯就會自動點燃磷火，等到油脂燒得差不多時，機關馬上觸發，墓室立即坍塌，把盜墓者砸死在底下，連同陪葬的所有一切，全給深埋掉！

老頭還告訴我們，今天凌晨時分，他找到老殭屍的巢穴，順利燒了那老殭屍，可沒想到被老殭屍融入體內的神秘法器不翼而飛，不得已之下，只好又挖了一天，發掘出這個墓室，準備仔細搜索，卻和一個血屍迎頭撞上。

好在淘沙夫子下墓都隨身帶有套屍鋼索，只是那個血屍實在太難對付，還不止一個，差點把老命給送掉。

老頭也不知道那些恐怖的螞蟥是哪裡竄出來的，皺著眉頭苦苦思索，心有餘悸，我們卻是恐懼又興奮。看起來，這些恐怖的東西並非天下無敵，淘沙夫子就很有一套眞本事！我和魏胖都很是羨慕，就連汪倩這小丫頭也聽得入迷。

最後，他意味深長地道：「淘沙令，脫甲劍，棺裡棺外鬼畫符；北斗墳，臥金屍，黃泉路上無人扶。小黑棺，紅土葬，青銅槨裡血屍現；照海鏡，人七星，巡山望海定長眠。這幾句話，你們自己記住，沒事琢磨琢磨，碰到了危險，也好知道怎麼對付。」

墓室坍塌的聲響不小，我估計地面上肯定有感覺。等一切差不多平穩下來，老頭也說了不少，幾人於是開始順著他挖的洞往外爬。

老頭掘出來的土洞，手藝還眞不錯，至少我沒見過挖洞挖得這麼好的。

看起來用了淘沙夫子的專用工具，洞壁上的鏟印一個接一個，圓滑平整，斜斜向上，通往地面。

本來空氣就很稀薄，又經過地底下一番大殺大燒，更加覺得頭暈目眩，走不動路。老頭的身體比較好，怕我們缺氧暈過去，一路上不停地說著新鮮事，吸引我們的注意力。

有關叛將史思明的線索，他還是夜盜黃巢墓時發現的。

黃巢一生殺人無數，所過之地，百姓淨盡、赤地千里。《舊唐書》記載，此人圍陳州一年，三千巨碓，同時開工，將活生生的大批鄉民、俘虜，無論男女，不分老幼，悉數納入巨舂，頃刻磨成肉糜，並稱之爲「搗磨寨」，成爲供應軍糧的人肉作坊，流水作業，日夜不輟。陳州四周的老百姓被吃光了，就「縱兵四掠，自河南、許、汝、唐、鄧、孟、鄭、汴、曹、徐、兗等數十州」，按最保守估計，至少吃掉了十倍於陳州的人口，足足有三十萬。

黃巢從一個農民軍首領蛻變成這樣一個殺人魔王，根源就在於唐朝中期的造反前輩史思明。

按歷史講述，史思明是被兒子和部將謀殺而死，實際不然。

這倒楣的突厥胡人並非被謀殺，而是因爲得到兩個銅人。它們一陰一陽，但是用天外流石雕刻，也就是咱們知道的隕鐵，非常邪異，據說能夠聚攏陰魂，召集戰場上戰死的士兵重新投入戰鬥，名叫七星銅人。由於不得其法，他擅自使用的當晚就暴斃軍營。

黃巢得知這一切後，從史思明後人手上取走七星銅人中的陽人，橫掃唐軍，強大的盛世天朝就此走向覆滅，但他也由此性情大變，殘忍嗜殺，最後不得善終。

老頭打開黃巢的墓室，發現那枚七星陽人已經被盜，同時也從蛛絲馬跡中得知，另一枚七星陰人被史思明融入體內，沒有被搶走，這才甘冒大險，追查史思明墓室的下落。

那兩枚七星銅人，用他的話來說，應該沒有傳說中的魔力，只是材料珍貴，戴在身上足以震懾邪祟，陰氣不侵。時間久了，說不定可以延年益壽。

另外，他還向我們解釋，除了朽骨骷髏作不了怪之外，罕見的古墓邪屍大抵分爲四類：殭屍、血屍、金屍、屍王。

最常見的是殭屍和血屍，我和魏胖都算見識過了。至於金屍和屍王，從清代以來，老頭就沒聽過哪個同行提起。這兩種屍煞極爲厲害，墓主生前往往是非常強橫的人物，甚至從年輕時就開始服食各種藥物，並選取萬中無一的極陰煞穴造墓，以求死後復生，或者屍解升仙。

出現血屍的機率本就可謂萬中無一，除了風水影響外，還和土壤的屬性有關，含鐵量要高，並且還得砂化到一定程度。最容易養成血屍的風水，就是霸王回馬地，墓主往往埋得極深，讓土壤侵蝕骨骸，靠風水聚攏陰氣，一旦成功，甚至能慢慢回復生前的記憶，非常邪門。但是再邪門也抵不過一把火，大火一燒，什麼殭屍、血屍都只能成灰。

老頭口若懸河，滔滔不絕，說得我們的瞌睡勁兒都沒了。我不禁開始尋思先前撿到那個小銅人，會不會就是他嘴裡所說的七星陰人？還有，寫在牆上的「巡山北嶺使，鬼盜七星屍」，其中也有七星兩個字，難道有關聯？

我不敢告訴老頭，只好岔開話題問他，這世界上有沒有吊死鬼會自己走路的？

他一聽就笑了，說沒那回事，捕捉老殭屍時用的假屍，是拿從新墳裡挖出來的眞屍體做成的，事後倒是忘記收走一個。

我接著告訴他，那個吊死鬼後來消失了。老頭一聽，頓時吃了一驚，也想不出來到底怎麼回事。

正在百思不得其解的時候，汪倩突然小聲道：「你們那同伴怎麼不見了？我記得一開始他在我後邊的……」

第8章

十年磨一劍

到了臨死的一刻，他才發現沒有什麼可以留給我的，摸索了半天，從脖子裡取出一塊東西，遞到我手上，接著緩緩地說出一件讓我聽了如墜冰窟的事……

費同慶，那個綽號叫飛機的學生，失蹤了！

魏胖一下子慌了，這人是他帶來抓李衛東的，要是出了什麼問題，回去可無法交差。

老頭遲疑地停下來道：「你們沒有眼花吧？確實是跟著咱們跳進洞的？」

我和魏國正賭咒發誓地擔保他跳進來了，不像李衛東那樣根本沒爬起來，身後的黑暗中，又傳來「咕咕……咕咕……」的蛤蟆叫。

原來還有倖存的血屍！

我們渾身發冷，手忙腳亂地趕快跑。萬一被血屍撲到，結局只有一個，就是魂歸地府變做枯鬼，沒得救！

跑著跑著，我和魏國想起書包裡還有燃燒瓶，用煤油做的，又聽說血屍怕火，忙不迭地拿出幾個，也不等老頭招呼，沒頭沒腦便朝身後扔，總算是擺脫了血屍，不過這也等於徹底隔斷了飛機逃命的路。

我們最終鑽出的洞口，在一個高粱地裡。仰頭看看天，正是清晨時分，偶爾還能聽到遠處的狗吠聲，已經離最初掉進去的枯井很遠了。

九死一生，李衛東、張明堂、飛機三個人葬身地底，我和魏國根本沒了難爲汪倩的意思，畢竟一起經歷恐怖，並肩戰鬥過。魏國率先把槍塞進衣兜裡，和汪倩握握手，表示和解。老頭則忙著把洞口重新堵上，一絲痕跡都沒有留下。地下墓室塌陷大個坑，地上卻沒啥反應，眞是神奇。

這人年齡大得多，心眼也多，猶豫了一下，還是說出了自己的想法：「你們幾個城裡娃子，這一回家去，要是爸媽問起來，會不會說這墓裡的事？我看你們得立個毒誓，千萬不能洩漏今晚兒的事，要不然就憑慘死的三個學生，公安局肯定抓人去坐牢！就算你們說得清爽，那也要帶路來挖古墓，到時候，地底下的殭屍血屍整日整夜纏著報復，一輩子可就完蛋了！」

我心裡冷笑，這廝太缺德了，如此嚇唬我們，無非是害怕盜墓的事情大白於天下，忍不住說他：「扯那麼玄幹什麼？毛主席教導我們，要用唯物主義的眼光去看世界，要眞碰上殭屍，一把火燒個場光地淨就是！我看你那是腦子裡的四舊還沒破掉，需要好好自我反省！是不是你藏了人家的金元寶，才害怕被人追啊？」

老頭吃驚地看著我，「什麼金元寶，我怎麼不知道？天地良心，我也是唯物主義者，有啥大驚小怪的！快告訴我，哪裡有金元寶？」

我有點氣結，自知失言說漏了嘴，把地主老財藏寶洞的事露了馬腳，乾脆默不作聲，不再發一言。儘管如此，老頭的眼睛仍直盯過來，閃著精光，看得我渾身不自在。

最終，我們三個人鄭重地把手放在一起，發誓保守秘密，若是洩漏出去，不得好死，末了我又加上一句，誰要違背誓言，定要被螞蟥吸乾腦子，變成白癡。

幾句話說完，老頭立刻起身跑掉，身影一轉就消失在高粱地裡。看那身手，我實在懷疑他眞是個上了年紀的老傢伙。

又合計了一會，把過程編好，決定口徑一致，咬死沒有見過死去的三個人，只是在高粱地裡迷路了，白跑一夜，說什麼都要將這個秘密徹底埋藏。不過，我有些想不明白，汪倩為什麼願意跟著發誓？或許一個女孩兒家沒啥主見，人云亦云吧！又或者看我和魏胖殺氣騰騰的，不懷好意，一時膽怯。也搞不好她喜歡我，不忍心拂了我的意思呢！這倒不錯，我忍不住暗自得意了好一會兒。

商量妥當後，三人疲憊地各自回家，連告別的話都不想多說，只有魏國特意要了汪倩家的地址。我留了個心眼，回家前，仔細看了看那口枯井的位置。在我想來，下頭那地牢的土洞通往墓穴，肯定有蹊蹺，我們只是僥倖才發現，因為那個土洞不是老頭挖的，是連老頭也不知道的另外一條小路。將來要是有時間，說什麼也要想辦法把那一箱子金元寶弄出來。

回到家裡，我趕緊把口袋裡的東西掏出來，小銅人還有金元寶墜得口袋沉甸甸的，想了半天，總算想好藏去哪裡。

老爸以前打仗受過傷，有過一段時間靠拐杖走路，解放後，他把拐杖重新油漆了一遍，當作歷史紀念一樣珍藏在書櫃裡。我費了好半天勁，好不容易才把拐杖掏出個洞，用舊棉紗小心纏個疙瘩，塞了進去，又用報紙使勁塞實空隙，最後拿萬能膠牢牢封好，外頭用木片堵上，根本看不出來裡頭暗藏機關，這才萬事大吉，放心地倒頭睡覺。

時間過得飛快，經過那個黑暗的夜晚，我和魏國親眼目睹死亡和恐懼，變得冷靜許多，更成了無話不談的生死哥們兒。隨後全國武鬥成風，血腥事件層出不窮，我們一起離開中紅聯，成了無所事事的落後分子。

又過了好久，一九六九年春天，我滿懷豪情，光榮地下了農村。

我有兩隻手，大可不用在城裡吃閒飯。爲了說服魏胖這個落後分子和我一起去廣闊的新天地接受再教育，可是費了不少口舌，他卻磨磨蹭蹭拖著不肯去。

最後他爸看他實在不行，「幸運」地給他弄到一個去國營林場的名額。那年頭，去林場等於吃皇糧，十二元三十八斤的糧票一個月，旱澇保收。這小子一聽開心了，溜得比我還快。

臨走，我告誡他：「去了遠處，凡事小心點，頭上雖然沒辮子，屁股上難保小尾巴，和階級敵人一起說話辦事，更要格外小心。文化大革命七八年後說不定又來一次，到那時，哥們兒去你那兒串連，可千萬等著啊！」

魏國走後，我心甘情願地去了農場，每天幹活八小時，每週只有禮拜天休息，一、

三、五晚上政治學習。知青們不開夥，食堂裡用大鍋熬菜，大桶盛米，五分錢一盤素的，一毛錢一盤搭點葷，全葷就是一毛五一盤。

這段時間唯一的意外，是和那淘沙老頭的再次相遇。

眞是無巧不成書，我下鄉的農場，剛好是老頭的單位，他是這兒的文書。我這才知道原來淘沙夫子之所以叫夫子，肚子裡都是有些墨水的，精明得很。

老頭見到我也是很高興，看得出來他確實是心灰意冷，失了興致，徹底地洗手不幹了，壓根不再提什麼地底大墓還有殭屍血屍的事情。我們一老一少，在這農場裡反倒眞成了朋友，他肚子裡東西多，每次和我聊起來都是一套一套的，花樣翻新，層出不窮。

過了幾年，農業學大寨的新高潮席捲農場，我們如火如荼地參加了劈山造平原運動，誓要把一百畝坡地平整爲一百畝平原，硬是把二十畝低窪地也給塡平。

轟轟烈烈、沒日沒夜地幹了一個月，我眞正懂得了「生土」與「熟土」之間的區別。抬土半米以下的生土，硬得和石頭沒有區別，一鎬頭下去火星四濺，也頂多刨半寸深。抬土一槓子兩百多斤，壓得齜牙咧嘴，直不起腰、邁不開步。兩天的熱情一過，常常想，當年楊白勞、田大江爲地主打工，會比這更苦、更累嗎？

好在老頭和我交情很好，沒少照顧我。但也因爲這樣，我根本攢不下什麼錢，全變成了煙酒，孝敬給了他。

十年磨一劍，老頭肚子裡的牛黃狗寶，基本上全都掏給了我，盜墓這一行的許多唇語暗典，各種風水相術盜掘秘法，更是樣樣不少。用他的話說，雖然一生孤獨，無子無女，但總算後繼有人，可以瞑目了。

在廣闊無垠的農村天地裡生活，經歷說不盡的喜怒哀樂、悲歡離合。就這樣，十年一晃而過。我已經二十好幾，老頭卻行將就木，身體一天不如一天。

舊曆新年剛過，正是春寒料峭時，我預感到，他很可能熬不過清明。他膝下無兒無女，在農場裡也就是和我談得來，生產隊索性指派我照顧他。

一個倒春寒的夜晚，老頭顯得格外精神，自知該是迴光返照，便把我拉到他炕頭坐下，好好地又針對盜墓這一行，跟我談了很久。

淘沙脫甲，巡山望海，關鍵都在第一個字。淘、脫、巡、望，有句概括性的話這樣說：「淘梯沙漏機關盡，脫棺卸甲鬼神驚，巡山望海千里目，大小相公扛九鼎。」簡簡單單，道盡四類盜墓風采。

淘沙夫子技術好，善破機關暗道；脫甲道人有神通，能滅邪祟鬼魅；巡山望海的分金點穴本領天下無雙，無論面對蒼莽群山，浩淼煙波，都能一一指明墓室所在，穩坐同行中的頭把交椅。

夫子言財、道人求藥、大聖無蹤、相公海盜，這四類高手的喜好，我也記得滾瓜爛熟。淘沙夫子要金銀浮財，不會去動那些鼎爐銅器。脫甲道人正好相反，要的是古墓中仙藥和秘笈，甚至捕捉名貴殭屍入藥煉丹。巡山大聖自明末清初以來就杳無音信，望海相公卻專注於在茫茫大海中，盜掘異族人的海底墓穴。目標不同，手法也大相逕庭，以淘沙夫子最顯人多勢衆，或許是因爲他們掘出土的東西流傳最廣的緣故。相較之下，其餘三類就顯得沒沒無聞了。

淘沙令，脫甲劍，棺裡棺外鬼畫符；北斗墳，臥金屍，黃泉路上無人扶。小黑棺，紅土葬，青銅槨裡血屍現；照海鏡，人七星，巡山望海定長眠。對於這些套套話，老頭則沒有做出更多的解釋，只是告訴我，以後終究會碰到。

可能到了臨死的一刻，他才發現自己竟然沒有什麼可以留給我的，摸索了半天，從脖子裡取出一塊東西，遞到我手上說：「這是我戴了一輩子的淘沙令，從戴上那一天起，我就沒想過自己會死在床上，得個善終。小丁啊！我這一個孤老頭子就快死了，有件事情一直瞞著你沒有講，現在不得不說了，只希望你……你千萬不要洩氣……」

接下來，他緩緩地說出一件讓我如墜冰窟的事。

第9章

淘沙傳人

這枚權杖有三分一個煙盒大小。
正面有一個曲裡拐彎的篆字「汴」，
背面是日月星辰，
邊上凹下去兩行小字：
巡山北嶺使，鬼盜七星屍。

老頭告訴我，殭屍肉、血屍鬃、金屍鱗、屍王鍊都是比較怪異的東西，這裡頭，殭屍肉可以入藥，血屍鬃劇毒無比，金屍鱗能辟百邪，屍王鍊更神，據說可以御風飛行。

殭屍無血肉，類似乾屍。血屍則無皮膚，不耐打擊。金屍如金剛般堅硬，根據鱗片的形狀，又可分為大金屍和小金屍。至於屍王，始終沒有出現過，只在傳言中聽聞，據說僅僅存在於上古時代。

老頭指著淘沙令道：「這枚權杖，是真正的古物。你知道，淘沙這個說法是南宋末期才有的，當年金國扶植的偽齊政權，在中原地區對兩京塚墓大規模破壞，皇帝劉豫專設主管盜掘陵墓的官員『河南淘沙官』和『汴京淘沙官』，為了給這些人壯膽，每人佩發一枚淘沙令。這權杖非金非玉，據說就是用大金屍的鱗片磨製而成，下墓能夠剋制陰邪鬼祟。我弄到手後仔細看過，確實看不出啥材料，也就一直戴在身上，現在正式交給你吧！」

我看了看這枚權杖，還帶著老頭的體溫，長方形一頭寬點，另一條窄點，有三分一個煙盒大小，很薄，薄得半透明，攥在手心裡滑不溜手，十分溫潤。正面有一個曲裡拐彎的篆字「汴」，背面是日月星辰，邊上凹下去兩行小字：巡山北嶺使，鬼盜七星屍。

好熟悉的兩句謎語，頓時讓我提足了精神。

老頭跟著又道：「我姓蒲，本名叫蒲亭辰，因為名字中有個辰字，所以道上的朋友一般尊稱我老龍王。解放後，一時手癢去北京找事，雖然無意中救下你們幾個小娃，卻留下後患。唉！我對不起你們啊！」

說到這裡，他竟然像個女人似地哭起來。

我吃了一驚，坐近點拉住他的手道：「別激動！老爺子英雄一輩子，有啥看不開的？慢慢說，先給我講講淘沙令背後的兩句話是啥意思吧！」

老頭拭去眼淚道：「也好，反正和這個權杖也有關係。巡山北嶺使，鬼盜七星屍這兩句，其實是後來刻上去的……唉！說來就話長了！」

清了清喉嚨，他開始說起他的故事……

一九二〇年代，我正年輕，風華正茂，可當時的中國相當混亂，軍閥混戰，地方割據勢力層出不窮。

盛世古董，亂世黃金，這道理誰都明白，我卻知道亂世才是盜挖古董的最佳時機，於是和一幫匪盜沆瀣一氣，專門跟著軍閥做些籌餉的地下活計，暗中也私分了不少黃白之物，一時幹得風生水起，接連破了幾個大墓，闖出淘沙龍王的名號。

巡山望海的大小相公，很多年前就已經銷聲匿跡，人人都以爲這兩個詭異的門派已失傳，因而把淘沙脫甲奉爲盜墳掘墓的正宗。誰知道，二〇年代末，中原地帶出了件怪事。

盜墓這個下九流的行業，各團夥之間的聯繫極爲鬆散，有些根本稱不上團夥，只能說是個別行爲，比如在自家地裡鋤地，一鋤頭挖出來個古墓的莊稼漢，還有窮極無聊挖新墳弄兩個酒錢的痞子光棍，都是毫無章法的散盜。只有那些有獨門秘技、有目標性的大盜，才稱得上是正兒八經的盜墓。

這些團夥間的聯繫非常詭秘，也非常鬆散，可是有一點，就是挖出來的東西總要有個去處，因而逐漸形成踩盤、盜掘、運輸、藏匿、銷贓的一整套網路。還有些剛從墓裡挖出來的寶貝，更是需要找人來盤貨，比如那些死玉，就需要尋覓人手，逐個盤去其中的雜質，才能擺上櫃檯，賣出價錢。

依靠這個無形的網路，內幕消息在盜墓老手間流傳得特別快。

一九二八年，發生了很多大事，蔣光頭誓師北伐中原，東北的張作霖被日軍炸死，北京的孫殿英盜挖東陵，到處都是亂糟糟的。

到了冬天，從洛陽傳出一則讓人憤怒的小道消息，說有一夥日本人在偃師四處活動，似乎要偷挖北郊的唐恭陵。

正巧我在那附近踩盤子看墓，一時來火，就準備去跟鬼子幹一仗。自己雖然也是個盜墓的，可盜的畢竟是自家先祖的東西，怎也不能讓小鬼子得逞。

唐恭陵位於偃師北郊的獨山上，因是唐高宗太子李弘的陵墓，又被叫「太子塚」。曾有道上的人踩過盤子，發現墓道與墓門間用呑條塡砌，多達三十餘層，大石條層層疊疊，中間還用鐵栓板拴拉，每三層上下用鐵棍串聯，以錫鐵融化灌縫，工程非常複雜，實在是唐陵中罕見的牢固大墓。那片地方又常年兵荒馬亂的，挖這個陵墓過於費事，無從下手，也就擱置下來，一直沒人去碰，想不到讓小鬼子找出了端倪。

我到了地方之後，跟著小鬼子忙乎幾天，想弄清楚這幫不自量力的傢伙有多少能耐。那幾天，總是隱約聽到號角的嗚嘟嘟聲音，我也沒在意。就見小鬼子損兵折將，死了一大半人。原來整座墓的防盜招數非常厲害，他們用濃硫酸腐蝕那堵塞墓道的鐵汁，硬是耗了三天三夜才掏出個大洞，跟著卻又被墓中流沙活埋掉一半。

灰頭土臉地上來後，小鬼子弄來許多空心鋼筒，帶了不少支架，再次下墓，想必是要用鋼筒隔擋流沙。我見這是個機會，就尾隨後邊過去，先弄死了外邊把風的人，想要把裡頭的人都活埋。

正要動手，想想卻不妥，讓這些小鬼子死在咱們的風水寶地，豈不是太便宜了？於是改變主意，順著墓道跟了進去。

走進去沒多遠，耳邊又響起嗚嘟嘟的號角聲，這下聽得眞切，心下不禁納悶是怎麼回事？慢了幾步，等鑽入恭陵時，小鬼子竟然已死得橫七豎八，滿地都是，個個渾身發黑，爛頭爛手。

我心想不好，自己的準備不夠充分，手頭什麼盜墓工具都沒有，趕緊撤退。墓道裡又黑又涼，我跌跌撞撞的，不小心走錯了路，爬進了墓室，見裡頭放著兩具高大的棺槨，還有一些陪葬的物品，整齊地擺著。

幸虧我經驗老到，轉了一圈就發現這是個假墓，放了迷棺欺騙盜墓賊，眞墓室肯定另有地點。身陷假墓，一不小心就死無葬身之地，那是說什麼也不敢動的，連忙原路退回。不想，走到原來的地方，橫七豎八的小鬼子死屍卻全都消失不見，進來的墓道也被人堵得死死的。當時我那個絕望啊！眞是叫天不應、叫地不靈，很快就因爲缺氧而昏了過去。

等到我醒來時，發現自己已出了墓道，身在某座山頂上。旁邊的大石頭上端坐一人，依然嗚嘟嘟地低聲吹著號角。

我心知是被人救了，跪下就要磕頭，那人攔住我道：「看在你弄死幾個倭人的份上，我才出手救你。墓室裡進退有據，你學的是淘沙一派手法吧？」

我非常吃驚，要知道，我的本事裡頭其實攙雜了不少脫甲道人的手法，這人卻可以看出底兒，眼光眞夠厲害，看來在墓室裡是一直尾隨著我的，能力深不可測，於是小心翼翼地說了實情，不敢有一句欺瞞。

那人聽完後，淡淡一笑道：「也算不錯了，亂世中良知未泯，不枉救你一場。給你個東西留念吧！正宗的淘沙令。」說完，翻手就扔出來這個權杖給我。

我早知道傳說中有這麼個權杖存在，用的是大金屍的鱗片磨製而成，不僅可以辟邪，更是身份的象徵，心頭又驚又喜，哆嗦著手接過來一看，果眞如此，非金非玉的，滑不溜手。那時背面還沒有刻字，只有些日月星辰的圖案。

我跪下就磕頭，請教恩人尊姓大名，那人卻不肯說，只是淡淡地問我：「我吹的是巡山小號，從回音就可以斷定墓室的方位，你天資不錯，又良知未泯……想學嗎？」

我那時驕傲自負，哪裡會想到能吹出巡山小號的人，便是最神秘的巡山大聖一脈傳人？唉！眞是蠢得要命！昏頭昏腦中，也不知道到底回了些啥。

又過了許久，那人才曼聲吟道：「此山爲北，可稱爲嶺；汝心聰敏，鬼盜機心；傳承衣缽，不做他想……罷罷罷！不如歸去！」

說著，他劈手拿過送我的淘沙令，在上面極快地刻了兩行字，又扔回給我道：「緣盡於此，相逢無期，他日可將此權杖交於有緣之人。」

我接過來一看，就是多了這兩行字：巡山北嶺使，鬼盜七星屍。想問問啥意思，那人卻走得無影無蹤了。

後來我才意識到，巡山小號不正是巡山大聖的獨門秘技嗎？那段日子，眞是後悔得天天想撞牆……

老頭說到這邊，一口氣上不來，險些就此過去，我趕忙捶胸捏人中地叫喚。一起生活了這麼多年，和他的感情很深，像恩師，又像慈父的，一想到他可能今晚都熬不過去，心裡難過得要命。

不過，老頭說起那嗚嗚嘟嘟的號角聲，卻讓我心頭泛起一絲狐疑。我這人就是疑心太重，不少熟人都罵過這毛病，這會兒竟然聯想起當年撿到那七星銅人時，耳邊似乎也聽到嗚嗚嘟嘟的聲音，莫非有關聯？還有，如此熟悉的兩句謎語，難道是同一個人，或者同一批人做下的？

他喘了一會兒，又返醒過來，接下來卻說出讓我害怕的內容：「小丁啊！當年你被殭屍掐住脖子，破了皮，我出手救你時，發現了一些問題，可當時你還小，就沒有跟你明言。現在，咱們在這一個農場湊乎了這麼多年，你宅心仁厚，是個好人，我想，還是告訴你吧！」

我心裡一驚，難不成那事還沒有完結？

老頭繼續說道：「那殭屍掐你之前，似乎掉了什麼剋制的東西，體內屍毒猛然發作，隱隱有一絲變異。我雖然沒見過金屍，但相當懷疑那殭屍已經蛻變成了小金屍，只是一時大意，治療你時，用的只是治殭屍的法子。第二次看見你時，我隱約覺得有些不妥，感覺你似乎又中了什麼毒，和那小金屍的毒互相糾纏……你後來是不是又碰到了變故？」

我緊張地思索道：「變故！那……那……我想就是那個小銅人了！莫非我在被殭屍咬的地方撿到的小銅人，真是你所說的七星陰人？」

我這人多疑又謹慎，所以這麼多年過去，一直沒有告訴老頭自己撿到過小銅人的事情。此時見他即將離開人世，也就不再隱瞞，和盤托出了所有事情，一一說給他聽。

蒲老頭的表情陰晴不定，半晌才說道：「這十年來，我竭盡所能，用了各種秘方去化解你體內殭屍之毒，這枚淘沙令是我最後的寶貝，現在給你戴在身上，只盼可以壓住。至於你是不是巡山大聖的有緣之人，那就看你自己的造化了。唉！現在才知道，原來是你拾獲了那枚七星銅人，如果所料不錯，這寶物應該也能鎮住邪祟，但要徹底化解，恐怕得找到七星陽人才可以，可惜我是幫不了你了……啊呀！不！不對，巡山北嶺使，鬼盜七星屍……莫非……」

他突然臉色大變，表情驚駭莫名，似乎想到了什麼恐怖的事情，喉頭咕嘟幾下，最後一句話沒能來得及說出來，已然嚥下了最後一口氣。

事情過去之後，我一直尋思，可能直到生命的最後一刻，他才終於徹底明白「巡山北嶺使，鬼盜七星屍」的涵義。

隔日，我痛哭一場，埋葬了老頭，懷揣著他所留下的一個薄薄的遺言小冊，在墓前莊重地磕上三個響頭。

墓碑上的七個大字，是我親手刻上去的：恩師蒲亭辰之墓。

從他死的那一刻起，我便意識到，自己是淘沙夫子的傳人了。

一輩子的盜墓收穫藏去了哪裡，他直到去世也沒告訴我，好像生怕會給我帶來厄運似的。亂世黃金，盛世古董，目前的世道還看不出古董業的將來，想來他的憂慮有一定的道理。而這一切，或許會在不可知的將來，通過他的遺言，或其他某種線索，重新浮出水面。

第10章

發財大計

我一聽有戲，

不慌不忙地又取出那金錠來，托在手上。

老黃立刻驚叫一聲：

「你！你！你從哪弄來的東西？」

看我們的眼神，就像見鬼一樣。

一九七九年，我回到闊別已久的北京城。下鄉的雄心全變成了感慨，勞改這九年，就算文革期間造了多少孽，應該都夠了補償。搖搖頭，不再去後悔，就當是從零開始，又回到零，個人原地踏步，歷史前進一步吧！

如此時光荏苒，一轉眼回城又已六七年，也是混吃等死地熬了六七年，日曆翻到了一九八五年。

我成了三十歲的老青年，高不成、低不就，家沒成，更沒幹出啥名堂。

改革開放了一陣子，可我還有點將信將疑，害怕搞的什麼運動，到最後全是秋後算帳，於是按捺住性子，冷眼旁觀。

說起來，我們這幫人也夠慘的，當初學沒上成，忙著造反，大好青年又留在了農村，遠看像要飯的，近看像逃難的，仔細一看是下過鄉的。打砸搶的習慣，讓不少人一回城就故態重萌，搞得一片烏煙瘴氣，直到一九八三年「嚴打」，狀況才有收斂，不少人落馬，其他人則膽顫心驚學了乖，開始安分過日子。

我就從那以後洗心革面，知道改革開放已經成爲大勢所趨，於是毫不猶豫地投身大潮，開始了發財之旅。

社會上百廢待興，雖然有心，可真不知道該做什麼好，只東拼西湊、連蒙帶騙地弄了三千塊錢，揣在懷裡。正好這時魏胖回北京了，讓我去車站接他。得！收拾收拾，我就奔了東單建國門。

魏國其實回城比我早，可這小子看看城裡沒啥奔頭，乾脆去了廣州折騰，給我來信說那邊錢好賺，叫我早點收拾東西，跟著一起下廣東。這次回來，想必是準備來個痛陳利弊，拉我一起出去闖新天地。

幾杯酒下肚，他的臉色越發紅潤，「不行了，不行了！酒量倒退得厲害，那邊天熱，不興喝白的。」

我哧地一笑，「你小子少來，看你腦滿腸肥的樣子，還說不能喝？鬼才信你！這麼大個兒壯漢，差不多像酒罈子了！我就奇了怪了，你小子三年自然災害，是不是貪污糧食了，怎麼一點不見瘦呢？」

魏胖摸著肚子喊冤枉：「我那時才幾歲啊！別給我瞎掰，紅衛兵那一套上綱上線，我是真怕了。」

我趕緊擺擺手，「別提這茬子事，想起來心酸。」

魏胖也沉默了，「那個啥，行！咱說點別的吧。對了，老丁啊！廣東有門生意好做，很賺錢，就是我也不知道犯不犯法？八三年那件事，可把我嚇得夠嗆，差點就給打靶了。」

他差點被打靶的事我知道，叫我說，那是杞人憂天，就那點破事要也給打了靶子，我看這社會上的小青年得全給拾掇了！

這我不想理，對於他說的賺錢事更感興趣，「別吹了，什麼生意很賺錢啊？我是眼也花了，頭也大了，還沒找著哪門子生意賺錢呢！不過，說到底，犯法的事咱可不能幹。」

他湊過來，神秘地說道：「你放心，犯法的事，誰幹誰是傻子！但是必須來點擦邊球，這年頭，想賺錢就得這樣。你看，我是這樣想的，咱倆合夥，你留北京，我下廣東，分頭行動……」

一說我就明白了，這小子想做的是倒買倒賣，打一個地域差，把廣東走私進來的小電器運來北京，讓我開個店賣，再由我負責從北京收購一些舊古董字畫什麼的，運往他在廣州的店裡，賣給地下古董商，賺的錢五五分帳。

主意是不錯，可是，上哪去搜羅舊古董字畫？

魏胖開導我：「這一行，難做是難做，可是利潤高啊！我看要不了多久，大夥肯定一哄而上，咱得先占個地兒。守著老北京，不靠這發財，真有點冤呢！我在廣州待這幾年，錯過了不少機會。老丁，你知道嗎？以前的文物是監管物品，只限國內買家買賣建國前的流通文物，『內櫃』賣給咱老百姓，個別的還不准出境，『外櫃』的專供洋人，要求是一七九五年以後打火漆的，才可以出境。現在不同，取消了『內外櫃』制度，但仍要出境打火漆。我看，這就是機會！」

我眼睛一亮，「敢情你想做走私啊？還說擦邊球，拿文物走私出境，逮住可是大罪。別了！這行風險太高。」

他一笑，「我哪有那麼手眼通天？咱就做做國內莊，不做洋莊，足夠過上好日子了。兩邊都搞成一個掛貨鋪，啥都賣，練練眼力，別漏了貨先。」

我聽聽也有道理，相當心動，於是笑瞇瞇地說：「魏胖，你還記得那年的事不？咱們掉一井裡碰到的事。」

他臉色一變，「操！當然記得！這輩子都忘不掉！那事可真邪乎，我對誰都沒敢講。」

我又神秘地問：「那，你還記得那一棺材金元寶不？」

他看著我說：「老子當然記得，還記得那個黑骨頭呢！當年沒把我嚇死，到現在也不知道是啥子東西在後頭拽我。怎麼？有戲？你別是掖了幾個元寶出來吧！」

我看看左右沒人，小聲說：「嗯！沒幾個，就一個，不過還有個別的。走！咱們回去瞧瞧。」

打道回府後，我忙不迭地取出當年珍藏的寶貝。

一個金元寶，一個臥著的小金人，東西不大，但做工都很漂亮，也不知道是哪個朝代的壓箱底兒寶貝。

魏胖一看那小銅人就站了起來，「這小銅人！我……我知道了！你小子，八成是撿了那個所謂的七星陰人！」

我吃驚道：「你這胖子的記性還眞不賴，七星陰人的事都還沒忘！可都過去十幾年啦！」

他笑道：「那是當然！這種邪事誰忘得掉？咱們當年也眞是暈大膽，我想想都後怕。聽說那老頭你後來在農場又碰到了，應該學了不少東西吧？」

我點點頭，神秘莫測地衝他的胖臉笑了笑。

他又仔細看起那元寶，「怎麼這元寶不像呢！樣子有點眼熟，又有點怪，我記得應該中間凸起個肚子的，你這個卻是平的，別是假的吧？」

「不可能是假的，元寶背後還刻的有字，我看了，應該是明代的東西。當年太笨了，不知道多弄幾個出來，我看得抽空再去跑一趟，都給搬出來！對了，你先看看貨怎樣？我可是準備當成傳家寶呢！」

魏胖翻過元寶，仔細看那上頭刻的字，只剩幾個，大部分都磨掉了，突然手一哆嗦，甩給我，「我知道這玩意兒是哪來的了！我去看過定陵博物館，那裡頭的元寶背後就有這種刻字，怪不得看著眼熟！咱們怎會惹上這老皇帝？」

我一聽也吃了一驚，定陵博物館一直沒去玩過，但我知道，當年打開地宮時，專家曾經斷言，這座陵墓在此之前從沒被盜，不可能有陪葬品流失在外頭。

我只好安慰道：「別大驚小怪的，這金元寶沒啥難做的，有了模子，我看是個鐵匠都能做。也說不定當年貢給皇上後，又做了一批呢！別管它了，趕明個兒，咱帶上這元寶和小金人去琉璃廠瞅瞅是不是古董，我有個熟人在那練攤。你小子不會這麼快就回廣東吧？」

魏胖點點頭，「不急，我這趟回來，是要看著你把攤子弄起來再走。你那有三千塊，我這差不多有一萬塊，應該夠咱收點東西，折騰折騰了。」

做文物的都知道，琉璃廠是塊風水寶地，聚集著一批老北京古玩行裡的高手，有陶瓷專家、碑帖印章專家、玉器珠寶商，還有專玩字畫的。

那陣子，這些人都叫民國遺老遺少，有的已經退休，賦閑在家，有的則被國營古玩店聘爲顧問，幫著「掌眼」。

我有一熟人，姓黃，在東琉璃廠內緊鄰怡坊齋、博古齋那些國營店鋪的旁邊，弄了一小店，明著賣些糖煙酒什麼的，其實大夥心照不宣，幹的就是地下文物古董的買賣。

其實眞要明著搞也沒啥人來管，但這傢伙不願意做得扎眼，說樹大招風，反而不如小打小鬧利索。

第二天一大早，我揣著寶貝就和魏胖去了琉璃廠。

正巧老黃在，帶我們進了後頭坐下，泡上茶。

我一說來意，自己想搞個古董店，他直搖頭，「小丁，現在這逛古玩店的客人，五湖四海，啥人都有，好的寶物，不少人都緊盯著，一般都是在行裡易手，很難流到外面。而且好的東西，行裡人都清楚身世、來龍去脈，包括這物件原來是哪位藏家的藏品，全部瞭若指掌。可以說，古玩這行當裡『人精』聚集，你一個外行人，我看難度很大。」

「在這個行當，懂了規矩，有了眼力，並不見得馬上就有銀子滾滾而來，急得滿嘴長大泡，還要故作沉穩的『等主候客』，不能一著急跑外面攬客去，裡頭學問可大了去。我當初明白了些事，就經常請那些道上的朋友吃莊子，同和軒、孔膳堂、前門烤鴨店，蹬著我的自行車都跑遍了，這才終於有人開始露臉，雖然也有漏貨的事，但總歸慢慢上了道。行裡人也知道，我是個眼睛特毒的人，經常撿漏兒，打下來的底子，不是你三天兩早晨就可以學會的。古玩是一個博大精深的傳統行業，裡頭的知識幾輩子都學不完。進這個行當之前，最好先瞭解水有多深，別光聽利有多大。這東西玩好了長壽，玩不好可折壽啊！」

耳聞目睹過太多悲劇前例的老黃，用這樣一席話提醒我們這兩個一腦子發財念頭的外行人。可我和魏胖哪裡聽得進去？跟著連說了半天好話，他還是搖頭不肯答應，不知道是這老傢伙心裡頭有啥顧慮，還是擔心我們搶了生意。

老實講，要不是看在發財大計的份上，魏胖和我眞想拂袖而去。不過，他越是這樣，越讓我覺得這裡頭眞有不少貓膩，値得千方百計去尋找突破口。看看快到吃晌午飯的時候了，我決定不再囉嗦，直接取出自己的寶貝，試探老黃的反應。

我考慮了一下，淘沙令是老蒲留下的遺物，過於暴露身份，想必他一看就知道是什麼物什，還是先拿出那最怪異的小金人，直接考考他的水準吧！那個鄉下的夜給我留下太深的印象，至今我仍不知道，這所謂的七星陰人，除了老頭的說法之外，還有什麼別的說道？

老黃的小眼睛一瞬不瞬地瞅著小金人，眼神裡有震驚，也有狐疑，看得出，他是在強自忍住用手去摸的衝動。

他拿出放大鏡仔細看了半晌，臉色愈發沉重，嘴裡喃喃說道：「眞是怪了……怎麼會有這東西呢？不可能啊！」

我一聽有戲，不慌不忙地又取出那金錠來，托在手上。

他立刻驚叫一聲：「你！你……你從哪弄來的東西？」看我們的眼神，就像見鬼一樣的恐怖。

我沒想到這金錠會對老黃造成這麼大的衝擊，也有點著忙，趕忙說道：「這東西都是我們自己撿來的！怎麼？老黃，你知道這些是什麼？我還想拿來當鎮店之寶呢！你瞧夠不夠格？」

他鎮定了下來，卻是壓根不信我說的話，嗤之以鼻道：「這東西你要是能撿來，那我們的小店都不用開了，直接去喝西北風得了。說實在話，這東西也就我知道點眉目，以後千萬別在外人面前拿出來現了，懂嗎？」邊說邊冷冷地看了我們一眼，眼神很有點異樣。

我一聽就明白了他的意思，收起寶貝，一臉諂笑道：「還是黃大老闆見多識廣，我和小魏眞要好好請教了。要不這樣，看這時間也剛好到了飯點，咱去找一地兒，邊吃邊談，如何？」

老黃毫不猶豫地點頭答應，叫過櫃檯上的三侄子看好門面，收拾一下，跟我們奔了前門烤鴨店。

卷三

邪祟上身

窗戶外頭的玻璃上映出一張人臉，面無表情。這人要是不認識還好說，偏偏我認識，五官絲毫沒變，正是當年給壓在磚墓裡頭的李衛東！

第11章

舊傢俱

這櫃子肯定不是老古董，
連明清的傢俱都算不上，
做工粗糙，結構也很簡單，
兩邊各開一個門，中間鑲嵌了個穿衣鏡，
土頭土腦的，毫不起眼。

酒足飯飽，老黃不慌不忙地剔起牙花子，我和魏胖則敬上香煙，準備好靜聽他要說的話。他剔了一會，心滿意足地摳出一塊藏在牙縫裡的碎肉，這才喝口茶清清嗓子，開始給我們上課。

「我也不說那些見外的話了。搞古董的人都知道一些內幕的事，比如這文物，絕大部分來源只有一個，九成九都是從地下挖出來的，就是地下的老墳！咱們國家自古就有厚葬的風俗，腳底下可是個大寶庫，埋藏了無數寶貝，現在流傳世面上的只能說是九牛一毛，更有些東西，就算是給你挖了出來，也是見不得光，否則很輕鬆就能折騰個家破人亡。」

「不是我嚇唬你們，搞古董的人也怕，萬一碰到不該碰到的東西，只能自歎倒楣，能躲就躲，這裡頭不止牽扯眼光的問題，還有運氣的成分在。你們應該也知道什麼叫作明器了，那是古代埋人的時候陪葬的一些器物，本來叫冥器，後來給說成了明器，其實就是跟著墓主人去陰間使用的東西。但是，最寶貴的，並不是陪葬的明器，你們知道是啥子嗎？」

我和魏胖一起搖頭，心裡頭隱隱覺得有點不妥，但又說不出來哪裡不對。

老黃慢條斯理地接著說道：「陪葬的寶貝裡，明器自然占了多數，取不傷廉，只要你有本事給挖出來，都能變成錢。明器明器，本來就是擺在明處的器物，墓主人其實也希望這些東西能讓挖墓的手下留情，得一些浮財就罷手，不要壞了棺槨和屍骨。但是，明器特別多的老墳，裡頭的門道也特別多，往往還有些藏在暗處的東西，我們搞古董的人，一般稱其爲黃器。」

「這個黃，有三重意思。一個是說，這些東西往往外面包鑄有十足的純金，顏色金黃，實際裡頭藏有東西，有藏玉的，有藏木的，還有藏骨的，最稀奇的莫過於藏天石，也就是隕石的，無一例外。第二，就是目前的已知黃器，只在皇帝陵墓裡頭有，顯見是唯有皇家才能使用的天子器物。當然，最關鍵的一層意思，是說這黃器不好黏惹，惹上了會有麻煩，而且你不知道它厲害在哪一個方面，有的讓你立刻染上暴病，有的讓你莫名其妙患上慢性病，斷子絕孫，也有的會讓你運氣大壞，人完蛋不說，還什麼事都『黃了』，做不成。」

我和魏胖都嚇了一跳，難道我手上的東西，就是所謂的黃器？

沒那麼邪門兒吧！我們可是清白得很，從沒有幹過挖墳掘墓的勾當。更何況是皇帝陵墓，這北京城周圍也就是明十三陵，早都是重點保護的地方，不可能啊！定是這老黃在危言聳聽，至少我和魏胖目前都好好的，安然無恙。

老黃瞧了我一眼，像是在回答我的疑問，「小丁，你手上拿的兩樣東西，有一樣自然就是我所說的黃器。那個小金人來歷稀奇，絕對是帝陵裡頭挖出的東西。你別不服氣，我仔細看過了，那衣服和首飾的模樣，是胡人不會錯。但到底是不是黃器，也還需要找人再看看。」

我立刻想起來，史思明和黃巢好像後來都稱帝了。莫非這黃老西的眼光真的很毒，連這都看得出來？

他有點想不通地搖搖頭，不等我們介面，自顧自又說道：「我唯一奇怪的，是這小金人的姿勢。你們想到沒有？這個小金人的姿勢很眼熟，我第一眼看到，就想起來一個人——明朝的萬曆皇帝。我記得打開定陵萬曆的棺槨時，新聞報導有說，這老皇帝是『仰面朝天，右手扶著自己的面頰』，後來有人說這叫北斗七星葬式，並且據此推斷，從朱元璋開始，明代的帝王很可能都採用『北斗七星』葬式。你手上的小金人姿勢，就酷似這個葬式，奇怪不奇怪？」

他口若懸河地講了這麼久，聽得我有點發懵。一個搗騰古董的，居然要知道這麼多東西，我那肚子裡的一點墨水，看來遠遠不夠。黃器和明器的區別，更是讓我心涼半截兒。鬧了半天，自己寶貝似的藏了這麼多年，卻是藏了一個禍害在身邊，一時間完全沒了主意。

老黃斜著眼看我和魏胖的反應，腦子裡不知道打著什麼主意。這人也讓我越發看不透了，內心突然產生出很強烈的防備心裡，只覺得除了魏胖是可以相信的哥們兒，其他人恐怕都不懷好意。

我不以爲然地搖搖頭，「不可能！這應該是唐朝的東西，不會是明朝的。我一師傅告訴我這玩意叫七星陰人，很邪氣的，你別忽悠我啥都不懂。」

再看老黃的古怪表情，我更覺得這老傢伙肯定是忽悠我，編造了什麼黃器的一堆假話，想騙走寶貴的七星陰人，心裡冷笑，索性亮開試探下，於是模仿著老頭當年和我閒聊的口吻，緩緩說道：「脫沙千金，卦響未分明，緩追大頂踢桿子，相公袍子無有何方？」

這話聽著拗口，其實意思很簡單，就是警告他：淘沙一門講信義，你胡說八道我聽得出。慢說各自術業專攻不同，總脫不了參拜大小相公，敢問你是哪個派別？

他一愣，驚訝非常，神色變得有點尷尬，隨即莊重起來，「勾抓倒斗元良，遠缺蓋子，山上山下浪追浪。」

我一聽樂了，敢情這廝和淘沙的蒲老頭眞是同行，唯一不同的是老頭走的是山陵大淘沙，這廝卻是專攻唐墓的小淘沙。這個切口等於回答我：原來你是盜墓手腳厲害的同行，我走眼失敬了，大家都是同門，只是大小不同，勿怪勿怪。

我想了想，又問他：「缺元良，套口夫子，敢問這位頂上元良，可否過山拆門？」

這是明白無誤地告訴他：我雖然學的是淘沙正宗，但一向在外地餬口，請問前輩，這裡到底能否容納我開個山門店？

老黃愈發坐立不安，小聲介面道：「頂盤柴火照雲開，岸是岸。」還不錯，等於告訴我沒有問題，生意上還要幫襯著，至於那些舊時的條條框框，可以不用太在意。

話一說開，事就好辦了。魏胖雖然聽得一頭霧水，但看我倆的表情就知道事成了，便笑道：「嘿嘿！敢情你倆終於接上頭了，這搞得跟當年地下工作者一樣呵！」

我意味深長地說道：「那是，還眞的要當地下工作者呢！說不定哪天我就把你帶入行了。」

老黃的眼光和表情很是無奈，「小丁啊，我和你父親認識了許多年，一直拿你當自己的孩子來看，你要是眞想做這一行，我勸也勸過了，看你說話才知道是眞人不露相。既然已經蹚上了這窩渾水，惹上麻煩，我自然不能袖手旁觀。這樣吧！我那琉璃廠的門面旁邊還有個空房，我本來想留下來作倉庫用的，現在就給你們收拾收拾，算是做個鄰居，好歹照應一下。」

我和魏胖趕忙點頭說好，是福是禍，走著瞧嘍！

俗話說得好，敲鑼賣糖，各幹一行。

且說我和魏胖得了老黃的幫忙，很快就撐起攤子，逐步踏入了古董這陌生的一行。的確是萬事起頭難，忙碌了差不多一個月，才慢慢摸上門道。魏胖見事情差不多了，也收拾東西下了廣東，去給我搗騰貨源。臨走時，死乞白賴地從老黃店裡搜羅了幾樣古董，說是拿去開開眼。自然，該出的價錢，我還是算給了人家。

老黃的店一點也不熱鬧，基本可以說是冷清，只是這傢伙很鬼，隔三岔五就出門不在家，很是鬼祟，我也猜不出來他去了哪裡，估摸沒幹好事，八成又去哪翻騰古墓了。人家不是靠這店來賣東西的，根本不怎麼動勁吆喝，用他的說法，不圖賣出去個啥，只求收進來點啥，就算賺錢了。

我待在隔壁也受影響，賣掉的倒是不少，卻收不到東西，所以經常去他那店裡東瞅瞅、西望望，向他虛心求教。老黃自然是有問必答，但我總覺得他有不少事瞞著我。

冬天過去後，天氣漸漸暖和，眼看要進入炎熱的夏季。魏胖來信說這幾天就回來，叫我稍安毋躁。

我習慣了早早開門，該幾點營業就是幾點營業，就算生意不好，也不隨便推遲，因為「賣是賺錢，買也賺錢」，有上門賣貨的來了，興許帶的是個千載難逢的好東西，要是沒開門，沒準就得「漏貨」，那可是天大的遺憾。

今天一大早，我打開門，就奇怪地發現隔壁的老黃坐立不安，似乎有什麼事專門在等我。果眞，我剛沏好茶，他就走過來招呼：「小丁啊！我今天有事情需要你幫忙，你看能否抽個時間？」

我一拍胸脯，「沒問題，您儘管吩咐，幫忙不幫忙的就別客氣了。」

老黃笑著說：「是這麼回事，我今天要帶上三侄兒一起去趟延慶，天黑才能回來，不巧的是，今天很可能有熟人帶貨來，店裡沒人。小丁，你不如來我這邊看一下店，有人送貨來了，你就驗貨打收條，不用給錢，也不值個啥錢，沒事的。」

我一聽這事不難，應該好辦，也沒在意，就答應下來。老黃高興地帶上他看店的三侄兒就走了，似乎是約了同行去延慶那邊看什麼貨。

就這樣一直枯坐到下午，一個人影都沒有，百無聊賴，正打瞌睡，就聽見有動靜，一個人晃悠悠地走進來，直奔我跟前說道：「同志你好，請問黃老西他在嗎？我和他說好了今天過來的。」

我估計這人可能就是老黃所說的熟人，順口答道：「老黃他有急事剛走開，叫我在這兒等著，說是天黑前就回來，應該快了吧！你要是有什麼事我能辦的，交代給我也成，我叫丁朝陽，和老黃很熟。」

那人有點失望地道：「嗯！這樣啊！應該也沒啥大問題，老黃他一直叫我收點舊傢俱，我今兒個好不容易收來了一個，這不，給他送來了，在門外的三輪車上。你先收著，趕他回來我再找他算錢。」

我哦了一聲，出去一看，見三輪車上橫放一櫃子，外邊用破布包著，個兒還挺大，老黃這店裡根本擱不下，心下爲難，不過很快就有了主意，反正我那邊地方還有空的，幫人幫到底，送佛送到西，便一邊張羅著叫他卸貨，一邊打開了我那邊的店門，安置地方。

破布揭開後，我卻發現這櫃子肯定不是老古董，最起碼連明清的傢俱都算不上，做工粗糙，結構也很簡單，兩邊各開一個門，中間鑲嵌了個穿衣鏡，土頭土腦的，毫不起眼，不由心下直犯嘀咕，可別收錯了東西，老黃回來可要賠錢了。

那送貨的人看我眼光很懷疑，神秘地笑笑道：「別看做得不怎樣，老黃要的是這木料。你摸摸，不知道是啥子材料，但絕對是好木頭。只能說那木工是個笨蛋，糟蹋了。」

我不相信地用手一摸，觸手冰涼，莫非是名貴的紫檀？聞一聞，卻沒有香味，反倒是一種很奇怪的味道，涼颼颼的嗆鼻子。

我對傢俱不在行，也很少見老黃收這玩意，但這櫃子的木料確實不錯，連我一個外行都看得出，於是爽快地給來人打了收條。

送走那人，天快黑了，老黃叔侄倆還沒回來，我也不著急，就算趕不回來也無妨，乾脆住店裡看門吧！又不是沒住過。

瞅瞅到點關門了，索性出去吃個飯，又匆匆趕了回來。

舊衣櫃立在那兒，和屋子其他的擺設一點都不協調，我索性把包著的破布都給扯掉，把中間鑲嵌的鏡子隨便擦了擦。

估計這鏡子有年頭了，四角都已變得不透明，中間還有點變形。

好久沒有照過這麼大的鏡子，不由自主地站到前面整整衣服，忽然覺得有點頭暈，鏡裡似乎有兩個人影。我嚇了一跳，忙拉開電燈，又在鏡子前轉了一個圈，卻是沒有什麼異常，這才鬆口氣。

第12章

鬼鏡之賊

猛然驚醒，睜開眼就看到窗戶外邊的路燈光。

我覺得不對頭，

正想起身去把窗簾拉上，

就發現屋子裡有人，

在腳頭那邊站著，悄無聲息。

把門反鎖好，我鬼使神差地又跑去鏡子前，做了幾個當年最流行的革命造型，不由洋洋得意，想起那熱血澎湃的歲月，高音喇叭、大字報、拚命喊出來的口號、綠軍裝的海洋……

屋裡的電燈閃了一下，將我從回憶裡拉回來，門縫裡也有絲絲涼風吹進來，看來今年這冬天又要來早了。唉！我歎口氣，也不知道魏胖這廝啥時候回來，真有點想他了。

把雙手從口袋裡掏出來，又在腰上，歪著頭看鏡子裡的自己，鏡子裡的我也歪著頭。又把手放進褲子口袋，瞇眼奸笑了一聲，鏡子裡的我也瞇眼，露出奸笑的表情。嘿嘿！想不到我笑起來還蠻好看的，都快趕上港台明星了，只是這髮型有點亂啊！

我把手從褲子口袋掏出來，離近鏡子，輕輕梳理自己的頭髮，隨即渾身一凜，被狠狠地嚇了一跳。

鏡子裡的自己竟然沒有把手挪到頭上，仍放在褲子口袋裡！

我操！這他娘怎麼回事？

我趕忙把放在頭髮上的手拿下來，再看鏡子中的我，插在褲子口袋中的手也立刻取了出來，不過卻背在了身後，還是和我的動作不一樣。

定神去看鏡子裡人的懵樣，沒錯！絕對是自己的臉！

我的腦袋轟的一下就懵了，忙不迭地後退幾步，離那鏡子遠遠的，心砰砰直跳，手心全都是冷汗。這到底怎麼回事？不合科學規律啊！

正想一步跳開，就見鏡子裡又出現一個人，離我很近，就在身後兩三步遠，穿著黑衣服，是民國舊軍閥愛穿的披風，一面黑色一面紅色的那種，高領子快遮住整張臉，看不清楚模樣，但手裡似乎拿有武器。

他快步走上來，舉起那武器，斜斜地刺向鏡子裡的我……

這一幕太過詭異，我嚇得狂叫出聲，猛然回頭向身後看。

身後空無一人，啥也沒有。

我害怕極了，這操蛋的衣櫃絕對不簡單，冒冒失失地把它搬進我的店裡，搞不好就要引火焚身。

四周一片安靜，毫無聲響，衣櫃裡更沒有駭人的鬼怪撲出來。我僵硬地站了一會兒，不由暗想，是不是今天生意太閑，瞌睡眼花，看到幻覺了？或者因爲我總是懷疑老黃對我不安好心，疑心生暗鬼，這才沒來由地看到這一幕？

世界上是沒有鬼怪的！人死便如燈滅。我安慰了自己一會，定定神，便想洗澡睡覺，心裡發誓再也不去照那個該死的鏡子。

突然想起自己還有個七星陰人，師傅說這玩意百邪不侵，戴在身上足以震懾邪祟，趕忙翻出，握在手心裡，把那淘沙令也取出來，戴在脖子上。電燈卻是不敢拉滅了，心跳得厲害。

鏡中的自己居然有不一致的動作，這他媽還叫鏡子嗎？可那如果不是自己，又會是誰？還和自己長得一模一樣！那個穿黑衣的傢伙，手裡拿的又是什麼武器？我壓根沒看清楚，像是刀又像是棍子，長長的一截……

朦朧中，意識漸漸模糊。

嘈雜的高音喇叭突然響起來，我身穿綠軍裝，紮著武裝帶，周圍密密麻麻都是一樣打扮的年輕人，個個義憤填膺地注視前面的廣場。

廣場中間有三具死屍骸骨，周圍還堆有不少亂七八糟的雜物。

一個紅衛兵小將高喊革命口號：「毀滅四舊！」

此起彼伏的口號聲喊了很久，我的嗓子都有點啞了，就聽見人群中又有人大喊一聲：「革命現在開始！」

話音剛落，雨點般的石塊向三具骷髏飛過去，隨著一陣「劈劈啪啪」的響聲，七零八落，一片狼藉。

類似的這種場景，早已經看到麻木了，奇怪的是，印象中，我似乎從沒有置身過這個大會，心裡有點空蕩蕩，落不到實處。

又聽見一聲令下，烈焰騰起，廣場成爲一片火海。「啪啪」炸響中，似乎有人在呻吟，又像是還沒有死透的反抗，煙灰四散飄落，紛紛揚揚，連空氣都開始充斥刺鼻的氣味。我有點莫名其妙，突然想到自己很有可能是在做夢。正心慌時，便聽一聲炸雷，大雨傾盆而下……

猛然驚醒，睜開眼就看到窗戶外邊的路燈光。

誰把電燈拉了？

我覺得不對頭，正想起身去把窗簾拉上，就發現屋子裡有人，在腳頭那邊站著，悄無聲息。

估計這賊也聽見了我醒來的聲響，站在那裡，一動不動。眼睛適應了黑暗，我很快看出那個賊用黑衣服包住了全身，身軀高大，很是健壯，渾身立刻出一層冷汗，不知道應該怎麼辦。是該大喝一聲，與之搏鬥，還是裝睡，讓他安然逃走？

扁擔打狼兩頭怕，不應該呀？我這破屋裡，怎會有東西招賊呢？路燈的微光透過窗戶照在屋內，那賊終於挪動了腳步，悄無聲息地向門口走去。我看他兩手空空，應該沒有偷到什麼東西，暗自鬆了一口氣。讓他走吧！這賊人孔武有力，我單獨一人，還沒穿衣服，不佔上風。

賊人輕輕拉門，門卻沒有開。他似乎不相信地呆了一下，又用勁一拉，還是沒開。這下連我也聽出來，這門鎖的鉸鍊被人從外邊掛上了，但是沒有鎖，拉一下可以開條縫。我內心委屈得直憋氣，想不通老黃離開的這個晚上怎會如此熱鬧，除了小偷光顧，還有其他人在外邊守株待兔。

賊人看來是撬門入室的，不知道用什麼工具弄開了門後的插梢，但決計沒想到外頭的鉸鍊會不明不白地被掛上，站在那兒，有點慌張。

我見狀，索性開口說道：「兄弟別怕，咱們談談吧！」說話的同時，人已經坐了起來，準備談不成就開打。下鄉十年可練就一身好筋骨，回城這些日子也沒落下鍛鍊，眞要幹起來，最多是個兩敗俱傷。

賊人連遭驚嚇，條件反射撲過來，速度很快，我還沒來得及反應，就被壓到床上。不過，我也不是吃素的，早已經盤算到這種情況，在他撲過來時預先屈起了膝蓋，使勁一腳兔子蹬鷹，把人踹出去老遠，咚的一聲，一頭正碰到那個衣櫃上，軟軟地滑倒地上，不動彈了。

外頭可能還有人，我快速穿好外套，起身去廚房拿了把菜刀在手上，暫時不敢拉開電燈，在離那賊人一米遠的地方站住了腳，問道：「說吧！這怎麼回事？你要來偷什麼東西？外面是不是還有你的人？」

那小偷不知道怎麼回事，毫不動彈，竟然像是暈過去的模樣。

好端端一個大個子沒這麼脆弱吧！撞一下就暈？

我不耐煩地用菜刀敲了敲床幫，叫他好好說話，卻沒有效果。無奈走過去，用刀背拍了拍這廝的後腦勺，還是一動不動。

靠！不會是眞的暈過去吧？心裡頓時一樂。兔子撞到木樁上能扭斷個脖兒，大個子小偷撞到衣櫃上，竟然也有這麼巧的效果。

正想過去拉開電燈，瞧瞧是何方神聖，就聽見門外有動靜，然後是老黃的聲音傳來，像是在跟他那個三侄子說話：「手腳麻利點，快把身上的土抖抖，別帶進屋裡。」

我陡起驚覺，這老黃看來不是什麼善茬，鬧不好剛折騰完一個古墓回來。

聽他說話，應該是才回來，怎麼會毫不猶豫地來開我這邊的門，難道是黑燈瞎火，走錯了門？

有這麼巧的事？

猶豫了一下，敵我情況不明，先躲一躲比較好。眼下就這個衣櫃可以藏身，但我還沒有蠢到把自己關進去的地步，而是一步竄到衣櫃背後的黑影裡，緊緊攥住菜刀。只要苗頭不對，管他老黃還是別人，我都會毫不猶豫地把菜刀劈下去。

門嘎吱一聲開了，跟著就是電燈被拉亮，老黃一聲驚呼：「這！這……這怎麼回事？」

他三侄子說道：「小丁應該沒回家，住到了店裡，你看折疊床都撐起來了，鞋子還在，只是……人去了哪裡？」

接著就聽老黃笑著道：「小丁，出來吧！別躲那櫃子後頭了。是我老黃，剛回來，看你門上的鎖沒有掛，過來瞧瞧怎麼回事的。」

我鬆了一口氣，走出櫃子後面，沒好氣地穿上褲子和鞋，一邊嘟囔：「半夜三更沒好事，逮住一賊，快找繩子捆了去派出所。你們也是，怎麼這麼晚回來，幾點了？」

老黃看我凍得臉色發青，瞅瞅手錶說道：「還不是很晚，剛過十二點。你啥時候買的這衣櫃，料子不錯嘛！」

他三侄子趁我們說話的空檔，跑去看那賊人，把頭撥拉過來一瞧，立刻招呼老黃：「七叔，你快來看，這人是不是趙家的？咱今天好像在延慶見過他，人高馬大的，我可記住了。」

老黃走過來一看，臉色頓時陰沉下來，「沒錯，是趙家的老二。他怎麼會來這裡？小丁，你怎麼發現他的？」

我遲疑了一下，沒想到老黃會認識這個人，「我還不知道怎回事呢！興許我睡覺時沒拉燈，給人從外邊看到了。怎麼？這人你們認識？」

老黃點點頭說道：「嗯！認識，但不熟，看來是衝我那個店來的。不過，奇怪啊！這傢伙跑得挺快，我們中午還在延慶見到他，他來找我做什麼？哎呀！不行，小丁，這人不能送去派出所。」

我看了看老黃和他三侄子，頭髮上還黏有灰土，手指甲裡也不乾淨，肯定沒幹好事，便沒好氣地嚷嚷道：「怎麼就不能送派出所了？我還真要給他送派出所去，誰認識都不行，除非你說清楚怎回事！別忘了，這撬的可是我的門！」

老黃尷尬地瞅瞅他侄子，說道：「這沒問題，我可以說給你聽，不過這人還是得讓他走，趙家可是道上有名的無賴，咱惹不起。」

我一聽什麼道上的人，心裡若明若暗地知道是盜墓的同行，也就鬆了口，由得他倆一缸子涼水潑醒那賊人，冷冷地吩咐他滾。

關好門後，老黃叫他侄子把背包拿過他那邊店裡去，回身把窗簾都拉上，這才坐到我的彈簧床邊開講。

「俗話說隔行如隔山，盜墓這一行，也有自己不成文的規矩，不是誰都能摸得清楚。小丁啊！我老黃知道你身懷絕技，但自古以來儒以文亂法，俠以武犯禁，你牽扯進來，很難說會不會沒了下場，所以一直不敢跟你說得太透徹。不過，這段時間，我發現你很有做這行的天分，眼光也開始毒起來。我老了，很多事情都做不成了，將來還是你這樣的年輕人的天下。」

我點上煙，也遞給他一根，洗耳恭聽。

老黃使勁抽了一口煙說道：「倒斗的事，不是每個人都幹，只有極少一部分人，比如那趙家的就是。幹這行是暴利，雖然風險大，但盜挖古墓是無本生意，只要做得夠巧妙，不會給人發現的，反正都是無主之財，不給公家逮住就不會有人告，心別太黑，一般都不會出事。我是年輕時候挖得上癮，一直沒擱下，見你手裡拿著頂尖兒的黃器，就是那個七星陰人，著實羨慕得緊，一直問你從哪撿來的，想去看看能否搗騰出來點好明器，卻總是沒機會。」

第13章

撞邪

窗戶外頭的玻璃上映出一張人臉，面無表情。
這人要是不認識還好說，
偏偏我認識，五官絲毫沒變，
正是當年給壓在磚墓裡頭的李衛東！

老黃接著說：「盜墓手法和派別雖多，成氣候的卻不多，而且各有各的地盤，很少越境盜挖，直到近幾年才徹底打亂，誰也管不著，道上也默認了，誰有本事先挖到，就算誰的。淘沙脫甲，巡山望海，都是這一行裡頂尖兒的人才。」

「淘沙令，脫甲劍，棺裡棺外鬼畫符；北斗墳，臥金屍，黃泉路上無人扶。小黑棺，紅土葬，青銅槨裡血屍現；照海鏡，人七星，巡山望海定長眠。小丁，你聽過這幾句話沒有？這可是盜墓這一行裡的鐵律，前人流傳下來的經驗。」

這幾句話，下鄉的時候聽老頭講過，我於是點點頭說知道。

老黃接下來說的，卻是我不知道的事情，看來也就是最近幾十年的新鮮事。

「南邊有一夥盜墓人，善於聽雷，手法很古怪，都是四個一組，專挑雷雨天動手。一般盜墓人都會分辨土質、土色，唯獨這夥聽雷的同行，更善於利用自然現象，雷雨天分站四個不同方位，仔細聽雷，過後就能確定墓室的具體方位。有墓室的地下，就算塌了，比起周圍的生土，仍算是空的，打雷時特別容易形成共鳴。有了聽雷的獨門訣竅，就能聽到地下墓室相應和的聲音。這本領我不會，北方打雷少，學了也沒用。」

他打開了話匣子，一改往日的冷靜，滔滔不絕地跟我聊起來。

「先古陵墓不封不樹，不在地面設置突出的標誌，難找得很，但咱們淘沙夫子有自己的一套辦法，比如說看植物。有古墓的地方，那裡的自然五花土在掩埋過程中受過破壞，莊稼長勢會比周圍地區要差一些，上面也很難長大樹。不僅如此，下頭埋著的人的死亡原因和活著時候的性格，都會影響到墳頭上長出來的花花草草。這樣找到的雖然都是些小墓，談不上規模，但小墓裡頭出土的東西，反而最好賣，不是絕世珍寶，不起眼，收的人多。說實在的，有些東西，大家都知道價值連城，比如青銅器，但國家管得太嚴，就算挖到了也很難賣個好價錢，反倒不如明清的字畫瓷器。」

「探漢墓用重鏟，挖唐墓用扁鏟，我比較熟悉唐墓，一探出墓坑的形狀，就知道棺木應該在哪兒，陪葬明器中的陶器在哪，金器又在哪，兩邊的耳室裡會有啥。等真的下去一看，一般基本都是塌的，灌滿了土，說是墓室，實際上都是土，東西就埋在裡頭，我就照著位置刨，也能刨出來些寶貝。」

我忍不住問：「這樣說來，市面上的寶貝應該越來越多啊！我怎麼這麼久都收不到幾個？」

老黃笑了，「這可不是誰想收就能收來的，你才做這行多久？哪有人敢給你行貨？再說你也沒什麼固定的好主顧收購，自然做起來難。」

看看手錶，他猶豫了一下，還是接著聊起來，「俗話說，亂世的黃金，盛世的古董，這幾年穩定了一點，收藏的人開始多起來，以前沒有見過的許多寶貝也逐漸露出來。剛才放走那撬門的漢子，其實就是南方這夥聽雷的同行，今天我和三侄子去延慶做事撞到他，我看應該是來撬我那門的，只是不知怎麼搞到了你這兒。這可是壞了同行規矩的醜事，八成你還要惹麻煩。」

「古董行裡傳說，明末以來有十二個盜墓賊，本領高強，手段毒辣，行事非常詭秘，每個人都有自己的絕技，一般稱呼作『十二生肖』。他們的後人這兩年開始活躍，去陝西、上新疆、下關東的絡繹不絕，都是踩點盤墓的高手。今晚上來你屋裡的那個趙家老二，就是當中的趙五羊的後代，趙家也就這個老二活躍異常，連我都知道，他手上剛有批好玉在尋買主。」

我聽得心裡大起狐疑，想起老頭蒲亭辰說過，自己的外號叫老龍王，應該是當中的一份子。莫非老黃也是所謂的十二生肖中的一個人物？

對上我疑惑的目光，老黃不自然地點點頭，說道：「你猜的不錯！我的祖上精通唐墓，對於掘磚室墓很有一套。唐墓，除豎穴外，都有短斜坡墓道以及短自道，墓室內砌棺床或者挖棺床，喜歡許多人合葬在一起，壁畫更是不可缺少的擺設。我這門絕技中，最厲害的就是鼻子，可以嗅出地下壁畫的味道，也因爲這鼻子的功夫，在十二生肖中穩穩占了個位置，可惜我學得不夠精通，想來，這門絕技差不多就要失傳了。」

看來他對於挖墳掘墓的勾當沒少幹，古董這汪水還不是一般的深，頓時讓我有了點心灰意冷的感覺。心不在焉地看了眼今天剛收來的櫃子，還是替老黃驗收的，八成也不是什麼正經來路。

老黃目光敏銳，早已發現了這個突兀地出現在我屋裡的舊櫃子，見是個話縫，趕忙起身走過去轉著圈地看，越看越是搖頭，「這東西啊！嗨！想不到真的重見天日了！作孽啊作孽！」

我無所謂地說道：「這櫃子是給你的，下午時候有個人送來，指名要找你算錢，我看你屋裡沒地兒擺，這才暫時放在這兒。正好你回來了，瞅機會拉過去吧！」

見老黃露出大吃一驚的表情，我猛然想起來點什麼，不等他開口，趕忙介面說道：「對了！這櫃子上的玻璃有點邪門，我看很有問題，把我嚇得夠嗆，有空你換換吧！」

他驚訝道：「什麼？我早上要你幫忙代收的東西，難道就是這個？你……你知道這是什麼嗎？」

我疑惑地搖搖頭，表示不知道。他神秘地壓低了嗓子說道：「這個櫃子本身沒毛病，有問題的是這材料，你過來看看！」

我半信半疑地走過去，只見老黃用手輕輕敲了敲櫃子門，說道：「這木紋裡有金絲，是楠木中最好的一種——金絲楠木，千年不腐不蛀，尤其是古代的木料，不上漆也越來越亮，早都絕跡了。一個破爛櫃子，居然用上如此好的材料，不用想也知道來歷。」

說到這裡，他有點擔心地看看我，「當年開挖定陵，萬曆皇帝和兩個皇后的棺槨，都是用的金絲楠木。三具上等棺木，後來卻被扔到了山溝裡，被周圍的農民撿回家打成了傢俱，我是知道這回事情，卻一直無緣得見。唉！也眞是作孽，我們不得已幹些盜墓的事，卻從來做不出這麼過分的事，眞是可惜了。」

我還眞不知道有這一回事，想想自己酣睡的床邊，居然豎了一副埋了幾百年的棺材板兒，很有點心虛地問道：「你別是瞎說的吧！要眞是皇帝老子的棺材板，怎麼會給扔掉？誰都知道這是好木料。」

老黃黯然答道：「當年定陵博物館開放，深達二十七米的地宮深處，只有空蕩蕩的洞穴，原棺原槨哪兒去了？打開地宮的時候明明還在的。我後來才知道，皇帝棺槨的消失和定陵博物館的成立，是在同一天發生的。博物館成立那天，上級檢查清潔衛生，結果呢，幾個職工劈下棺木的銅環賣錢，巨大的棺槨則從寶城上給掀進了山溝，當天下午就被附近的農民搶光。」

「我知道撿棺木的公社社員，大多是裕陵村的農民，也專門跑去收過幾次，但一無所獲。後來嚇唬他們說，皇帝的東西不是隨便可以用的，要是沒那福分，消受不起，恐怕會搭上性命，還是沒人願意拿出來，想不到今天卻在這兒見到！唉！眞是作孽！」

陰暗的屋子正中，舊衣櫃就儼然一副棺槨，令我毛骨悚然，直想奪門而逃。

老黃卻沒那麼緊張了，又點根煙，自顧自說道：「既來之，則安之，是福是禍躲不過的。當年你們這些小娃子也太狠了，老皇帝一家三口的枯骨也放把火燒個乾淨，都不知道你們怎麼想的！」

我一聽這茬事，立馬想起來剛才做的惡夢，渾身嚇出一層冷汗。

那年在廣場批鬥萬曆皇帝的屍骨，自己年齡還小，並沒有去。也就是說，這舊衣櫃進門開始，起碼已經出了兩件怪事，一個是鬼鬼祟祟的鏡子，一個就是我做的夢。夢裡的場景，應該就是紅衛兵當年焚毀屍骨的情況。

再看一眼這櫃子，我預感自己該是被這死不瞑目的老皇帝纏上了，不禁大感憋屈。墳不是我挖的，屍骨也不是我燒的，幹嘛找我？

老蒲臨死時候說我身中邪毒，一直沒有完全清除，最擔心的就是再次招惹上不乾不淨的東西，看來現在一不小心又中招了。靠那個淘沙令和七星銅人，還能不能剋制得住？

天色很晚，我卻被老黃的話說出幾身透汗，一絲睡意皆無。

那個趙五羊的後代跑來我屋裡到底幹什麼，老黃也猜不透，嚷著累了，要回去休息。我哪裡會放他走？一個人守這老棺材板可是大大不妥，於是說好說歹地拉他陪著閒聊。

聊到後來，我對這個所謂的萬曆昏君的事蹟越來越感興趣，不由暗下決心，抽時間一定去找找這人的資料研究下，看看這老皇帝觸了什麼霉頭，怎麼死後還不得安生，陵墓被挖，棺槨被拋，屍骨被燒，實在太晦氣了！

天終於濛濛亮了，看老黃實在撐不住了，我抬頭望望窗外，打算一等亮了，就讓他快點拉走這櫃子，自己也回家好好睡一覺。想不到不看不打緊，一看，竟然又被嚇一跳。怪事年年有，今年特別多！這他娘究竟怎回事呢？莫非我體氣弱了，老是撞邪？

窗戶外頭的玻璃上，映出一張人臉，面無表情地看著屋裡。這人要是不認識還好說，偏偏我認識，十幾年不見，五官絲毫沒變，正是當年給壓在磚墓裡頭的李衛東！

李衛東的面龐貼在窗戶上，愣愣地看了我幾秒鐘，眼神空洞，沒有一絲感情，只在消失的一剎那流露出憤懣和痛苦，充滿不甘。

那張人臉一閃而過，我嚇得張口結舌，說不出話，瞌睡勁兒全沒了，幾步跑出門去看窗戶外邊，他娘的鬼毛都沒一根！

回來後，我喃喃地對老黃說道：「眞是見鬼了！當年紅衛兵時一哥們兒，早死了，但我剛才卻看見在窗戶外邊。」

我只說了這樣一句，沒打算詳細告訴老黃當年在井底碰到的事，畢竟那時發過毒誓，絕對不洩漏出去的。

又過了一會兒，我回過神來，忍不住問老黃：「你說，這世界上到底有沒有鬼魂？

我這一天之內已經碰到了三件說不通的事，到底是怎回事？剛才跟你說過這櫃子上的鏡子很邪門，是真的。」

接著，我把照鏡子時裡外姿勢不同，而且鏡子裡的自己身後還有人偷襲，但現實中什麼也沒有的事，都詳細給他說了一遍。然後又告訴他，剛才做一惡夢，似乎就是當年焚燒萬曆屍骨的場景，外加玻璃上的死人臉，怪事一件接一件，鬧得我心裡很是害怕。

怎麼會看到李衛東呢？

莫非吸了他血肉的變態螞蟥最後沒死，又從墓裡爬了出來？

老黃想了半天，這才開口說道：「對付地下的殭屍、血屍，我是一點都不怕，但你說的這些事很蹊蹺，似乎都和幽冥陰魂有關係，老實說，我還聽得真有點怕了。不過，有一點，這些怪事，似乎都和一個東西有關，就是你拿給我看過的七星銅人。有關七星銅人的傳說，我不是很清楚，但記得是可以召喚陰魂的，要是合到一起，更是法力無窮。元朝時蒙古人得到過其中一個，因而橫掃天下，到了明朝被收歸皇宮大內，應該就埋在十三陵裡頭。另外一枚一直下落不明，興許就是你拿的這個，所以陰魂一直圍繞不散。今天接觸到深埋幾百年的萬曆棺材板，說不定是一個引子吧！」

老黃說得我毛骨悚然，看來，淘沙令和七星銅人這兩個辟邪的寶貝，是一刻也不能離開身邊了，否則難說還會碰到什麼糟心事！

一時間，屋內寂靜無聲，只有窗外的日光越來越明亮。

大門突然砰一聲被人推開，闖進來一胖子道：「這天都大亮了，你們倆在這兒搞什麼？我站外邊聽了一會，還以為是商量什麼發財大計，卻又啥也沒聽著！」

一看，原來是魏胖從廣東回來了。

第 14 章

秘瓷海域

努力回想腦海裡那些瓷器的掌故，
我突然倒吸一口冷氣。
胎薄體輕，釉色碧翠，
厚薄均勻，如冰似玉。
這是唐末五代時期越窯的秘色瓷！

我大喜過望，關鍵時刻，還是老哥們兒親切啊！

老黃笑呵呵地看著我倆擁抱在一起，魏國這小子人胖，看起來就憨厚，走到哪都有好人緣，連老黃都對他印象不錯。

趁這工夫來了個棒勞力，我二話不說，揪著他搬櫃子，不管老黃怎抗議，硬是連拖帶拽地弄了過去，處理了這個禍害後，立刻告辭走人。

一夜沒睡的瞌睡勁兒散去，見了魏國，興奮得也睡不下了。吃早餐的時候，我們就開始聊。

魏國這些年走南闖北，見識多，吃完一抹嘴就跟我說：「我這次回來，還帶了一個人，是專程來找你的。這人來頭可大了，晌午你收拾利索點，咱們就去見他，管保沒有壞事。」

我雖然有點意外，但沒放在心上，畢竟我相信魏國不會坑我的，倒是關於李衛東的事情很讓我揪心，忍不住問道：「我說，魏胖，你還記得那個紅戰團的頭頭李衛東嗎？」

他一揚眉毛嚷道：「當然記得！那時侯老子多輝煌，百萬軍中取上將首級，一下就把他這個大頭頭給放翻俘虜，怎一個爽字了得！」

我苦笑著把一天來的怪事告訴他，又說了自己的看法：「最先那個破鏡子裡的我，絕對是我，不會錯的，但我壓根想不明白，爲啥和我做的動作不一樣。你在鏡子前擠擠眼，裡頭卻撇撇嘴，都他娘哪跟哪兒啊？還有我做的夢，千眞萬確就是當年在廣場焚燒屍骨的場景，雖然沒去，但我看過報導的，也錯不了。剛才問你李衛東，就是想知道這麼多年來，你有沒有他的消息？這人當年到底死了沒有？」

魏胖大睜著雙眼瞅我：「你早說那是皇帝的棺材板兒啊！我要知道，哪裡會便宜了老黃這鐵公雞？金絲楠木值大錢了！嗨！你可眞是！那李衛東給螞蟥吸乾了血肉，又被墓磚壓住，肯定是死得不能再死了，不過那個汪倩我倒是有聯繫，要不問問她，興許她會知道。還有個飛機，這倒是眞沒有見到屍體的……」

這回輪到我吃驚了，魏胖這廝對女孩子一向後知後覺，而且那小姑娘我都快沒印象了，老實講，長相並不出衆，人也瘦了點。難道這廝動了凡心？

我笑著對他說：「你這廝是不是看上人家小姑娘了？嚴打那陣兒，沒給你整成一流氓，看來是漏網了。對了，小丫頭現在做什麼呢？」

魏胖有點尷尬地道：「哪能呢？人家哪隻眼也瞧不上我這派兒，我也就回城那陣找過她兩次，後來聽說她考上大學，去了一單位，還是考古隊，老是出差，就沒再見著了。」

我們又聊了一會兒，越來越覺得應該找找這三個人，我甚至有個預感，他們可能都死得蹊蹺，包括那汪倩，我都懷疑她是否還活著。

吃完早飯，我聽魏胖的勸告，回家去好好睡一覺養足精神，約好下午去鋪頭見面，一起見他說的那廣東老闆。

躺在床上，恍惚中睡過去，醒的時候已是下午了，趕忙洗澡收拾，跑去鋪頭赴約。昨晚受了那麼多驚嚇，想必半天不開門也不至於那麼晦氣，剛好漏貨。

老黃的一番話，讓我對做古董買賣有點灰心了，早知如此，還不如到處去挖挖掘掘，出點力氣也能發財不是？

好像我天生的骨子裡，就對未知的神秘充滿了好奇，總想過點和其他人不同的生活，等下見了魏胖，倒是要探探他口風，看他有沒這個意思。這傢伙雖然胖，但可不是虛胖，身手了得，應該比我強。

晚飯我們又跑去吃烤鴨，這玩意兒百吃不膩。我對發財的前景越來越看好，毫不吝惜地叫了三大盤，美美吃了一頓。

魏胖帶來的客人一看就是廣東人，吃菜的口味很淡，說話也慢條斯理，四十歲左右，不過普通話說得不錯，「丁先生，我叫嚴德宣，長了幾歲，見笑見笑！在廣東，我和小魏可是老朋友了，這次專程上來，是想約你們倆做一筆買賣，你先不要推辭，我聽小魏說過幾個切口詞兒，就知道丁先生是一位頂好的元良，這筆買賣必定會成功。利潤嘛，自然是相當的豐厚，怎麼樣？是否可以合作一下？」

我不滿意地瞅了一眼魏胖，這小子怎麼口不關風，啥都往外講？要是傳了出去，豈不是要進局子？

魏胖不好意思地說道：「這個……老丁，你知道，我有時候喝多了就喜歡瞎吹，好在老嚴不是外人，你這邊收來的不少古董，人家都給了好價錢。我還知道，老嚴家裡人在解放前還跟你是同行呢！咱們也去幹他一票，錢這玩意兒，實在是太有用了！」

我一瞪眼，「什麼同行？你哪隻眼睛瞧見我幹過盜墓的事？去去去！這事弄不好要掉腦袋的，先聽聽嚴老先生有啥指教再說。」

我嘴巴不饒人，心裡卻是暗笑，沒想到不用我去勸他一起幹一票，這小子倒是先琢磨上這盜墓的事了，有前途！

老嚴從包裡取出三樣東西，一起攤開在我們面前。我和魏胖立刻湊上去，仔細地看了一會兒。

最先吸引目光的是一個九稜瓷壺，高十釐米，口徑大約三釐米，壺口五瓣葵花形，斜壁平底，內土黃色釉，外黑色漆皮，稜上刻有九條銀龍，造型優美。好在我對瓷器已經有了很系統的學習，手上也倒賣過幾件罕見的珍品，看這質地，立刻肯定是好東西，一時卻看不準出自哪個名窯。

又仔細看了一會，努力回想腦海裡那些瓷器的掌故，我猛然倒吸一口冷氣，「我知道了，這可是無價之寶啊！過往從來沒有出土過五代秘瓷的完整作品，想不到居然可以見到一個完整的！」

胎薄體輕，釉色碧翠，釉色精美取勝，厚薄均勻，如冰似玉。「九秋風露越窯開，奪得千峰翠色來。」這是唐末五代時期越窯的秘色瓷，不會錯！

宋人趙麟在《候鯖錄》中說：「今之秘色瓷器，世言錢氏立國，越州燒進，爲供奉之物，不得臣庶用之，故謂之秘色。」

近年來，不管什麼博物館還是私人收藏，都沒有發現過任何一件秘瓷的完整作品，因而比起宋代鈞瓷、元青花瓷，更要珍貴稀少得多。

這老嚴到底是從哪裡弄來的？

我按捺住心跳，去看他取出來的另外兩樣東西。

第二樣是一張巴掌大的羊皮紙，上面斑斑點點，像是張海圖，只是年代已經非常久遠，顯得異常陳舊。第三樣東西是用釘書機訂起來的幾張照片，這個就比較清晰了，我一眼認出是航拍照片，照的是東海附近的海域。

怪了！爲什麼把這幾樣東西取出來擺在一處？看起來風馬牛不相及啊！

老嚴看我們充滿疑問地抬起頭來，神秘地笑笑，「丁先生，你眼光不錯，這件瓷器確實是唐末五代的秘色瓷，如此完整，恐怕是這世上第一個出土的。但我敢保證，我們合作完成後，這將不是唯一的一個，到時候會有至少十件珍品秘瓷，屬於你倆！」

魏胖一聽這玩意居然是舉世無雙的寶貝，頓時兩眼放光，搓著手，渾身都是勁。看他那模樣，就是讓他馬上去偷王母娘娘的蟠桃，估計也會毫不猶豫地答應。

好事倒的確是好事，但我深知，好事不是那麼容易得到的，必定隱含著極大的風險，不然這老嚴也不會千里迢迢地跑來。內心的第一個直覺，就是這寶貝應該和古墓有關。

我又不滿意地瞪了一眼魏胖，而後轉頭對老嚴感歎道：「這瓷器可是咱們中華民族的瑰寶！我平時經常遺憾，從古到今，真有數不清的寶貝，藏在未知的角落裡，不見天日，不能讓廣大勞動群眾好好欣賞，實在可惜！如果老嚴你真知道這秘瓷出土的地方，我一定義不容辭地幫忙。當然，報酬什麼的，我是不想的，只要能把這寶貝上繳國家，給更多的老百姓看看，我就心滿意足了。」

魏胖一聽急了，叫道：「什麼啊？幹嘛上繳國家？這可是無價之寶！你肯，我還不肯呢！」

老嚴微笑著說道：「小魏，你莫急，我看丁先生說得很有道理，有眼光！秘瓷這東西過於稀罕，有價無市，你眞弄他十幾件去叫賣，說不準沒一個人敢買，這玩意來路不正啊！到最後，恐怕又給那些二鬼子漢奸買去，便宜了歐美的洋鬼子。君子愛財，取之有道，我嚴德宣也是不願意讓這些寶貝流落海外的。至於咱們自己，千辛萬苦取來秘瓷的同時，大有其他的值錢玩意來拿，小胖，你倒是不需要爲這個擔心。」

他說著，又看著我說道：「爲了這次合作，不管最終成功與否，我都願意先拿出十萬塊錢給你們，以表誠意，只要二位答應一個小小的要求。」

我不由自主地點頭。十萬！這可不是個小數目，多少個萬元戶啊！

便聽老嚴嚴肅地說道：「秘瓷出土的地點，是在東海邊上的一片海域，我估計情況相當複雜，咱也明人不說暗話吧！那兒是個海島大墓，地宮內的物品，我只要一件東西，其餘都歸你們，但這樣東西必須由我先挑選，如何？」

我考慮了一下，點頭說道：「沒問題，您畢竟是大老闆，寶貝可以先挑。不過，您知道，地下的世界千變萬化，有許多未知的兇險，蛇無頭不行，所以我希望這次合作，直到從地宮出來，都必須由我說了算。如何？」

他遲疑了一下，隨即爽快地點頭。魏胖當然更沒意見，不停點頭稱是。

老嚴又拿起那幾張紙道：「那我來詳細解說一次這個合作的細節，你倆心裡也好先有個底兒。」

這事，原來要從唐朝末年說起。

那時群雄割據，到處兵荒馬亂，盛唐風采已經蕩然無存。黃巢麾下的部將朱溫多謀善戰，趁勢而起，滅了唐室，建立後梁。自此，梁唐晉漢周許多豪傑，你來我往，搞個不亦樂乎，歷史進入了五代十國的大混亂、大破壞，上有暴君，下有酷吏，常年戰爭征賦不斷，直到北宋再次統一，這其中相隔了上百年。

在江浙這片兒地頭，當年先是建立了吳越國，開國君王錢鏐參與鎮壓黃巢起義軍，後來割據蘇南和兩浙，被朱溫封為吳越王，定都錢塘。這個被稱為「海龍王」的吳越國開國之君，在位三十餘年，讓江浙保持了高速的繁榮發展，是個勵精圖治的明君形象，偏偏有個毛病，就是每年都要大量徵召民夫勞役，讓不少不堪重負的老百姓流離失所，在史學界是個難解的。

經過老嚴的仔細查考，終於從中發現一個不為人知的秘密。

在吳越國的山區，曾經居住有一個佘族部落，歷史記載中，吳越建國之初，這個小部落突然失蹤，只略微提到部落中人買舟入海，消失在茫茫大海中。

老嚴覺得這其中大有問題，奔波查訪多年，發現確實有這樣一個部落，當時其實是遷徙去了東海的無人島嶼立國，但是依舊和吳越國有緊密聯繫。不知道出於什麼原因，錢鏐每年都必須徵召大量民夫去那裡勞役，為了掩人耳目，只好在吳越國內也大興土木，把本地徵召的民夫留在國內，將從戰亂地區擄掠來的人口都送去那部落的海島。那些人，沒有一個人活著回來。

得知這段隱密的史實之後，老嚴買通漁民，隨船出海去尋找島嶼，卻一無所獲，但在機緣巧合之下，從魚腹裡得到這件秘瓷，裡頭就密藏著羊皮紙的海圖。

他仔細對比，發現海圖指明的地方，很有可能就是消失的海島，而從繪圖者的匆忙程度和標注的字眼來看，島上當年進行了一項大工程，絕對是在修造一座超大型的陵墓。

大喜之下，他緊接著又想方設法，從國外弄來那片海域的衛星航拍圖片，果真看出一絲端倪。

聽他說到這裡，我忙把海圖和航拍圖片擺在一起對比，發現確實有些不對頭的地方。老嚴標明的那片海域，在海圖上顯示的是一片星羅棋佈的小島，可航拍照片上卻看得很模糊，像是一片空白區域，只是顏色較周圍都淺得多，似乎說明水面下有無名島嶼沉沒。此外，不同的航拍圖片顯示的海域形狀還不一樣，應該有風浪極大的海底暗流。

毫無疑問，那片海域有問題！

第 15 章

進村

我和魏胖低頭揉起酸麻的小腿肚子，
驢車很快就沒影了，
卻聽到不遠處那漢子的聲音還在喊：
「這地兒不是你們來的，
走晚了小命都保不住！」

我和魏胖看得出，這嚴德宣確實是有備而來，隨手就從皮包裡取出兩捆人民幣說道：「這是兩萬塊錢！不好意思，本想帶大額的港幣上來，好拿點，又怕你們說我沒有誠意，所以只帶了這麼多，其他的我會匯給你們。還有什麼需要瞭解的問題不？丁老弟，你可不要推辭，老龍王的親傳弟子如果都搞不定這單事，那我就找不來其他人當幫手了。」

我一愣：「老龍王？哪個？你沒有搞錯吧！」

老嚴有點不自在地道：「說出來真的抱歉，在我來找你之前，專程去你下鄉的地方瞭解了一下，看到了你給老龍王立下的墓碑。勿怪勿怪，老朽只是想謹慎行事，丁老弟千萬別傷了和氣。」

我聽德一頭霧水，不過明白這傢伙早已經暗地裡調查過我了，雖然知道他有他的道理，心裡還是有點疙瘩，「老龍王？你說的是蒲亭辰？」

老嚴點點頭，「道上鼎鼎有名的老龍王，大名就是蒲亭辰，十二生肖中排行老大。淘沙夫子，辰龍魁首，脫甲道人，寅虎當頭。我一查出來你竟然是老龍王的唯一弟子，就對這次合作充滿了信心。」

我還第一次聽說蒲老頭有這麼高的地位，那個什麼寅虎當頭，看來是脫甲道人中的佼佼者，對老嚴搞小動作的不滿立刻拋到了九霄雲外。「我說老嚴，你這樣暗地裡調查我是有點不對，不過看在你是真有誠意的份上，我也不會怪你。但是，希望不要有下次了，我這人最不喜歡的就是玩陰的，你明白嗎？」

他趕忙點頭，「沒問題！沒問題！保證不會再做這樣的事。丁老弟果然是做大事的人，大人有大量！」

我尋思了一下蒲老頭當年說過的話，對於這樣的海島大墓，還是心裡沒底，「老嚴啊，還有一點我得說說，淘沙夫子好像沒什麼水下盜墓的本事，你怎麼不去找找望海相公幫忙呢？我聽蒲師傅說，茫茫大海中，望海相公才是有真本事的同行。」

老嚴苦笑道：「我不是沒有找過，可那巡山望海的大小相公，銷聲匿跡這麼多年，根本無從找起。就連你這樣的正牌淘沙夫子，我都沒有見到過。再說，那海島大墓，說起來是在海上，但是所有建築機關與陸地差別不大。至於怎麼把大夥連同裝備一起運到那片海域，我不是吹牛，這點本事還是有的，你就只管到了海島的地頭後，放開手腳大顯神通就是。」

收下兩捆錢，就算是應承下來這件事，和老嚴約好一個月後在台州的椒江賓館會合，誰先到誰等著。老嚴自然要去準備航海潛水的許多裝備，我和魏胖則要抓緊時間處理好手頭上的事情，順便突擊強化一下身體，免得到了海島上給人笑話。

這可是我第一次有計劃地去挖一個大墓，緊張中更多的是興奮，魏胖也是同樣激動。我倆跟老嚴千叮嚀萬囑咐的，又合計了許多挖掘海墓需要準備的東西，這才告辭回家。

奇怪！我怎麼這麼快就來到海島了？

不知道爲什麼原因，我沉沒在水底，幽暗，冰冷，只見一個光源在不遠的地方透著白光。費盡力氣游過去，卻看見一個女人站在水底，雙眼緊閉，皮膚泡得發白，長頭髮在水裡頭漂呀漂的，一起一伏。

我嚇壞了，拚命想浮上水面，卻一頭撞入一大團水草。用手去扯，不是水草，柔韌滑膩，黑黑的，卻是頭髮。

大團的頭髮越來越多，越纏越緊，我逐漸透不過氣來。就在絕望的時候，有人在水下邊扯我的腳。

說來也奇怪，下邊的人一扯，我就掙脫了那成團的頭髮，向水下邊沉去，低頭一看，卻是剛才豎立在水底的那女人。

她的嘴巴一開一合，似乎在說話，我聽不到什麼，卻能感覺她翻來覆去說的就是兩個字：救我……救我……救我……

大駭之下，我使勁一腳踢開她拽住我腳脖子的冰涼手指，吐著氣泡往上浮，終於升到了水面。

水面上一片漆黑，不時有磷火閃爍，發著幽幽的藍光，卻是一個人都沒有，好像置身在一個水井裡。摳住井邊往外爬，磷火閃爍中，看見岸邊擺著三具巨大的棺槨，金絲楠木、碩大的銅環、白玉鑲邊的棺床。中間那個最爲高大的棺槨，蓋子被緩緩掀開，裡頭躺著一個戴著純金翼善冠、身穿緙絲十二章袞服的腫脹屍體，此刻正要坐起來。那張臉，長得跟那死得不能再死的李衛東一個模樣！

李衛東挺著個死人臉，衝我就奔了過來，不等我有反應，雙手一伸，已經掐住了脖子。我大叫一聲想要往後躲，一翻身又栽入井內……

睜眼醒來，渾身大汗淋漓，兩手正掐在自己的脖子上。窗外艷陽高照，時間已是上午，原來又一次做了惡夢。

起床洗臉刷牙，我不禁愣了，脖子上真有淡淡的手指頭印子，頓時六神無主。難道自己眞要掐死自己？

扔下牙刷，我直奔魏胖家，走在路上心底還犯嘀咕，因爲那水底的女人，模樣很酷似一個過去認識的人——汪倩！

聽我說完，魏胖半信半疑地道：「那好，晚點我撥個電話給汪倩的單位，瞅瞅她在哪兒。咱先吃點東西吧！我剛出去買回來的早餐。」

他本來說得輕鬆，可等打完電話回來，面色轉爲已是少有的陰沉，「我看這事還眞有點懸！汪倩那單位說她請假好多天了，說是回浙江老家，末了一再問我到底姓魏還是姓丁。我說姓魏，那人就說汪倩有留話，要是姓魏或者姓丁的來找她，就把留言說出來，只有五個字：李衛東來了！」

我聽得眼皮子一跳，「李衛東！不就是那個給螞蟥吸乾又被壓在地底下的傢伙？你都說他死得不能再死了，怎麼又來了？我操！我說這兩天老是做惡夢，難道這小子變成妖精了，跑我夢裡招脖子？」

魏胖困惑地搖搖頭，「鬼知道怎回事呢？我怎沒攤上這破事？汪倩已經好幾天沒有音信，早過了請假的期限，單位裡很不滿意，一再交代我，要是找到人，告訴她趕緊回來上班。你說這可怎麼辦？」

我一瞪眼，「怎麼辦？涼拌！我哪知道？要不咱也去看看。我總覺得這小姑娘有問題。尤其是李衛東，簡直成了我肉裡頭的刺，扎得難受。」

這世界上是沒有妖精鬼怪的，蒲老頭跟我說得明明白白，一切貌似不可思議的怪事，背後其實都有說得通的道理，就看自己怎麼去發現。碰到問題卻不去主動尋找答案，很有可能被問題的表面現象給害死。

反正我們也要去浙江，汪倩既然回了老家，乾脆我和魏胖收拾東西早點走，順路去找她。這年頭捧個鐵飯碗不容易，可別給砸了，最好捎帶著把李衛東這半人半鬼的東西滅了，也算去個心病，省得連覺都睡不安穩。

兩人就這樣上路了。魏胖費了一番周折，打聽到汪倩浙江老家的地方，卻是一個鄉下。進了浙江往東南走，在雁蕩山的北麓，景寧的東邊，名字叫西陵村，不通班車，想進村，只能繞小道撒開兩腿跑。

我們都是有錢人了，說啥也不想遭那罪，好說歹說租了輛小農夫車，拉到最近的一段路，他媽的骨頭都快顛散架了！但是離村子還有十幾里泥巴路，汽車肯定開不進去。

正發愁不知道怎麼找小路過去，打後面來一驢車，拉著亂七八糟的雜物，趕車的是個中年漢子，臉色陰沉沉的，看得我倆渾身不自在。

我緊跑兩步上去，硬著頭皮問：「師傅，去西陵村，小路怎麼走啊？」

漢子上下打量打量我，說道：「我就是西陵村人哪！你外地來的？是要進村吧？」

「是啊！麻煩你就給帶個道兒吧！出門在外，不容易啊！」我說著給他遞了根兒煙，連盒都塞了給他。

漢子叼上煙，嘬了兩口，「上來吧！村子這幾天不太平，你倆也小心點兒。」

我聽了沒當回事，現在有錢了，我和魏胖就連穿的內褲也是名牌，根本不怕會有什麼事。只是慶幸有這麼個村裡人帶路，不然找到天黑也找不著地兒。

顛了將近一個鐘頭，知道這漢子叫劉老全，土生土長的西陵村人。看看天又有下雨的意思，那漢子說道：「不遠了，你們下來走吧！這樣還能快點。我住村子邊上，已經到了。」

我和魏胖趕忙收拾東西下車，沒口子地連聲稱謝，然後低頭揉起酸麻的小腿肚子。驢車很快就沒影了，卻聽到不遠處那漢子的聲音還在喊：「趁早回吧！這地兒不是你們來的，走晚了小命都保不住！」

魏胖呸了一口，嘟囔道：「去你媽的烏鴉嘴！」

天陰得不行，村裡全是矮牆破院子，家家戶戶都掩著門。

我隨便問了個莊稼漢：「老汪家住哪？」

那莊稼漢還眞知道，抬手一指，「一直往裡，大青磚的老宅子就是。」

我點頭道謝，一邊走，一邊回頭看，那莊稼漢站原地兒盯著我們，神色竟然變了，眼神很不友好，瞅得我後腦勺冒涼氣。

沒走多遠，果然就看見了目的地。院牆高立，臥底石條起底，青磚一壘到頂，還是個挺大的老宅子。

魏胖左右看看，笑著對我道：「汪家這宅子不錯啊！老丁，你看看這裡有沒有啥值錢的古董，咱們順手給他摸了去。」

我忍不住罵了他一句：「你丫是土匪，還是鬼子進村啊？別忘了咱可都是萬元戶了！」說罷，抬腳就進了院子。

看來汪倩家在這裡還是個富戶，只奇怪的是房子外頭人來人往不斷頭，敢情出了啥事，村裡不少人都聚成了疙瘩。

我和魏胖站在院裡，探頭探腦地左右瞧，就見院子中間用大紅布圍了個帳篷，裡頭亮著燈，影影綽綽的，似乎坐了幾個人，都是一動不動的。

跟著有人發現了我們，圍上來滿懷戒備地四下亂瞅。一個幹部模樣的人湊上來問道：「你們哪的？怎麼跑這兒了？」看樣子就要把人往外頭轟。

我趕緊說道：「別！別！我倆北京來的，汪倩同志一個單位的，領導不知道她出了啥事，讓我們趁著出差趕來瞧瞧。進村時候碰到你們村的劉老全，他趕的驢車指了路才找來的。」

話音剛落，周圍的人嘩啦一下就散開了，那個幹部也扭頭就跑。

我一看嚇了一跳。怎麼話還沒說完，人就全變樣了？什麼玩意兒這是？

緊接著，紅布帳篷的門簾一掀，打裡頭出來一人，穿的是上紅下綠對襟小棉襖，全身亂顫，亂髮飛舞，齜著黃板牙，朝我就撲過來。

意外來臨時，我一向是能躲就躲。

魏胖已經來不及躲，何況這廝對於這種事一向喜歡直接，乾脆趁這主兒離得近了，攢了足足的勁頭便給上一腳，正蹬在大胯上。

那人慘叫一聲躺在地上，仍是抽搐個不停。

那個幹部腆著肚子，掐腰招呼起來，「我告訴你倆小子，可別逞能，全村兒都饒不了你們！」跟著一揮手，圍上幾個小夥子，看樣子是準備群毆了。

我心裡一沉，一個人單挑一群的沒把握事，還是少做爲妙，趕緊喊道：「你們怎麼這麼不分青紅皂白？我倆眞是從北京過來的！汪倩到底在不在？叫她出來認一認不就結了，何必非要傷了和氣？」

卷四

前往東海

船艙裡不可能藏什麼海怪，積水很淺不說，還堆滿了東西，卻是不應該在海船上出現的東西，也不出奇，就是八口棺材，一口摞一口地擺在那。

第 16 章

撈屍

就聽他一聲低吼，
鐵鉤子下頭的繩索上拖起一個小棺材，
沒有蓋子，渾身好多圈繩子。
裡頭有一具泡成死黑色的屍體，
濕淋淋的往下滴著水。

魏胖不言語，陰沉著臉從口袋裡掏出一把五四手槍，拿在手上。我也拿出了刀來。那幹部瞧瞧魏胖，再看看我手上的三稜刮刀，臉色變得有點軟了。五四手槍可是花了大價錢買來，唯一特點就是穿透力強得不像話。你要是拿個勃朗寧之類的，他或許以爲是玩具嚇唬他，沒準就反抗，但是看見「五四」，一定老實。

果然，那幹部接著想了想，揮手散開了圍住我們的人，仔細驗看了一下我的身份證，末了還看了火車票，這才放下心來，苦笑道：「同志們，別生氣，村裡確實出了些事，誤會了！誤會了！」

我也趕緊就坡下驢，「哪能呢？這不說開了就沒事嘛！不生氣，不生氣，到底村裡出了啥事？汪倩同志在不在？」

那幹部說道：「我是這裡的村支書汪有興，汪倩是我侄女，這孩子，咳咳！是有點麻煩，我也說不準。」

他猶豫地看了一眼那紅帳子，又道：「剛才這位胖同志踢倒的，是我們這兒有名的張鐵嘴，專門請來驅鬼的……還不是因爲你們說起那個趕驢車的劉老全，其實這人才死沒多久，也難怪大夥有誤會。」

我和魏胖不由自主心裡咯噔一下，這茬兒還眞是壓根沒想到，聯想起趕車那廝陰陽怪氣的腔調，立刻有點不寒而慄。我趕緊摸掛在脖子裡的淘沙令，心裡直念阿彌陀佛。

汪支書請我們進屋裡坐下，倒上大碗茶說道：「汪倩這丫頭回來的時候，我就看她有點不對勁，臉色青白青白的，像是撞了邪一樣……」

這傢伙看來是有點文化的人，只一會兒工夫，就把事情說了個明白。

原來，汪倩回來住的日子裡，本來精神就非常不好，跟撞邪了一樣，還夜夜做惡夢，沒幾天突然失蹤，最後在村口的水井邊找到。人還沒死，就是癡癡呆呆地枯坐在井邊，掉了魂一樣不言語。

大家手忙腳亂地把她背回來，路上她一直吐清水，臉上還有些水草樣的黑線，極像在水下窒息而死的溺死鬼，而且蒼白得毫無血色，眼睛更是瞇成了一條縫，嘴角咧開往上翹著，似哭又似笑。

老汪沒有辦法，叫了神漢張鐵嘴來看，認定是被井裡的水鬼上身，必須搭起紅帳子給他驅邪。

沒想到就在給汪倩驅邪的這幾天，村裡莫名其妙又死了兩個人，都是溺水身亡，而且都是掉進山澗裡，死不見屍。這當口，偏偏我們來了，還說是剛死的劉老全引來，村裡人當然以爲我倆也跟汪倩一樣，鬼上身，沒救了！

聽了汪支書的敘述，我略微沉思了一下，心想這不可能吧！殭屍、血屍見過，沒聽說這世界上還眞的有鬼怪，於是道：「老汪啊，你還是帶我倆去瞧瞧你那侄女吧！說不定我會有辦法呢！」

汪支書領著我們進了那紅帳子，汪倩果然一個人坐在那兒，身上穿著大紅棉襖，連頭上都蒙著大紅紗巾，手和腳用紅繩子紮在一起，旁邊還糊了兩個紙人坐著，一樣的打扮，一樣的姿勢，看起來非常詭異。

輕輕掀開大紅頭巾，她瘦削的臉上一絲血色都沒有，小嘴抿得緊緊。

我一愣，問道：「這是怎回事？你不是說她嘴角翹著，似哭似笑嗎？」

汪支書看來也不知情，搖搖頭說道：「這個我眞不知道，興許張鐵嘴的手段起了作用？」跟著扭頭就跑出去，看來是找那被魏胖踹暈的神漢去了。

我仔細看了看汪倩，對魏胖說道：「這不是鬼上身，看來倒像是中毒了。」

他一撇嘴，「老丁，你又瞎掰，我已經知道怎回事啦！」

我有些納悶，心想這小子啥時候變這麼聰明了？趕忙問他怎回事。

魏胖胸有成竹地告訴我：「汪倩這小丫頭在考古隊工作，這說明了啥問題？這說明咱們當年一起經歷那事，給她留下了不可磨滅的印象，長大成人後還念念不忘，所以投身考古大業。你再想啊，考古是幹什麼的？考古要成年累月和古墓、遺址之類的地方打交道，難免出紕漏，比如屍氣。我知道，終年密封的墓室和棺槨裡，死人發酵的味道全憋在不通風的地方，時間一久，能變得跟毒氣一樣，尤其是放死屍的棺材，如果密封得太好，那死屍嘴裡全都堵著一股屍氣呢！汪倩可能不小心中招了。」

「活人給屍氣這麼噴上一口，難免心裡犯嘀咕。像汪倩這樣，小時候的黑墓陰影一直縈繞心頭，咱們當年又發毒誓不准洩漏出去，沒準她就當了眞。而且，跟她一起的李衛東和張明堂全死了，我記得沒錯的話，她也給黑螞蟥咬過一口，這時候體氣一弱，難免疑神疑鬼，胡思亂想，以為是李衛東和張明堂埋怨她當年不盡力搭救，於是恍恍惚惚的，好像鬼上身一樣。」

「還有啊！你忘了這村子叫啥名？西陵村！好地方會起這名字？八成附近是埋著啥子大墓，這村都是當年的守陵人。汪倩本來以為回老家散散心就沒事，可又沒想到在這兒招惹上了啥陰氣，兩頭一扯，人就躺下了。我看，肯定是這樣！」

這廝分析得再有道理，我也壓根不信，「呵呵！想不到胖子你也有這腦袋瓜？不錯不錯，有前途！那你接著給我分析下，我這脖子上的指頭印子，是不是我想把自己掐死留下的？」

魏胖一怔，「哎呀！忘了這茬！難道你眞是在夢裡想掐死自己？」

我怒道：「滾去死吧！老子還沒糊塗到那地步！」

不過，經過這一打岔，我倒還想起來點事來。

記得蒲老頭當年閒聊時候說起，他年輕挖掘古墓時，特別留心的就是貓啊狗啊之類的動物。這兩種動物，跟人類廝混的日子久，或多或少都有點靈性。若是這主人生前豢養過貓狗，死後就算埋得再深、再秘密，貓狗也能聞著味道找著，但是牠們的壽命不長，所以一般來說不會有什麼事。比較稀罕的情況，是貓狗鑽進了主人的墓室，並且還時不時經常串門，一旦在墓室裡下崽子，這樣的崽子可就厲害了，盜墓賊一般稱爲「黑屍眼」。

這是一種介於血屍和金屍之間的異類，陰毒乖戾，拿墓室當老窩，積年累月讓陰氣和屍氣薰陶著，爪子和牙齒都帶了劇毒，見血封喉，死後往往化作成群的變種毒蟲，端的是狠辣無比。

莫非，汪倩是碰上了「黑屍眼」之類的東西？

那玩意兒的毒有很強的致幻作用，中毒的人往往自己不知道，表現和鬼上身很相似，整天疑神疑鬼，直到發狂，最後結局基本上都是自殺。印象裡，當年汪倩的確被螞蟥叮過一口，難道這群螞蟥，就是「黑屍眼」死後轉化的？

魏胖聽了我的分析，點點頭說道：「汪倩當年被黑螞蟥咬過手，你被殭屍咬過脖子，都見了血，蒲老頭應該是有根據才會這麼說的……嗯！有可能。不過，潛伏這麼多年才出現徵兆，也太久了吧？哎呀！是不是過段時間我也會有幻覺？操！我好像也被那殭屍撲倒過！蒲老頭有沒教你怎麼治這病？你小子快說啊！」

我笑笑說道：「殭屍撲你前，已經先咬過了我，你皮厚脂肪多，受那點毒素不算啥，放心吧！藥方倒是有，你有藥嗎？有的話就拿點殭屍肉來用用！」

魏胖呆了，「你不是開玩笑吧！這地方上哪找殭屍肉啊？對了，當年蒲老頭救咱倆時，好像就用的是殭屍肉！」

我說道：「你以爲當年蒲老頭給咱倆治病，安了啥好心？純粹是剁開殭屍的腦子唬人，惡毒得很！他是想一鼓作氣把兩個小娃子唬成神經錯亂，好讓自己逍遙法外，幸虧咱們意志堅定，才算沒著了他的道。後來蒲老頭跟我提起時還嘮叨說，盜墓傷陰騭，好好的人，當時卻違心做那麼惡毒的事，很是後悔，再三道歉，我才沒有暴打他一頓出氣。」

這種致幻的毒素和「黑屍眼」有關係，要想驅除，必須用殭屍肉入藥。可這兒人生地不熟的，我一時也沒了主意。

「黑屍眼」的毒是一種非常奇怪的毒，淘沙夫子中招後，爲了延緩毒素發作以尋找殭屍肉，往往要用紅布綁住手腳，糊幾個紅紙人坐在一起鎮屍眼。沒想到如此的窮鄉僻壤居然也知道用這法子，看來那個叫張鐵嘴的神漢，很可能知曉一點淘沙夫子的門道。

又看看紅帳子裡頭佈置得還算中規中矩，我就拉著魏胖出來，讓他吃飽飯守好汪倩的紅帳篷，自己單獨去尋那張鐵嘴。

汪支書剛好進門，見我們出來，忙不迭地迎上來說道：「怎樣？還有沒有救？」

我點點頭說道：「有救，汪同志是中毒了，只是這毒比較奇怪，我需要找些藥來。對了，那個張鐵嘴哪去了？」

汪支書說道：「有救就好，眞不愧是北京來的同志！張鐵嘴剛才看見他往村口的池塘跑去了，我沒找著，這才回來。」

我趕緊囑咐汪支書陪著魏胖等我回來，然後把五四手槍掖進褲兜，撒丫子奔村口小道。這時候正是黃昏七點多，天很陰，卻沒有下雨。越往村口走，天越陰沉，遠遠看見一個髒水池子，上面霧氣騰騰的。

下過雨，本來就是泥濘小道，我有點犯嘀咕，那張鐵嘴跑這裡來幹嘛？難道這神棍知道這裡有殭屍肉？心裡一分神，腳下踩了個水坑，一個趔趄打滑，差點趴地上，幸好有人伸手拉了一把。我回過神來，抬頭一瞧……

啊！找的就是你！

這人髒乎乎的長頭髮打著綹兒，最醒目的就是那兩顆翻露在外邊的黃板牙，正是那神漢張鐵嘴！

他陰沉著一張醜臉問道：「怎了？天黑就要回了？你那夥計呢？」

此人面目不清，是敵是友，一時半會兒還不好說，只是從他醫治汪倩的手段看起來，絕對不是單純的鄉下神漢那麼簡單。

我搖搖頭說道：「哪能這麼快就走？汪同志的病還沒治好呢！我看老先生你的法子相當對路子，一時著急，所以追過來瞅瞅，看能不能幫上啥忙。您這會兒，該不是要去找啥子東西吧？」

張鐵嘴不吭氣了，過了一會兒，用譏笑的目光看著我說道：「你這位同志裝什麼呢？難道看不出來我要找什麼嗎？」

我有點無賴地笑笑說道：「估摸著你去找點啥肉來使吧！瞎猜的，瞎猜的。」

他瞪著眼珠子看我，「我就知道眞人不露相。」

說話間的工夫，天慢慢黑了，四下裡細雨迷濛，涼風吹過野草，鬼影也沒一個，靜悄悄的，有點瘮人。

我把脖子裡掛的七星銅人還有淘沙令都往上提了提，擋住咽喉。如果此地有殭屍，這東西最喜歡捏人脖子，師傅蒲老頭說過兩個寶貝可以辟邪，應該有用。

張鐵嘴突然臉色一變，低聲說道：「這裡是有東西，等下就看咱倆的本事了。」

我笑了笑，露出淘沙令的一點影子，「不怕，我有這個。」

張鐵嘴眼色還行，一眼瞧見了我的寶貝，頓時面露喜色，說道：「大事可成也！快跟我來。」

來到髒水池子的邊上，他拿出個鐵鉤子，趁黑撈摸起來。

看我懷疑地袖手旁觀，他解釋道：「前兩天淹死兩個人，我偷偷藏了一個，泡著池子裡好幾天了，你還別說，那屍體很怪異，一瞅就是有用的珍貴藥材，拿來漚池很合適。這個池子很深的，我用了好長繩子才下到底兒，現在撈上來，應該能用了。」

我嘸了口唾沫，心說這人也太缺德了吧！爲了兩個錢，就幹這種傷天害理的事，偷人屍體來煉藥。看來這個破村子不能再待了，這老小子更不是什麼好鳥！

正滿身戒備，就聽他一聲低吼：「來了！小心著！」

立刻，鐵鉤子下頭的繩索上拖起一個小棺材，沒有蓋子，渾身好多圈繩子，亂七八糟地纏著。裡頭有一具泡成死黑色的屍體，濕淋淋的往下滴著水，腳上沒有穿鞋子，或許爛掉了，露出殘缺不全的幾根腳趾骨，上面還覆著發出異臭的爛肉。

張鐵嘴顧不上惡臭，伸手用鐵鉤子，使勁往外拽了一下。

奇怪！屍體卻沒有動彈，好像不肯出來一樣，黏在了棺材底兒上。

第 17 章

療傷

銀瓶裡頭有些黑色糊狀液體，
滴在逐漸萎縮的殭屍肉上，
肉片立時從黑色變成暗紅色。
跟著就見汪倩的肘彎凸起一個小疙瘩，
順著血管移了過來。

我強忍住噁心瞅了瞅，原來屍體的脖子處有根大鐵釘子，緊緊地把它固定在棺材裡頭。心裡不由好笑，這張鐵嘴還是膽小如鼠，生怕這屍體真的成了殭屍，蹦出來禍害自己，所以這樣死死釘住。

看著那無辜溺死的傢伙，又覺得有點可憐，死後還要給人這般折騰。

張鐵嘴取出一把小刀，輕輕戳了戳死屍的眼皮，鼓凸的死人眼立即睜開了一條細縫。

他點點頭道：「正好，這個時辰最合適。」

我壓根不相信就成模樣了還能屍變了禍害人，八成是肌肉反應而已。

看看四周，烏雲密佈，雨點已經開始飄灑，我不敢再遲疑，也懶得理那神棍，取出小刀蹲下來就割肉。

張鐵嘴就蹲旁邊看我忙乎，一點也不害怕地上這個乾枯黝黑的殭屍，等我割完，這小子居然也取出把小刀，飛快地割了一塊揣進懷裡。這舉動愈發讓我確信，這黃板牙壓根不是什麼神棍，而是同行。

他割的是臉頰上的肉，看來比我選得好。屍體割了幾刀後，已經面目全非，認不出來了。我倆接著一使勁，把臭屍連同棺材又一起給踢了下去。

事還沒完，張鐵嘴傻愣愣地看著我，整個人忽然變了，不像剛才那麼陰沉穩重，反而恢復了猥瑣無賴的模樣，居然哭訴起來，「我的同志啊！盼星星盼月亮，總算把組織上的人給盼來了，老夫在這不毛之地苦熬了幾十年了！」

我很反感這樣，再說也弄不清這人臉上是雨水還是鼻涕，趕緊後退兩步說道：「別！別！老頭，你別鬧，有話你說話，沒話你別給我扯，別耽誤了我要緊事！誰跟你一個組織了？說不清楚，小心我揍你！」

張鐵嘴臉色一變，「小輩，你真沒禮貌，看你動手割肉的手法，就知道是淘沙夫子門下。諒你不知老夫是何許人，否則怎敢口出狂言？老夫可是專門救爾等性命的……」

我心中焦躁異常，急於回去救汪倩的性命，再說還下著雨，萬一淋個肺炎，剩下大把錢可沒法花了，於是破口就罵：「去你大爺的！當年我們大破四舊時，怎沒把你這騙錢的老神棍給辦了，現在冒出來裝大尾巴狼！」

張鐵嘴哈哈一笑，「走！咱們一起回村。告訴你個淘沙小輩，你們三個都是中了劇毒之人，且待老夫給你們指點一條活命之路！」

此時已跑出村子很遠了，沒個人帶路，我還真有點擔心黑燈瞎火摸錯地方，便暫時放下焦躁，跟他急急忙忙往回奔。

路上，這老頭斷斷續續跟我講了一些事。

張鐵嘴交代，自己祖上是盜墓同行，師從望海相公一脈，在這雁蕩山北麓發現明朝開國軍師劉伯溫的墓葬。

想那劉伯溫何許人也？上知天文地理，下通三教九流，前後五千年倒背如流的主兒，活脫脫的賽神仙，哪會給人盜掘了墳墓？

張鐵嘴的祖上一時貪心，活該中了機關，扒拉條命出來奄奄待斃，給這西陵村的一個農婦救下，命是留下了，卻手也斷、腿也瘸，再也做不來盜墓的勾當，無奈之下，就此紮根在這西陵村。所以張鐵嘴雖然仗著家學淵源懂得不少，卻因膽子太小，以致於沒什麼實戰經驗。

望海相公一脈，個個都有一套「望」的本領。張鐵嘴一見汪倩的模樣，就知道她中了「黑屍眼」的毒，又見我和魏胖現身，立刻看出我們三個中的毒乃同源同種，因而希望從我們這兩個闊佬身上弄兩個錢花花。哪知道一看我脖子裡的寶貝，原來是同行。

他又解釋道：「爾等三人，原本以你中毒最深，那位胖爺次之，最末才是汪倩小姑娘，但是據我掐指一算，爾與胖爺二人俱是被內行之人及時搭救。惜乎哉！此人存心不善，沒有連敷七七四十九日，未竟全功。小姑娘中毒雖淺，但根本沒有治療，一直延誤至今，毒性發作，小命反倒危哉！」

我暗自驚訝，這黃板牙說的還真對。當年蒲老頭立刻就給我和魏胖動了手術治療，那汪倩是被螞蟥叮了一口，雖然很快擺脫，但大夥確實都忘了這茬，完全沒給她治。

張鐵嘴瞅瞅我的臉色，繼續說道：「奇哉怪也！你那辟邪寶物相當神奇，以致於這麼多年，毒性都沒有發作。不過，你最近肯定另招惹了更厲害的邪祟。可否將辟邪寶物請出來觀賞一番，也給老夫開開眼界？」

我不耐煩地道：「沒瞅下著雨呢？回去救醒了汪倩再說吧！對了，魏胖怎麼回事？爲啥他一點事也沒有？我倆中的這毒，到底是什麼毒？」

張鐵嘴搖搖頭說道：「或許那位胖爺另有什麼際遇，那就不是老夫所能瞭解的了。至於這毒，說來就話長了。」

望海相公確實見識極廣，有些理論甚至比蒲老頭說得還要精闢，加上張鐵嘴一張能說會道，一會就讓我明白過來，不由心裡沉甸甸，十分難受，原來這毒還眞不是現代醫學技術所能解釋的。

殭屍撲人咬脖子，只是返祖現象，像動物捕食一樣，一口噙住獵物。殭屍的大牙其實不像傳說中有劇毒，眞正有毒的，是它們身上的屍鬃。屍鬃又短又尖，大多長在胸口，刺入活人體內之後便順著血管遊走，有著很強的麻痹神經作用，也就是所謂的致幻。隨著時間推移，屍鬃聚集在脊椎中，中毒之人會頻繁地產生幻覺，無可救藥。

我當時感覺背後有百根鋼針扎入的感覺，原來是眞，扎住我的竟然是劇毒的屍鬃。照這麼說來，掐我脖子的老屍，失去七星銅人壓制後，已經化身小金屍的檔次，所以我中的是小金屍的屍鬃之毒，可以肯定。至於汪倩，則是被黑屍眼的毒害了，都是相當厲害的毒物。

跑回村子的老汪家，我和張鐵嘴都被雨淋了個透，我更是凍得面青唇白，渾身直打哆嗦。魏胖趕緊吩咐那汪支書給我們燒薑湯，又翻包到處找感冒藥給我。忙亂了好一陣，我才回過神緩過勁來，叫過汪支書說道：「給汪倩同志治病的藥，我已經找來了，您就等著好消息吧！我喝完這湯就過去給她治，保準明天一早，讓你看到個活蹦亂跳的大姑娘。」

眞到具體救治汪倩的當口，我還是逼著張鐵嘴去幹的。雖然知道淘沙夫子的法子，可我更想瞧瞧傳說中的望海相公有何高招，再說自己確實沒什麼經驗，萬一照貓畫虎變成了犬，那可沒有後悔藥吃。

在我連哄帶騙，最後開出取出辟邪寶物給他觀賞的條件下，張鐵嘴欣然應命，甚至允許我在旁邊看。

他首先拿著割成條的殭屍肉，削成指頭寬的薄片，一一放在蠟燭上，慢慢薰烤。那殭屍肉原本甚爲堅韌，被煙火一薰，立時變得柔軟，且膨脹起來。他接著把烤熱的殭屍肉輕輕敷在汪倩胳膊上，就是被螞蟥叮過的地方。

那裡原本黑漆漆的，已經有潰爛的徵兆，殭屍肉敷上去後，竟變得像是活的一樣，一抖一抖地想往皮膚裡頭鑽，看得我直噁心。

張鐵嘴目不轉睛地盯著，見肉片抖了抖，萎縮下來，眉頭逐漸皺在一起，低聲說道：「自古傷人者有四，殭屍、血屍、金屍、屍王，她這不是被屍鬃扎的，卻比屍鬃還要嚴重，定是『黑屍眼』無疑。此毒介於血屍和金屍之間，非常罕見。你說的黑螞蟥，乃『黑屍眼』所化。看來，我還要換個更加厲害的法子！」

他說完，從口袋裡取出一個指頭肚大小的小銀瓶，裡頭有些黑色的糊狀液體，輕輕擠出來一滴，滴在那塊逐漸萎縮的殭屍肉上，肉片便從黑色變成暗紅色。跟著就見汪倩的肘彎凸起一個小疙瘩，順著手臂的血管移了過來。

這一幕太過駭異了，難道還有活的螞蟥在她體內？

張鐵嘴說道：「這就對了，不管『黑屍眼』乃何物所化，都脫不了嗜血的天性。我這琉璃寶瓶裡是黑驢血，定然吸它出來！」

小疙瘩終於遊走到殭屍肉覆蓋的地方，停了下來，半晌不動。我忍不住說道：「黑驢血有啥難弄的，你多滴點上去，回頭我給你買上一大群黑叫驢！」

他怒道：「我這黑驢血裡頭還勾兌的有黑狗淚，黑狗眼淚啊！你不知道有多難弄！當年我家老頭子傳給我，當時就說是無價之寶，哪裡還能再弄來？噓！別說話，那東西動了！」

說話的工夫，汪倩胳膊上的小疙瘩又動了一下，卻是在殭屍肉上叮了個窟窿，探出半截身子，果眞是黑螞蟥的吸盤！

我渾身汗毛一炸，就想掏槍，張鐵嘴攔住，不慌不忙拿起銀瓶，又滴了一滴在那螞蟥頭上，用小刀輕輕翻過殭屍肉道：「沒事！這玩意只要出來，就會黏在殭屍肉上，跑不了的……咦？這個螞蟥是死的，只有半截！難道胳膊裡頭還有？」

又重新試了一遍，等在旁邊，卻是再沒動靜。

張鐵嘴搖頭道：「看來，這個『黑屍』眼化成的黑螞蟥鑽進去後，有半截被扯斷在外頭，死了的半截當時沒弄出來，鑽到胳膊處的血管，一直過不去。怪不得啊！要是活的，早就跑到脊椎去了，小丫頭哪裡還有命在？」

收拾完東西，汪倩已悠悠醒轉，蒼白的臉上回過一絲血色，只是還不能說話，茫然地看著我們。

張鐵嘴扯著我出來，著急地討要那辟邪寶物觀賞，我不耐煩地說道：「虧你還自稱老夫，不知道古人遇到大事，都要沐浴更衣齋戒三天嗎？去去去！晚上回去洗洗，明早再來！」

將淘沙夫子驅毒的方式和張鐵嘴的手段相比，前半段一樣，但沒有黑驢血勾兌黑狗淚的說法，我心裡不兜底，疑心又重，就不肯放這傢伙離開，想著至少拖一晚，等明早看看汪倩恢復得怎樣再說。

汪支書已經在堂屋裡擺上了四葷四素的冷盤，招呼我們幾個喝酒。我哪有那心情？便想推辭，可魏胖餓了，不得已，只得坐下，邊吃邊有一搭沒一搭地閒聊，直到夜深才找了個地方睡下。

第二天一大清早，張鐵嘴就跑來了。這廝還眞聽話，頭髮梳了梳，上面灰西服，下頭是棉褲，腳下蹬著球鞋。嘿！眞夠猥瑣的，尤其是西服裡頭的棉衣，居然鼓囊囊的。

過去看汪倩，已經能下地吃早餐了，除了虛弱一點外，身子不礙事了，看來張鐵嘴這老小子還眞學了他爹的一點看家本事。

和汪倩寒暄兩句後，張鐵嘴就扯著我和魏胖進屋裡，一定要我請出那辟邪寶物來看。我無可推託，只好把隨身攜帶的七星銅人取出。

他翻來覆去仔細看了又看，映著光亮辨別了一下，說道：「就是這玩意兒啊？看不出來啥好的，不過老夫倒是發現兩點，一個就是這銅人絕對有千年歷史，裡頭似乎還包的有內胎，不知道是什麼東西。再一個就是這銅人看姿勢和嵌槽，似乎還有另外一半，這是什麼道理？」

我心裡暗驚，不由對這猥瑣的傢伙刮目相看。這人的眼可眞夠毒的，說的居然一絲不差。

他還沒講完，自顧自地又說道：「嗯，那另一半合起來會是啥樣子？還可以辟邪嗎？你和胖爺體內的屍鬃都能剋制住，到底裡頭包了啥好東西？」

魏胖嚇了一跳，「啥子屍鬃？」

我趕緊給他解釋，順帶著問他有啥奇遇，爲何沒有毒性發作的症狀。

魏胖大惑不解，「我哪有啥子奇遇？還不是好好的上山下鄉，回城閒逛，去了廣東更沒幹啥……哦！對了，在廣州無聊的時候，我算過命，那算命仙兒是一老頭，說我是啥子鬼月金人，讓我給揍了一頓，就沒別的了。」

第18章

奔向大海

趁著漁船拋錨的時間，按照我的吩咐，
老嚴回港幾次去採購東西，
裝了差不多半船。
我們三個則是日潛夜潛地玩命練習，
總算摸入了門道。

張鐵嘴看完了七星銅人，本來正左右反覆研究我的淘沙令，此時聽到魏胖說的話，不由一愣，掐指一算：「鬼月金人，你是農曆閏七月中元普渡那天出生的？那天是不是正趕上月蝕？」

魏胖一拍大腿：「對對對！那算命仙兒當時也這麼說，就是什麼閏七月啥子普渡日，又正逢月蝕。」

張鐵嘴點點頭說道：「那就難怪了！鬼月金人，專指的就是這種情況。閏七月，按道理來算，每隔十九年就會來一次，但是中元普渡日正逢月蝕，那就百年難遇了，俗話說，鬼月陰人，百鬼夜行；鬼月陽人，鬼火燒天；鬼月金人，鬼王嫁女。你這樣的鬼月金人，陰邪不入，能暫時剋住毒素，但也不能大意，否則若再碰到什麼陰邪之物，還是有復發的可能，慎之慎之！至於這位丁爺，就要好生回憶一下了，莫非近期衝撞了陰邪之物？」

我看看魏胖，想不到這廝還有這樣的好處，豈不是天生盜墓的材料？再聯想起自己最近的經歷，別的沒有，只能是那個金絲楠木櫃子在折騰。記得老黃說過，那是萬曆皇帝用過的棺材板！好像自打我接了那櫃子後，就開始不安生，鬼祟的鏡子、撬門的盜賊、連番的惡夢……

看來這事還是得解決，回北京後必須把那櫃子弄來燒了。

張鐵嘴見我半天不說話，又自顧自地去看那七星銅人，念叨著自言自語：「這肯定是一半，要是搞來另一半合上，會怎樣呢？這裡頭包的內胎到底是啥子東西？竟然有鎮邪的神奇功效，寶貝啊寶貝！」

我從他手上拿回銅人，藏好，笑嘻嘻地問道：「照你這麼說，我和汪倩將來還會經常發生幻覺不成？說吧！有啥解決的法子，我給你錢就是。」

他搖搖頭說道：「汪倩胳膊裡頭的毒源已經取出，養幾天就沒事了，這個銅人讓我想起來點啥子，只是小時候聽說的，現在想不起而已。老夫不是看中幾個錢，倒是你近期保準碰過什麼大凶之物，要靠這個銅人來保命。還有這淘沙令，我聽老爹告訴我，只在傳說中有這種東西，是用的是金屍鱗片磨製而成，但金屍這種厲害的東西，自古到今沒有人逮到過，你怎麼會有？看淘沙令和七星銅人放在一起，相輔相成，溫潤如玉，莫非眞是金屍鱗片？」

我本來也有點懷疑蒲老頭的話，不由順口問他：「你怎麼知道金屍有沒有鱗片？說來聽聽先。」

張鐵嘴道：「殭屍肉、血屍鬃、金屍鱗、屍王鍊，都是盜墓內行人知道的東西，其中的屍王鍊不用說了，從來沒有出現過，定然是訛傳。金屍鱗則不一樣，傳說當年大齊國皇帝劉豫任命淘沙官的時候，當官的都配發一塊淘沙令，能辟百邪。要知道，金屍此物，世所罕見，比起血屍，更加厲害無比。」

「普通血屍得在地底待上數千年，才能夠化成金屍。另一種方法，是死前七日按日吞下暗金毒物，一一封閉七竅，採用非常稀奇、無人知曉的葬式，依靠陸上的砂濕氣和深海鹹水的侵蝕，埋下百年，化爲金屍厲祟。此妖物周身膨大無骨，俱都變作暗金之色，這才有了金屍的名字。不但如此，身軀周邊另會形成許多鱗片。我爹師門的前輩，曾說在海底遠遠地見到過一回，說此物不懼水火，不怕黑暗，能伏在海床上捕食。」

聽到這裡，我突然想起，張鐵嘴說過他父輩是望海相公一脈，看來一生奇遇頗多。何不帶著這傢伙一起去東海那個海島大墓呢？說不定能多點把握。不過，好像也有點不太妥當。

張鐵嘴放下淘沙令沉吟道：「巡山北嶺使，鬼盜七星屍……這是後來刻上去的，啥子意思呢？丁同志，你再給我說說情況？」

我也想知道這兩句謎語是啥意思，也就原原本本地告訴了他來歷。

他喃喃道：「我爹當年和大小相公交往頗多，閒談時告訴過我，巡山大聖是按照東西南北分界巡遊的，彼此之間老死不相往來，東海使、西山使、南天使，還有北嶺使，深潛淵底，極少行走人間。莫非刻字之人，就是巡山大聖之中的北嶺使？但這鬼盜七星屍又是什麼意思？搞不懂啊！」

北嶺使！終於出現一個不知道的新鮮名詞！

蒲老頭當年無意中被巡山北嶺使搭救，更要收其爲衣缽傳人，卻陰差陽錯沒趕上機緣。難道這份機緣，現在就這麼輾轉到了我手上？至於「鬼盜七星屍」，會不會是說挖出七星屍，就能得到寶貝？

張鐵嘴看來很難離開這偏僻的小山村，此時猛然見到我這個正牌的淘沙夫子，恨不得把掏心窩子的話都說出來，「也罷！我這一小瓶神藥，算便宜點賣你得了！至少可以剋毒一年，足夠你去找那剩下的另外一半銅人。如果我猜得不錯，兩個銅人合二爲一，必定可以祛除邪毒。」

魏胖懷疑地看著他，又瞅瞅我。

我無奈地道：「你那神藥，天知道管用不管用？不過，也無所謂，拿著也是拿著，就算幫你一把吧！」說完抽出八百塊錢遞出，拿過小銀瓶。

張鐵嘴見我出手闊綽，更是羨慕不已，磨磨唧唧地問我們是不是要去倒什麼大斗？可有空閒時間，去探探劉伯溫的地宮？

我不想橫生枝節，趕緊擺手止住他的磨唧，「得了吧！我可從沒幹過挖墳掘墓的勾當，你找錯人了。再說那劉伯溫都算得上小神仙了，我可不想去尋死，你有本事自己幹吧！我恕不奉陪。」

他無奈，揣了錢就要快快離去。

臨別前，我告訴他，等我們下次再來，就帶他出去外面的世界花差花差，見識見識，他這才有點興頭，哼著小曲走了。

這老小子的肚子裡還有不少東西，我確實想著，等東海的事情了了後，抽空再來一趟，好好和他套套近乎。

我和魏胖在西陵村住多了幾日，汪倩逐漸痊癒，整個人又變得精神了，一五一十地告訴了我們這麼多年她的經歷。和先前的猜測基本相同，互相印證一下，也就明白了整件事的來龍去脈。

當年，汪倩和我們一起從地底逃脫出來，委實是受了極大的刺激，胳膊上更是被黑螞蟥叮了一口，雖然有當時那個盛放金元寶的木板刮去螞蟥，卻沒留意有一小截順著血管跑到了胳膊肘，潛伏下來。

汪倩經過這段恐怖的經歷，反而激起了探險的興趣，回城選擇工作時，下意識加入了考古研究這個行業，東奔西走地忙活，連婚姻大事都耽擱了下來。這幾年，接觸的古代文物漸漸增多了，愈發感覺到中國古代墓葬文化的發達和深不可測，更加意料不到身上邪毒居然逐漸發作，甚至大白天都恍恍惚惚的，總看到那個被黑螞蟥一口吸乾血肉的李衛東。

那個肥螞蟥，明顯是個變異的「黑屍眼」，咬住李衛東後，竟然能把肥大的肉體膨脹百倍，一口吸淨血肉，身體裡頭露出了李衛東的五官面貌。這麼多年被壓在地底下，也不知道是死是活，難怪汪倩十幾年過去，還是會做惡夢。

汪倩受不了夢境的折磨，終日懷疑李衛東要找自己索命，身體很快虛弱下來，不得已請了病假，想回浙江老家休息一下，順便躲開李衛東，沒想到回到鄉下，惡夢暫時沒了，「黑屍眼」的毒卻被西陵村的地氣激發，昏迷過去。

我苦笑著告訴她，自己現在是個古董販子，那年也非常不走運地中了毒，現在全靠辟邪的古物支撐，在北京不小心又招惹了定陵的老棺材板，要不是妳托夢要我來救妳，現在還不知道在哪貓著呢！

汪倩吃驚道：「我托夢給你？怎麼可能？真的還是假的？你開玩笑的吧！」

魏胖笑瞇瞇地說道：「怎麼不是真的？要不，我倆會不辭勞苦地跋山涉水嗎？妳瞧，老丁的脖子上，還有妳掐的指頭印子呢！」說完就來翻我衣領。

我趕忙攔住他的魔爪，罵道：「你當那指頭印子是刻上去的？這都多少天了，還能在嗎？別嚇唬人家小妹妹！我後來仔細看了，和我的指頭印子很像，八成是做夢時自己不小心抓傷的。汪倩同志，妳可不要亂想，這世界上根本沒有什麼鬼啊神啊的，都是些亂七八糟的封建迷信！」

汪倩看得出非常震驚，壓根也想不到事情會變得這麼玄虛，自己居然會在夢裡頭向另外一個十幾年沒有見過面的人求救，一雙漂亮的大眼睛看著我，若有所思的，半天說不出話來。

接下來，得知我們要搭船出海探險，她的勁頭來了，說什麼也要一起去，並一再申明自己就是研究考古的，指不定到時幫上啥忙。她那脾氣倔得像頭驢，我和魏胖勸不住，只好帶了同行。

在台州的椒江賓館等了一個月，嚴德宣老人家總算帶著大部隊來跟我們會合。海船是他從廣東一路開上來的武裝漁船，八成就是專用的走私船，鋼骨鋼殼鉚釘結構，總長二十米，航速十節，配有十千瓦的主發電機和四千瓦的副發電機，還有通訊設施及導航、助航儀器，真正的方便靈活，和我印象裡原來的手操網漁輪一比，簡直是兩碼事。

嚴德宣還帶來三個心腹手下，其中的阿炳和阿健，都是五大三粗的粗豪漢子，另一個女人就比較出奇，藍眼睛、高鼻樑，一問竟然是個混血兒，從小在廣東長大。老嚴說這妞兒起的名字是江凌琳，太咬口不好念，習慣都叫她林林。

會合後沒過多久，傳來消息，東海邊緣出現較大的風浪，無法按照原定計劃行進，不過也算是好事，乾脆開船去了一個偏僻的小島，裝作旅遊觀光的廣東客。

林林取出全套潛水裝備帶我們下水練習，眼罩面鏡、潛水服、潛水靴和腳蹼、潛水手套、潛水刀、浮力調整器、潛水錶、羅盤、墜子帶、調節器、減壓錶、呼吸器、氧氣瓶……一大堆重潛水裝備，看得我眼花撩亂。

說實話，這玩意兒我和魏胖還眞沒玩過，不敢大意，於是認眞地跟著練習，包括水下的各種手勢，也都記得滾瓜爛熟。

淘沙夫子手底有不少絕活，趁著漁船拋錨的時間，按照我的吩咐，老嚴回港幾次去採購東西，裝了差不多半船，順帶還買了條小艇連在漁船後頭。我們三個則是日潛夜潛地玩命練習，總算摸入了門道，汪倩水準稍差一點，可也完全過得去了。

足足練了四天，天氣逐漸轉好，聽預報說未來連續七八天不會有太大的風暴，出發好日子終於來臨。

第19章

黑船

船艙裡不可能藏什麼海怪，
積水很淺不說，還堆滿了東西，
卻是不應該在海船上出現的東西，
也不出奇，就是八口棺材，
一口摞一口地擺在那。

浙江沿海島域的許多地方，自古以來就有「魚龍」之說，意思是龍自魚出，當地人還以一種常見的海泥鰍魚作爲龍的象徵，繪畫或刻塑在船上。許多較大一點、有人住的島嶼，甚至建有規模不一的龍王廟或龍王宮，供奉東海龍王的塑像。「開洋」要到龍王廟祭祀，「謝洋」也要去。

當地漁民稱呼漁船爲「木龍」。此外，他們還愛穿龍衣，著龍褲，就連取名也離不開龍，特別愛用龍字，例如男的叫海龍、金龍、瑞龍，女的喚龍娥、龍月、龍菊……等等。

老嚴專門花費重金，從道上的朋友處請來一個可靠的本地老漁民登船領航，名字就叫王福龍，綽號福子，四十歲上下，很是精悍，自然也知道我們要去幹的事情。

福子說，出海風險大，爲了保平安，執意在漁船後艙弄了個供奉菩薩的神龕，說這叫「聖堂艙」。這些神道事說不清、道不明，反正船上夠大，也就由得他折騰。供了個女菩薩，我們都不認得，福子說是宋朝的寇承女，告誡我們要尊稱「聖姑娘娘」。

由於海暴不定，險象無時，漁民比較講究忌諱，諸如不許雙腳蕩出船舷外，以免「水鬼拖腳」、不准頭擱膝蓋手捧腳「如泣如訴」、不准在船上吹口哨「招風引浪」；不許拍手，因爲那代表「兩手空空」；不許在船頭撒尿、不許在船靠岸時高喊「來了」或「到了」、不許家有紅（指生產）、白事未滿月的人上船、不能七男一女同過渡等等。

吃飯時規矩也多，不能把竹筷擱在碗上，酒杯、羹匙不可反扣，吃魚要先吃頭，代表一頭順風，盤中的魚則不可翻身……雜七雜八，不一而足，多如牛毛。我們根本不可能記得住，更是懶得去記。

顛簸的船上，也就女人話多，林林和汪倩一路上閒聊個沒完，魏胖有事沒事也愛湊那兒打岔，鬧得我老是錯以爲在出海度假，如果不是此行另有要務，還眞想就這樣一直逍遙下去。

林林的身材玲瓏浮凸，汪倩病好後也出落得亭亭玉立，我不禁暗下決心，這一趟非好好弄他一筆橫財，也好以後享受享受。

航行了差不多三天，天氣還不錯，風一直徐徐吹著，海上風和日麗，福子和老嚴按照海圖對比那幾張衛星航拍圖片，一路上有驚無險，總算把我們送到地方，離那個神秘海域已經非常近了。

正是凌晨時分，海面上逐漸發生一些變化，本來起伏不大的海浪越來越短促，每個浪頭間距離急劇變短，顯得漁船起伏不定。

福子站到船頭仔細看了一會兒，告訴我們這應該不是風暴潮，而是臨時出現的意外情況，鬧不好就是目的地快要到了。大家一合計，估計要進入神秘海域了，乾脆抛錨，等天亮一點再往前走。

早上，海面微微轉亮，睡醒後卻發現事情有變。船的正前方，隱約現出一片白霧。白霧之外，海面水流湍急，浪頭疊著浪頭地撲騰，而白霧之內，水面平靜無波，除了不時有大片的氣泡冒出，像極了一個死水坑。

福子打起精神，小心翼翼駕船繼續行進。老嚴就和咱們一起站在船頭，全神貫注地盯著海面看。

要是換了平常，難得一見的海上起霧，我非好好欣賞欣賞，感悟點什麼出來，順便吟兩句酸詩，可惜好景不長，沒過多久，濃霧中便影影綽綽出現一個黑影，載沉載浮地漂著，我的心立刻提到了嗓子眼，生怕會竄出一隻海怪。

林林眼尖，率先說道：「咦！怎麼會有條大船？」

定睛一看，白霧中確實出現一條木船，和我們的鐵殼船差不多大，只是桅桿和船帆都已經消失不見，光禿禿的，只剩個船艙還在，船頭和船尾密密匝匝地捆滿了木雕的佛像，依靠這點浮力在水面漂著，看模樣，年代很久了。

在海面上遭遇無人鬼船，我和魏胖以及汪倩可是毫無經驗，只能看老嚴他們的表現了。老嚴疑惑地說，這船看似漂漂蕩蕩，其實一直在原地打轉，鬧不好下面是被什麼東西拽住了。見離得近了，便吩咐阿炳過去探探路。

船上雖然沒有活人的跡象，木雕的佛像卻個個都透出一絲詭異，阿炳於是全副武裝，用繩索固定好兩船，攀過去。

老嚴返身取了把長柄獵槍，端在手上，警惕地看著阿炳手提長刀，小心翼翼地向船艙口摸去。

白霧中，一切都極為安靜，我們的船輕輕地漂浮著，和那無人的黑船肩並著肩。

阿炳剛摸進那黑船的船艙，就聽老嚴大叫：「福子！快向左轉！快轉！」

我大驚，抬頭一看，船頭的正前方，突兀地出現一塊巨大的礁石，像是從海裡憑空冒出來的一樣。如果撞上去，必然崩個四分五裂！

福子在駕駛艙內，應該早就看到了這塊巨型礁石，老嚴叫出聲同時，船身已靈巧地向左轉，看樣子堪堪可以避過那小山樣的石頭，我不由鬆了一口氣。

怎知禍不單行，船一調頭，和那無人黑船之間連接的繩索立刻被繃緊，黑船被拽得忽悠了一下，往回反彈，連帶著把我們又拽回那小山正面。

離得近了，能看見那礁石還有更大的部分都在海水下潛藏著，分明是一座幽靈島，隨著潮漲潮落無規律現身的龐然大物！

林林反應快，二話不說就揮刀就砍那繩索。但不等刀刃剁上去，福子又猛一加大馬力，再次把船向左強行調頭，生生把繩索崩成兩截。

船身貼著水下的巨石黑影偏向一邊，沉悶的金屬刮擦聲告訴大家，船底已經觸礁了。

在茫茫大海中，居然也會擱淺，雖然想不通，卻真實地發生了，萬幸的是船體受損並不嚴重，這要歸功於這片海域出奇的寧靜。只要風浪稍大一點，船底大概就會撞出個大洞。

福子從駕駛艙爬出來，一臉晦氣，攤手看我們。沒得話說，只有等潮水漲上來才能脫身了。

黑船還在那漂著，鑽進船艙去的阿炳竟然一點消息都沒有。

我們不由都把目光轉向那邊，老嚴扯開嗓子叫了幾聲，就見那黑船突然一抖，像是有什麼東西猛地往下拽了下船頭又鬆開，讓船在海面上滴溜溜打了個轉。

阿炳這漢子給我的印象一直不錯，沉默寡言，卻很有眼色，可人進去這麼久都沒有一絲消息，外加剛才那船頭猛一抖，很難說下頭連這什麼。我想起我們的漁船上還帶了個小艇，於是對老嚴道：「我看，不如咱們過去看看吧！海面這麼平靜，搭那個小艇過去，應該沒問題。」

老嚴沉著臉說道：「看起來是沒問題，可是這海面上的事情，誰也說不準。萬一不走運，一個浪頭過來，小艇就得玩完。」

他又仔細看了看，道：「我看這鬼船或許是個打撈船，船頭帶有什麼沉重的探鏟，扎進了海裡頭，要嘛是卡住了，要嘛就是正在忙的時候碰上風暴。」

又等了一會，老嚴索性放了一槍，卻依然不見阿炳從船艙裡出來，這下他也終於焦躁了，叫了林林一起，搭那小艇就準備過去看個究竟。

我考慮問題一向比較多，於是對魏胖使了個眼色，叫他跟過去，這廝卻不開竅，疑惑地看著我。

無奈之下，我攔住老嚴道：「你們兩人不夠使，我看我也跟過去，萬一在船艙裡碰上什麼危險，也能搭把手。別看這黑船外頭這麼乾淨，裡頭啥情況很難說的。」

其實我是怕他帶了自己的人過去，回來後萬一對我們有所隱瞞，那可不妥。汪洋大海中，我不想當一個睜眼瞎子，被別人控制著。就算危險，眼下也得硬著頭皮上一回。

魏胖還是不怎麼明白我的意思，反倒是汪倩小丫頭懂了，立刻叫著也要過去。

老嚴、林林、汪倩還有我，四個人一起把那小艇划了過去，登上船。

我把魏胖手裡拿來的五四手槍握在手心，跟著老嚴向船艙口走。走了幾步，就覺得很是不妥，艙口散發出刺鼻的腥臭味道，幾乎讓我立刻回憶起小時候遭遇的血屍臭味。老嚴也是皺著眉頭，別轉臉直打噴嚏。

站在船艙口，又喊了幾聲阿炳，還是沒有消息，搞得我心頭一陣恐慌。船艙裡會不會藏著什麼吃肉的海怪，等我們送上門去？

我拔出手槍，招呼汪倩和林林暫時守在船艙口，和老嚴一前一後鑽了進去。

透過船艙的破爛窗戶，還有些光亮照進來。

藉著這點光線，我們很快發現船艙裡不可能藏什麼海怪，積水很淺不說，還堆滿了東西，卻是不應該在海船上出現的東西，是八口棺材，一口摞一口地擺在那。

老嚴舉目四顧，卻一點都沒有發現阿炳的蹤跡，除了地上落著的一把長刀。看來阿炳是猝不及防間中了埋伏，刀掉了都來不及撿。

最後，我們的目光都集中在了八口棺材上。如果有人搗鬼，也就這麼多棺材可以拿來折騰一下了。

棺材不出奇，可海船上實在不可能帶這玩意兒！

我招呼老嚴出去透口氣，裡頭味道實在太厚實了，也不知道棺材裡放的什麼，怎就這麼臭！

站在黑船上，我看著他說道：「你們航海的老水手，聽說過船上帶棺材的不？我可鬧不懂了，不都是海葬的嗎？」

在海上走船的人，在海上生，在海上死，死了也都是海葬，根本用不著棺材，除非攜帶的貨物就是棺材。可哪個出海願意帶這樣晦氣的東西？

老嚴搖搖頭說道：「我也搞不懂！這船的破舊程度，至少百年以上了……奇怪啊！

你看出來有打鬥的痕跡嗎？阿炳呢？怎麼一點聲響都沒就不見人影了？難不成掉海裡去了？」

我和他面面相覷，一直守在船艙門口觀察的汪倩這時卻出聲了，只見她皺著眉頭說道：「老丁，咱快點回去吧！我似乎知道這船是幹什麼的了。你們看艙門上頭刻的這些圖案！」

我聞聲，立刻抬頭去看。只一端詳，登時大吃一驚，趕忙招呼老嚴說道：「快走！老嚴，這根本不是活人駕駛的船！快快！快回去！」

第 20 章

魘屍術與水下襲擊

等了差不多一刻鐘，
水下頭卻沒有動靜。
沒有爆炸的沉悶聲響，海水卻變了，
出現很多小小的漩渦，
在我們的船和黑船左右翻騰……

老嚴見我面色凝重，不像是開玩笑，顧不得再找阿炳，四個人跳回小艇，飛快地回到我們自己的船上。

我幾乎是立刻叫過駕船的福子，問他：「福子，你剛才向左調頭，有沒有看到這礁石後頭是什麼？」

福子搖搖頭，「沒有！當時太快了，我只是剛打過船頭，就被拽了回來。不過，我好像看到這石頭的另一邊還有好多大石頭，就像海中間的一座大山一樣。」

我急切地追問：「那有沒有見到別的大船？」

福子疑惑地搖搖頭，「實在是看不清楚，不好說。」

老嚴插口道：「小丁，你的意思是說，剛才那黑船，還有接應的船在周圍？到底什麼意思？你說不是打撈船，那是什麼？」

我看著他道：「你能不能好好回憶一下，咱們約好來發掘這裡的海底後，你還有沒有告訴過別人？或者咱們拋錨在岸邊時，注意到什麼可疑的海船嗎？」

他臉色一變，斬釘截鐵地回答：「不可能！我很注意這些問題的，要是有人盯梢，我一準能看出來！更別說把咱來這裡的目的地洩漏出去了，那海圖我都一直貼身藏著，不可能！」

我苦笑著道：「這黑船的確不是活人駕駛的船，那些木雕佛像也必定都是空心的，用來保持浮力的。你注意到沒有，船的材料很奇怪！」

他扭頭看了看，若有所思。

我接著說道：「我以前聽說過一種生長在海裡的材料，屬性極陰，形似樹木，其實是道地的海洋動物，用吸盤和海衣石頭相黏，採集很困難，是腔腸動物的鐵樹科，珊瑚的一種，所以又稱爲海鐵樹，一向被視爲珍寶。老嚴，你看看剛才那黑船的船體，是不是就用的有這材料？」

他眼睛一亮，「沒錯！我說還一直沒看出來黑船用的啥材料呢！海鐵樹高的有五六米，離水一段時間就變得十分堅硬，跟黑鐵一個顏色，堅韌耐腐，這我知道，可怎麼陰性極重呢？」

我也學著他苦笑道：「海鐵樹學名叫什麼？海槐啊！常年長在水中，出水即死，像成千上萬的珊瑚蟲一樣，由蟲屍堆起來的。我以前聽師傅說過，他曾經弄到過一小截，做成探水鏟的尖頭，對付殭屍邪祟，很有用處。那船艙門上頭刻了不少符號，我隱約記得和幽冥鬼道有關係，汪倩是考古的人才，應該比我清楚。」

汪倩介面解釋道：「我們單位以前打撈過宋代的木質沉船，在南海的東邊，就碰上這樣的一艘黑船，不過比這個小得多，船上也是一個人沒有，艙門上刻有差不多的圖案，兩個模樣像水鬼的怪物，手拿鋼叉，叉頭上穿著乾屍，頭頂勾勒有太陽的形狀。回去北京後，我仔細查過資料，才知道這些圖案最早是從明代中期開始出現，被一些行蹤詭秘的職業海盜或者盜墓者使用，看記載是叫『魘屍術』。那些人爲了挖掘海底的寶貝，會先行放出這樣的船，沉到海底，藉以鎮壓海怪。」

我接著說道：「那船艙裡的棺材，看起來一堆毫不出奇，其實沒有大小形狀相同的，唯一相同的，是年代都很久。師傅說過，『黑船魘屍』的具體做法，只有望海相公會使用，那棺材裡必定裝的是童屍。黑船被拖曳到地方後，綁在船身上的木雕佛像會被解下來，放入大海，黑船本身攜帶的重鐽扎入海裡，把船身也拖下去，所以這船本身不需要桅桿和船帆。」

老嚴顯然對於這些盜墓的學問不太熟悉，愣了一下，問道：「難道有人先我們一步，找到了這裡？望海相公？那阿炳呢？八口棺材的蓋子都關著，難道他自己躲進去了？」

魏胖一聽叫起來，「什麼？八口棺材？有沒有搞錯？咱們……不就剛好八個人嗎？老嚴，你到底有沒有告訴過別人咱們來了這裡？一人給咱預備了一口？」

我沒好氣地道：「魏胖，你別打岔！八口棺材我看只是巧合。我搞不懂的是，這船爲什麼沒有沉下去？木雕佛像也只是被放掉了一半，船頭下方擺明了是有東西在拽著，莫非下探的重鐽卡在了石頭裡？還有，阿炳怎麼回事？人那麼精幹，就算出事，也該有個動靜啊！」

汪倩說道：「或者是之前的那幫人正在忙活時，猝不及防，出了什麼意外。」

我問老嚴：「你看這船風吹日曬的，漂在這海面上估計有多久了？」

老嚴說道：「看船的模樣，那些木雕佛像老化的程度，我估計，漂在這兒至少有些年頭了，兩三百年肯定是有的。你說那『魘屍術』，真的是望海相公的獨門絕技？」

我點點頭說道：「『魘屍術』的確是望海相公的獨門絕技，蒲老頭給我講過的。現在要搞清楚兩點，一個是阿炳究竟去了哪裡？另一個，就是黑船的下頭到底被什麼拖著？」

想到自己帶來的心腹還沒有進入墓穴就少了一個，生死未卜，老嚴的臉色愈發陰沉，「那八口棺材如果真的裝有童屍，就代表神通廣大的望海相公已經發現海底有不尋常的怪物。他們到底得手了沒有？咱們該怎麼辦才好？」

扭頭看那黑船，依然如故地漂在那裡，載沉載浮。

正是上午陽光猛烈的時候，白霧早已消散，這片海域像我們剛闖入時一樣平靜無波，而稍微遠的地方，海浪便明顯地一起一伏，完全不同。如此奇異的現象縈繞心頭，不由得再次想起，在鄉下時候，蒲老頭曾經說過，這世界上一切不可思議的怪事，其實背後都有說得通的道理。任何怪事都有發生的根源，如果自己不去主動尋找答案，就很有可能被問題的表面現象害死。

咬咬牙，我對老嚴說道：「咱倆還是再去走一遭！打開棺材，看看到底是怎麼個情況！」

魏胖急起來，「我看不妥，你和汪同志都那麼肯定這是盜墓同行的『魘屍術』，萬一著了道可怎麼辦？不說別的，你們可是大夥的帶頭人，有點意外不是鬧著玩的。叫我說，乾脆不要理這鬼船了，看看礁石後頭是個什麼情況才是正理！」

話音剛落，船體就猛的一抖，有點向一方傾斜，嚇了我們一跳。福子趕忙去駕駛艙看情況，我卻感覺到水底有東西在推船。與此同時，那艘黑船也是猛一震，船頭向下，竟朝海裡扎了進去。放棺材的船艙瞬間進水，只來得及聽見撲通幾下的棺材入水聲音，黑船已有大半沉入海中。

有情況！大家都緊張地抓起武器，拿在手中，我們的船底開始發出不停的摩擦聲，聽在耳朵裡，像是蟒蛇在玻璃上遊動的感覺。

鐵殼船顫抖個沒完，看來海底確實有東西，個頭還頗大，推著船緩緩向那礁石的高處滑動。如此一段時間後，摩擦聲終於停止，船身逐漸安靜下來，斜靠在礁石的上頭，更加徹底擱淺了。

再看黑船，居然靠近了許多，船頭挨著我們的船尾，像釣魚的浮子一樣，半截扎在水面下，晃晃悠悠。

空心木雕佛像的浮力還挺好，沒有讓整個船體徹底沉沒。阿炳攀過去的繩索斷開後還吊在那裡，空蕩蕩地晃悠。

老嚴煩躁地罵道：「丟他老母的乜回事！該死的破船靠這麼近，下頭也不知道是什麼，本來想下水去看看的，現在也不敢了！」

林林對他道：「老嚴，你不是還帶了幾個炸藥桶嗎？看那樣就像深水炸彈一樣，不如丟下去試試。」

我嚇了一跳，「深水炸彈？老嚴你還搞來這東西？那玩意兒可是軍品啊！」

他神秘地笑笑，「也不算是深水炸彈，以前年輕時候自己做過炸瓶，用來炸魚的。這一趟開船上來，我擔心水下有啥建築不好進，準備炸門用。洋鐵桶做的土炸彈水炮，不怎麼安全。」

汪倩插口說道：「我看最好不要用，這一片也不知道是不是公海，萬一爆炸聲引來什麼潛艇，可就麻煩了，那聲納可厲害著呢！」

魏胖卻不在意那麼多，「怕什麼？胖爺我就覺得應該用！那鬼船離這麼近，剛才你們也聽到了，水底下肯定有東西，萬一弄翻了我們的船，那可全玩完了！」

我心知使用這東西肯定有效果，但不敢確定能否炸死水底下的東西，萬一激得狂性大發，拱翻了船，那可怎麼辦？至於會不會引來潛艇，我也不怎麼害怕。本來我們就是漁民嘛，漁民炸魚，不行嗎？

看來老嚴也擔心炸不死水下的東西，一會兒點頭又一會兒搖頭地舉棋不定，我索性說道：「你那土炸彈啥樣子的？走！咱們去艙裡看看，可別打不著兔子惹一身騷。先摸清自己的情況，再決定是否拿來對付敵人。」

他想想也是，便帶著我們下去艙裡，一邊說道：「這水底下會是乜東西呢？我本來以爲是打撈船的撈鐽卡住了，可你又說不是打撈船，怎回事啊？我都想不明白，這下頭難道眞有大個的海怪不成？」

走進船艙裡，我意外地發現船上還帶有電網，這玩意和炸魚的一樣，比較危險，經常有沒弄到魚反把自己搞傷的例子。

再看看那個炸魚的水炮，做得的確很簡陋，就像個火藥桶，洋鐵皮的外殼，外頭鑿了大小不同的六個孔。

老嚴解釋說，這孔可以旋轉的，用來決定爆炸的深度，當引信室注滿水後，有個彈簧會鬆開，把撞擊雷管猛推向火棉，火棉引火藥爆炸。可惜這玩意兒在水中不是垂直運動，而是向下翻滾，殺傷率低，咱們要用的話，不確定打開幾個孔，也就是讓炸彈沉到多深才爆。設定淺了，容易炸到自己，設定得過深又容易落到海底，延遲起爆，不好弄。

我問：「你平常用過這東西炸魚嗎？」

他笑笑：「我哪用過？老實說，我又不是漁民，這還是和福子一起做的。乾脆把它設到最深起爆，順著黑船的船頭滾下去。咱們都瞧見有東西順著船頭往下拽，肯定就那兒沒錯！」

說幹就幹！給困在這礁石上已經好久了，眼瞅著礁石露出來的面積越來越大，心知一時半會脫不了身，水下明顯蟄伏有其他動物，阿炳又不明不白失去蹤影，這些都讓大家沒了耐性。

福子和阿健弄了幾個土炸彈，搬過黑船，老嚴一再招呼他們不要靠近船艙，小心地順著船頭滾進了海中，然後幾乎是連滾帶爬地跳回來。

阿健驚疑不定地道：「老大，我看見了，船頭下面的水裡眞有東西！我們剛把炸彈扔下去，就看見一條長長的東西從水下頭擺過來，也不知道捲走了那炸彈沒有。我敢發誓，跟章魚的觸手一模樣，上頭的吸盤有這麼大！」他用手比劃了個臉盆的大小，面如土色。

福子搖搖頭：「不會是章魚，我知道有巨型章魚，可那都在極深的海底活動，上不了淺水。我看倒像是一群大海蛇，有十好幾條呢！」

不管是什麼，聽著都有點心驚，巨型章魚在海裡除了成群的鯨鯊，幾乎沒有對手，吃掉我們幾個根本不在話下。就算是海蛇也極不好惹，最普通的海蛇毒性也比陸地上眼鏡蛇還要強上幾倍，不是善茬。

一片沉默，幾人都在凝神靜聽水下的動靜。這炸彈裝藥不知怎樣，可千萬別掀翻自己的船啊！

老嚴安慰大夥不用擔心，土炸彈裡頭的火藥跟雷管沒那麼厲害，設定又足夠深，不會引火焚身的。

等了差不多一刻鐘，水下卻沒有動靜。沒有爆炸的沉悶聲響，海水卻變了，出現很多小小的漩渦，在我們的船和黑船左右翻騰。

福子趕忙招呼：「拿好刀！看著不行了就往礁石上跳，千萬別硬撐！」

話音剛落，水中突兀地出現一條帶刺的觸手，五彩斑斕，有七八米長，根本不像章魚的腕足，倒是和一條粗大的荊棘棒子有點相似，彎曲的弧度不大，上頭都是尖刺，划著水波撲向黑船。

沒等咱們反應過來，水面上跟著又出現十幾條棒子，抽筋一樣地顫抖，抓著那黑船往下拽。

這是什麼東西？

老嚴和福子也都大張著嘴合不攏，林林眼尖，猛然叫起來：「阿炳！阿炳在那兒！老嚴，快想想辦法救救他！」

我嚇得一哆嗦，定睛一看，只見水面下很淺的地方，漂著一個半透明的皮袋子，裡頭蜷著一人，包得嚴嚴實實，看輪廓，有點像是阿炳那精壯的身子，但又有點殘缺不全。就算沒給怪物咬死，在水下待這麼長時間，也很難還活著。

老嚴和阿健拿著刀和獵槍，緊張得不知道怎麼去救，福子叫道：「我操！這不是章魚，這是海盤車，沒見過這麼大的！」

海盤車？

我只聽說過紫河車，不知道海盤車是什麼。

汪倩告訴我，海盤車就是海星，其中個別有毒的種類，表面有尖刺和腺體，能分泌有毒的黏液。

我一聽很是驚奇，印象裡海星都是小小的身子，五角星一樣好看，沒想到冒出眼前的活物，竟然如此恐怖噁心。

福子見海盤車似乎忙著在對付黑船，一時還沒有觸手來招呼我們，便低聲說：「那個皮袋子就是海盤車的胃。這是食肉動物，典型的暴飲暴食型，每次都是把胃吐出來包住獵物，專門用胃酸消化吸收的。如果裡頭包的真是阿炳，我看死定了，只是弄不明白，他會怎麼給海盤車毒倒？」

老嚴皺眉說道：「你看！那個薄的地方，露出一片紋身，我認得，就是阿炳沒錯！

他怎麼會給海盤車弄下水？這東西這麼多觸手，有沒有毒的？」

福子點頭道：「肯定有毒，顏色太鮮艷了！這玩意兒長成年了，在海裡便沒有天敵，活上百年都不成問題。更厲害的是牠就算被劈個七零八落，每個碎塊還都能活，重新長成一個新的海盤車。不行啊！得想辦法弄走牠，不然遲早會盯上咱們的船，那可就慘了！」

卷五

水下異變

同樣也是鑲嵌金塊的洞壁，同樣有個人形的東西在下頭坐著，不一樣的是，當照明彈熄滅那一瞬間，那人形物體忽然微微一動，抬頭向上面看過來！

第21章

下水

魏胖慌慌張張鑽出水面，說是潛到海底，
剛進到沉船那一片地方，
就有人在他肩膀上拍了一下。
剛剛才搞定吃人的海盤車，
怎麼還會有活人？

大都不知該拿海盤車怎麼辦，汪倩去過南海打撈宋船，對這個也比較瞭解，此時說道：「海盤車毒是毒，但動作慢，咱們還是有機會。就算牠會分身術，斷開再生也需要靜養好久。」

皮袋子中的阿炳突然劇烈抖動一下，立刻吸引了我們的目光，仔細去看，卻發現是被海盤車的胃液消化掉了一大塊，兩個女孩立刻扭開頭。

動物吃東西的方式千奇百怪，有的咬或啃，有的吞或吸，有的狼吞虎嚥，有的細嚼慢嚥。我敢說，當中最難看、最特別、最恐怖的，非海盤車莫屬，尤其是巨型的海盤車。牠是直接把自己的胃從嘴巴裡吐出來包住獵物，活活吃下去，且因爲再生能力很強，受傷的胃可以很快復原，所以根本不怕反擊。那噁心的胃袋就像水流一般，能流進小岩縫中，被盯上的食物，除非跑得飛快，否則很難逃脫，只一個遲疑，就會被腕足上的毒素麻痹。

阿炳是不用去救了，隨著水流的翻動，我們都看出他已經殘缺不全，很快就會變成海盤車的食物。

老嚴掉下幾滴眼淚，看著阿健和林林道：「阿炳跟了我快十年了，本來說好這趟回去後，他就自己開個鋪頭休息休息，想不到會葬身在這裡……」

阿健沒說什麼，林林一抖肩膀，「有啥呢？幹這個哪能不死人的？上次去崖山做事，我不也差點死掉……」

我和魏胖無從安慰起，對付這種水裡的動物也不是強項，沉默不語，只思索著到底有啥辦法弄走這噁心的海盤車。

平靜的海面上，黑船依然沒有被海盤車弄沉，一上一下地起伏不定，船裡的破舊棺材一個個陸續滑出艙門，沉入水中。這片神秘海域看起來壓根就不深，海盤車的腕足好幾次將海底的泥沙揚起。

汪倩的心理素質真是沒得說，眼光也夠毒，這會工夫便能說出不少，讓我刮目相看。「我看，咱們的船這是擱淺在一片淺水了，那噁心人的海盤車幾乎也沒有移動位置，說不定是被固定在這裡的。我有個主意，你們看行不行？老嚴，你的船上不是有電網嗎？用那試試，只要這傢伙被電昏過去幾分鐘，相信咱們就能下水弄死牠！」

魏胖趕緊擺手，「別別別！會害死人的！剛才扔下去那土炸彈，到現在也沒有響，別是個啞炮，萬一趕上豈不倒楣死？」

那倒是，我都歎氣沒辦法了。

福子說道：「海盤車有一種天敵，叫大法螺，我們一般稱呼是鳳味螺，很漂亮的，可惜只有南海才有，江浙這一片沒有。那東西不怕海盤車的刺毒，能一口吞下去，海盤車的分身術到了大法螺的肚子裡，才算徹底沒轍。」

唉！上哪兒找這麼大個子的螺啊？太不現實了。

老嚴深思著說道：「我看，咱們還是先別想著怎麼弄死這個變種的東西，現在得分析下，爲什麼會有這東西？福子，咱都知道，海盤車是長在淺海的，個頭很小，現在碰上的這個，怎麼大得出奇？難道和這片海域有關？那黑船上到底有什麼奧秘，海盤車非要把它拽下去？小丁，你再仔細想想，望海相公的『魘屍術』還有什麼秘密？」

其實我一直都在想這個問題，看著大夥的目光都隨著他轉過來，只好介面說道：「這『魘屍術』可不是對付海洋怪物的。我知道的並不是很詳細，只能告訴你，那些童屍都做過處理，很多都是走鄉串戶收來的死胎，用秘術化去骨骼內臟，至於塡了什麼進去，我也不清楚。這樣處理過的童屍，能夠剋制極爲厲害的屍變。就連那些舊棺材，也都經過專門收集，是特意挑選的出過屍變的老棺材。」

「我碰過殭屍、血屍，聽蒲老頭說，還有更厲害的金屍和屍王，沒有脫甲道士或者小相公一起下墓，單獨的淘沙夫子是不敢去招惹的。你也看見了，黑船上用了這麼多童屍，小相公既然這麼小心，下頭有什麼，我可眞不敢說了。汪倩，妳不是在南海也見過一艘這樣的船？當時是怎麼回事？」

汪倩道：「我們那時是單位組織的搶救性發掘，打撈宋代沉船，見到海底就沉著一艘這樣的黑船，比起來小很多，船上什麼都沒有。怪的是當年下水的同志有三四個回來後高燒不退，染上怪病，經過好幾年才徹底治好，我因此才又仔細查資料，知道歷史上有望海相公這類奇人。講起來，得到的消息不比你多多少。」

聽我們說得嚴重，大夥都有點洩氣。林林眨巴著眼睛說道：「這麼看起來，海底確實有大墓了？」

老嚴點點頭，「望海相公可是縱橫海上的高手，這黑船沒有沉下去，說不定他們失手了，咱們至少不會進個空墓。唉！做這個最怕的就是辛辛苦苦挖進去，一抬頭就看見幾個盜洞，給人捷足先登，弄走了寶貝。」

魏胖一笑，「嚴老大這麼快就做起發財夢了，哈哈！連海盤車都還沒搞定，後頭說不定又蹦出來幾個屍王呢！」

笑聲立時引來所有人的怒目，他只好撓撓頭，不吭氣了。

正在一籌莫展之際，忽然聽到一聲沉悶的巨響從海底傳來，看來那個自製的土炸彈沒有啞火，終於爆炸了。

露出水面的海盤車腕足瞬間伸得筆直，僵硬不動。

老嚴大叫道：「好！哈哈！炸死你個王八蛋！」

我說道：「別急！不知道炸住了沒有，萬一只是震得暫時發暈，那可隨時會醒，還不算大功告成。」

話說完，我回船艙裡取出一包東西，遞給他道：「這是停船時叫你買的烏頭、威靈仙、砒礵粉末，我又配上了一點屍鬃，咱們下水把這些東西扎進海盤車的體內，麻翻牠，保管幾天內醒不來。」

老嚴驚喜道：「是淘沙夫子的獨門秘方吧？這下可好，殺不死、趕不走，讓牠幾天不會動也好，至少不礙咱的事。」

我笑笑說道：「那是，這個古配方本身就有劇毒，入體即化，吃了渾身麻痺，器官還會逐漸脫落，蒲老頭說，加上屍鬃更是厲害，至少死前是全身癱瘓，對付陰氣極重的髒東西有奇效。這東西看來是被炸藥震暈了，觸手紋絲不動，咱們抓緊下水動手，趁牠病，要牠命！」

說幹就幹，雖然沒有使用過這個配方，但蒲老頭當年信誓旦旦地告訴過我，只需要一點，就算是再厲害的屍變，都能毒倒，更何況是拿來對付有生命的海洋動物？反正我是充滿了信心。

最後是福子和阿健一起下水，搞定了海盤車。這種水下的力氣活，我肯定不如他們水準高，也就由得老嚴安排了。

沉入海底的大海星算是暫時沒了威脅，阿健上來報告了水下的情況，我們才知道黑船的下邊，墜了個沉重的大鐵鉤子，剛好卡進一塊傾斜的石頭縫裡，那大石頭被黑船扯來扯去，堵住了海盤車的路，讓這龐然大物進退不得。此外，那海盤車棲身的地方好像有不少沉船，還得再去看看情況。水倒是不深，最多三十多米，下邊的海床極像人工建築，是一個石頭大平台。

大夥一聽有人工建築，頓時來了興致。

魏胖這廝心急，帶上全套重潛水裝備第一個跳下，說是去摸清水下的大致情況，給大部隊的大反攻吹響號角廓清道路，連我都沒有攔住他。

我們在船上把人分成兩組，福子駕船不下水，我和魏胖、汪倩一組，老嚴跟阿健和林林一組，做好隨時下水的準備。

穿戴齊整，等了半晌，才見魏胖慌慌張張鑽出水面，語無倫次，半天才說明白，說是潛到海底，剛進到沉船那一片地方，就有人在他肩膀上拍了一下。

船上的人都吃了一驚，剛剛才搞定吃人的海盤車，怎麼還會有活人？黑船上的童屍都死了多年，怎麼會拍人肩膀？

難道是望海相公的人，已經在裡面了？

老嚴忙問：「是不是沉船的艙壁或者突出的設備，碰到了你？」

魏胖臉色煞白道：「不！不是！我右手拿刀，當時那人拍的是我左肩膀，我沒辦法，只好順勢用左肘往後打一下。感覺是打中了，但那人是軟的，而且還會躲我的手肘……」

會不會又出現什麼大型海洋生物？連小小的海星都能變成這麼大個頭，還捕食活人，難保其他動物會不會也受到影響，發生變化。但是再問，魏胖也說不出什麼來了。這廝一向自詡身手敏捷，吃這樣一嚇，很是氣餒。

拍肩膀的到底是什麼？水下動物，比如鯊魚，或者水母，都有可能。但魏胖不是常在水中行動的傢伙，對海洋生物不熟悉，卻能安全返回，這就有點出奇了。

我一咬牙，不入虎穴，焉得虎子，戴好自動收縮的潛水繩就下水去了。

無論如何不能掉以輕心，我入水後，小心翼翼地接近海底，把潛水刀緊握在在手中，想法很簡單，管你是人是鬼，反正戰友都在船上，水裡就不可能出現朋友，敢拍我肩膀，我就給一刀！

水下世界和過往在電視上看到的大相逕庭，海底是一片金黃色的細沙，沙子薄的地方，露出了下頭大塊的條石，整齊地鋪著。

被制服的海盤車就趴在海底，一動不動，不規則的身體卡在石頭縫裡，觸手卻很發達，又長又粗，幾乎不成比例。

小心饒過海盤車的身軀，面前情景又是一變，海底平整的條石上，有個極大的深坑，隱約看到不少沉船，坑外頭還翻著一艘極大的輪船，被深坑裡的幾根桅桿鉤住，側臥在平台上。

那艘大船實際上已經不是一條完整的沉船，船體前部的三分之一處被扭斷，兩截船體呈T字形，艙面朝上，躺在約四十米深的海床上。也正是因爲這個原因，從它的斷面可以輕易地進入船體。

看了一眼有點熟悉的船頭標誌，我認出這是日本軍船。

至此仍安然無恙，除了自己呼出的氣泡聲，海底世界暫時沒有任何不正常。

游近了沉船斷裂處的入口處，我突兀地感覺到，周圍情況變得陰森。

在船上閒聊的時候，林林說起過，一般人都是很不願意鑽沉船的，一是那裡邊「不乾淨」，還有就是危機重重，經常是海洋生物的老家，更糟糕的是沉船本身結構很不穩定，一不留神碰動某處，就可能來個大翻身或者垮塌，即便不被砸死，給封在裡面也凶多吉少。

不過，爲了確定到底有什麼神秘，不得不進去一瞧。

想了想，我選擇了沉船的貨艙斷口，謹愼地鑽了進去。貨艙多半比上面的客艙大一些，管路導線之類的也少一些，萬一有事，有較多的迴旋機會。

一切都很平靜，沒人。

裡頭很黑，藉著頭燈光亮，看到沉船側舷的朝上一面的舷窗，上面的玻璃已經沒有了。這個艙室因爲暴露在外，內部早已空無一物。慢慢向前摸索，發現一扇艙門大開，我便游過去，進入裡面的一艙。

我發現自己鑽進了一個寬敞的房間，見到角落處有個被割開的保險箱，眼睛立刻一亮。莫非沉船的寶貝，該我有福氣拿到？

可惜，緊接著就看到一個帶有英文字母的潛水氣瓶，似乎在嘲笑我，早有人率先光顧了這沉船。

從遺棄的潛水氣瓶看，先來的客人，更像是業餘水準的尋寶潛水夫。但是放著海盤車沒有搞定，怎麼能夠到達這兒？未免有些不可思議了。

就在我沮喪地穿過艙門，小心翼翼當心著不讓氣瓶被門框碰壞的時候，忽見旁邊一道黑影騰起，朝我的面門撞來！

第22章

青銅樹

周圍安靜到讓人不安，
好像這石頭平台有什麼奇異的魔力，
海水波瀾不驚，生物更是極為罕見，
連浮游植物都見不著，一片荒涼。

幸虧我早有準備，迅速往裡一閃，同時腳蹼一蹬，斜刺向上急速游去。那個黑影被我避開，頭燈下一閃，原來是一條大海鰻，看來是艙裡的老住客了。

我吁了一口氣，身體繼續向上升，左手伸到頭上，摸到了艙頂，右手把潛水刀向外撇開，以免不小心刺破自己的潛水衣。

就在這時，忽然覺得有點不對。左手沒有按上艙頂，卻按上了一個軟綿綿的東西，而且一觸手就避開！

是個人？還是是……屍體？

心頭一緊，頭皮發炸，與此同時，不知是誰在我背上拍了一拍。

這還得了？我再也顧不得多想，反手就是一刀！

我從小在老爸的部隊單位裡廝混，下鄉那十年又參加過眞正的軍訓，刺刀技術自信還是不錯的，這一刀刺得穩、準、狠，遠比訓練時要厲害許多。看來人到了危急關頭，眞會激發出潛能來。

做夢也想不到的是，那一刀居然被「一口咬住」！

不好！我猛一翻身，使勁拔刀，頭燈一閃之下，見對方全身黝黑，奇形怪狀，遺憾尚未看清，頭燈便因爲自己用力過猛而撞在艙頂上，頓時熄滅。

這下我可眞急了，要是活人潛水，一般都穿黃色、紅色、白色等比較醒目的潛水服，什麼東西會穿黑色的潛水服？而且瞬間刺出那麼凌厲的一刀，竟然還被一口咬住！

我再用力一奪，刀沒拔出，那怪物卻跟了上來。

這下可真不妙了！章魚一類的海洋動物，絕對沒有這種本事。

下一秒，我感到自己的身邊又多了幾個這樣的傢伙，或撲或撞，紛紛纏上身來。

怎麼會埋伏這麼大一群？我被嚇得差點屁滾尿流，腦袋一陣眩暈，非常後悔不該逞能獨個下水。

慌忙間，我用力一竄，腦袋撞上艙頂，把掛在頭盔上的頭燈都撞掉下來，丹田發熱，幾乎就要出洋相。

不過，我畢竟是摸爬滾打多年了，駭人怪物也見識過，吃驚之餘，很快就發現周圍的怪物雖然在撞擊，但動作很「輕柔」，並沒有要把我置於死地的意思，而且憑經驗看，不像是有生命的東西，更像是被水流帶過來的。

我對自己說要冷靜，喘口氣下來，再次拔刀，發現那咬住刀的怪物並不反抗，用手一摸，又硬又軟，也說不清是什麼感覺。想想恐怕是個半腐爛的死屍，只覺得牙根發酸。

是非之地不可久留！一咬牙，我乾脆拖著這個怪物游出艙門，上浮。心想要真帶上來個屍體什麼的，算我倒楣，可要是別的什麼，咱起碼活捉了一個。

上浮可不能一蹬就上去，我在沉船地方潛得已經是極深了，差不多四十多米，快五十米，貿然上去是自找減壓病，只好拖著怪物，順著潛水繩升一段，停一停，再升一段，再停一停。

頭燈不會亮了，我心裡生怕那怪物突然反噬，緊張得不得了。

還好那怪物老實得很，這段難熬的工夫總算過去。

到底是什麼東西呢？

上到水面一看，哭笑不得。差點嚇壞我的，居然是……

一大塊黑色的天然橡膠！

看來這艘沉船竟然是抗戰時期的日本軍船，裝載了不少的天然橡膠塊，造汽車輪胎的原料。

橡膠這玩意兒，基本都來自南洋的橡膠樹。抗戰時期，重慶有「一滴汽油一滴血，一個輪胎一條命」的說法，極言其珍貴。

沒了它，飛機不能上天，汽車不能跑路。對於戰敗前夕的日本，橡膠和錫錠一樣，屬於重要的戰略物資。

橡膠的比重比水略低，估計在這艘日本軍船沉沒後，紛紛掙脫束縛向上漂起，有的漂出海面，有的則被封在艙內，一封數十年，直到我來打攪它們的安寧。

被長期浸泡的生橡膠近乎零浮力，我進入船體，引起水流變動，它也隨著水流漂過來，不免跟我來個親密接觸，結果被我誤認為水下黑手。至於那非常漂亮的一刀，生生刺入橡膠塊裡，如何拔得出來？

真相大白以後，船上的大夥都鬆了一口氣，下水的事情順利進行。沉船裡的錫錠和橡膠不是我們要的東西，就由得它們繼續沉在海底吧！

其他人都埋怨魏胖沒弄清楚就上來嚇唬人，我卻突然想到，這沉船其實有不少神秘的地方。它的殘體有點匪夷所思，不是被炸破進水沉沒的，而是從艦橋前端被一折兩段。但這可是一艘軍艦，估計上頭至少有幾百人吧！是什麼東西將它摧毀的？

我提出疑惑，老嚴卻說這不奇怪。

很多人在討論海船的時候，都把它當成水面上漂的一根木頭，或者一個實心的物體，或者一個鐵盒子，然而實際上，這些說法都相當外行。海船其實更像一棟房子，富麗堂皇的大廈。

因此，你只要把它的承重牆和柱子斬斷，它馬上就會崩塌，這是結構問題。

船和人一樣，有一條縱貫前後的「脊骨」，稱為龍骨，船身的所有重量，最終都要落在龍骨上。把龍骨打斷，再好的船也要一命嗚呼，憑船體自身的重量就能把它壓斷。

美國在二戰中建造的萬噸自由輪，航行在海面上，特別是北太平洋地區，經常無緣無故就折斷沉沒，先後沉了一百多艘。研究結果發現，原來自由輪的長度，恰好等於北太平洋常見大湧浪的波長。

這樣，就會出現以下的現象：一個浪的浪頭恰好頂在自由輪中央，它的頭尾則在浪谷中懸空，兩頭往下墜。或者，兩個浪頭恰好在自由輪的頭與尾，把它舉起來，而中央懸空，兩頭往上翹。

如此時間一長，輪船自身的重量反覆地正反施壓，如同我們掰斷一根鐵絲時不停地折彎它一樣，龍骨免不了要因吃不消而斷掉，使輪船折為兩截。

照我描述的日本軍船船體破壞程度來看，應該是有什麼弄斷了它的龍骨，沉重的貨物又進一步加快了折斷和沉沒，這是很正常的。

聽到這裡，我忍不住提醒老嚴，當年日本的軍船大多航行速度極快，很少有潛艇可以追上，這一點值得玩味。

我還懷疑，那變異的海盤車，長這麼大個，或許和沉船上攜帶的東西有關。畢竟日本人當年搞毒氣、弄細菌可是勁頭十足，很下本錢的。

也或許，這裡面根本就沒有秘密，一切都是大自然留下的歷史痕跡。

下午兩點，我們在船上飽餐一頓，準備下水。

事先做好的分組計劃出現變動，我依然和魏胖一組，老嚴跟阿健和林林一組，汪倩則在我的暗示下留在船上。

趁著大家不注意，我把五四手槍悄悄塞給她防身，意思再明白不過，萬不能讓老嚴請來的福子生了歹心，拋下我們跑路。

以她的聰明勁兒，自是心領神會。

爲了避免身上的潛水繩繞在一起，兩組人分別跳入水中，潛下海底。

趴著的那個大海星依然紋絲不動，只是身體出現了不少裂縫，冒出一股股的深色血水，看來我那古配方的毒藥傷害不小，一時半會做不了耗。

剛才嚇我一身冷汗的深坑沉船，我已經不想再去轉悠了，和老嚴比劃了下手勢，示意要和魏胖往另一頭去瞧瞧。老嚴遲疑了一下，帶著林林和阿健，向我剛才去過的深坑游。

我和魏胖一前一後順著平坦的海底條石前行，愈走愈覺得心驚。這個人工修建的平台範圍極大，花了差不多十分鐘才游到邊上。順著邊緣部分扔下去一個照明彈，藍色的冷光中持續下墜，竟像是無底深淵。

我們站立的地方極像金字塔，只是頂上的尖頂被削平了，和過往在陸地上見到的陵墓封土覆斗形狀極爲相似。

石砌的斜面上，有一層層的台階可以一直走下去，但照明彈根本照不到底，不知道究竟有多深。苦！我搖搖頭，知道不能再往下走。海水太深，現有的裝備潛不了那麼遠，潛水繩也不夠長。

正想走回頭路，魏胖卻拍拍我的肩膀，讓我往前看。目力所及之處，又出現一座巨大的人工建築，形狀大小和目前置身的平台很相似，看來是同一夥人建造的兩棟石頭覆斗。

魏胖使勁再扔出去一顆照明彈，藉著光亮，我估計兩棟建築之間的距離不是很遠，只要水中沒有暗流或者意外，完全可以憑藉腳蹼游過去。可轉念想起巨型海盤車，心裡有些忐忑。

那邊不會也出現這樣的怪物吧？

魏胖揮舞了一下手中的魚槍，拍拍自己的胸脯，催促我快點過去。我咬咬牙，人為財死，鳥為食亡，豁出去吧！往虎山去溜達一圈，逮個兔子回來也好，於是握緊潛水刀，帶頭游過去。

兩道頭燈的光柱很快陷入黑暗中，我小心翼翼地眼觀六路，踩上一個陌生的石頭平台。一切正常，周圍安靜到讓人不安，好像這石頭平台有什麼奇異的魔力，海水波瀾不驚，不像兩棟建築之間的海域，海水又涼又急，還攙雜有亂流。生物更是極為罕見，連浮游植物都見不著，一片荒涼。真不知道那個海盤車是吃了什麼東西，長那麼大個？

突然聯想起那艘日本軍船，上頭至少有幾百個溺死的軍人，難道全成了海盤車的食物來源？如此一想，不由對老嚴一行三人擔心起來。希望他們不會遇上船上攜帶的什麼細菌，鬧出沒下場的變故。

平台上寂靜無波，淡淡的水流在周身游走。台上覆蓋著一層薄薄的細沙，向著平台中心湧動。

我估算了一下身上潛水繩的長度，應該還可以再向前走一段，於是握著刀，招呼魏胖注意身後情況，一前一後向中間去。這個平台明顯沒有剛才發現沉船的那個大，沒走多遠，就發現前邊出現一個奇怪的東西。

那像是一棵乾枯的大樹，紮根在平台中央，順著樹根轉了一圈，估摸直徑差不多五米左右。仔細看看，上頭雕刻了許多花紋圖案，竟然是金屬的，應該不是鑄鐵，否則早爛掉了，像是青銅合金，銹跡斑斑，但還不至於搖搖欲墜。粗壯挺拔的樹幹上，錯落有致地伸出許多枝椏，上頭懸掛有不少金屬鑄的人物和飛禽。

我和魏胖慢慢往上浮動，想知道這青銅樹到底能有多高。這玩意兒肯定搬不走，就算搬走也賣不掉，所以我們壓根沒有打這個樹的主意，只是注意著，害怕給枝椏掛到潛水繩或者氧氣瓶什麼的。

上升大約十多米，有四層樓那麼高，終於到了青銅樹的頂部。這個位置距離海面還有二十多米距離，沉入海底這麼長時間都沒有倒塌，那埋在平台裡的高度更是不可想像。

心下暗自盤算它的年代，看那矯健非凡的氣質，還帶有壯偉和莊嚴，很有唐風。如此看來，老嚴的情報應該挺準確，這玩意兒恐怕真是五代時期的作品。

青銅樹的頂端不是尖的，直徑和底下一樣，差不多五米，上面平平地放了一個圓台，擺有不少東西，樹的枝椏到這裡也是平平地延伸。

見沒有危險的複雜地形，我和魏胖便不約而同地湊過去看。

第23章

黃金祭品

同樣也是鑲嵌金塊的洞壁，
同樣有個人形的東西在下頭坐著，
不一樣的是，當照明彈熄滅那一瞬間，
那人形物體忽然微微一動，
抬頭向上面看過來！

圓台上擺有不少東西，都是固定鑄造在上面。

最先看到一個古色古香的青銅案，對面矗立一個高大的神龜樣的櫃子。圓台和青銅案上，另外雜亂地擺放著許多青銅鏡，各種形狀都有，圓形的最多，同樣覆蓋著一層白白的細沙，很黏糊，沒有被海流帶走。

我靠近神龜，想看看裡頭有啥東西，卻突然有種預感，似乎被什麼人在暗中不懷好意地窺探。這感覺實在非常強烈，我不禁猛一轉身，全力戒備。

周圍很平靜，什麼都沒有。

旁邊的魏胖一臉疑惑，我搖搖頭，想著自己眞是太多疑了。

眼光一掃，神龜的角落裡一個黃色箱子引起了注意，像是黃金鑄造的，在海裡十分顯眼。打開箱子，裡頭放有一個高高的黃金冠、大金鈴鐺，還有黃金短杖。短杖頂部鑄造成四面骷髏頭圍繞太陽的形狀，看起來有點詭異。

注視著空洞的骷髏眼眶，那種被人窺探的危險感覺再次襲來，渾身汗毛頓時根根直豎，腦子裡瞬間冒出一個念頭——快逃！

我叫過魏胖，讓他把金箱子裡頭的東西綁在潛水衣上，自己則空出手要把這個金箱子弄上去。估計是要發財了，看重量，値了大錢！

提起金箱子想試試重量，忽然胸口一陣陰寒，汗毛一炸，以爲被什麼東西咬了，忙不迭地丟下箱子，伸手去摸，卻是戴在脖子裡的七星銅人，不知怎地變得非常涼，冰得胸口有點麻。

我心想不好，莫非此處有不乾淨的東西，讓七星銅人起了反應？

前段時間招惹那個萬曆老皇帝的棺材板，已經給我帶來了麻煩，在這茫茫大海，可千萬不要再出意外了。我著急地想算了，這個金箱子不要也罷。正要抬頭離開，眼角餘光一掃，卻發現腳下有個大洞。

原來在青銅案和神龕之間，黑黝黝的挖有一個圓形深坑，也就一人見方。看看氣瓶還夠堅持一會兒，我示意魏胖稍等等，湊過去想看看下面是什麼。

藉著頭燈的光亮，我吃驚地發現，圓洞的洞壁黃澄澄的，像是用金塊層層堆砌而成。用手摸摸，金光燦燦，還眞的是無數金磚！

按捺住砰砰直跳的心，仔細地在圓台上轉了一圈，又發現幾個深坑，按照北斗七星的形狀排列。

深坑又細又深，我看不清楚底下是什麼，於是扔出一顆照明彈。

照明彈緩緩下到大約十米左右才熄滅，熄滅前，我居然看到一個人盤膝坐在裡面，身上衣服也是黃金製成。

不知道是死屍，還是金屬鑄造的雕像。

我不死心，又跑到一個深坑邊，扔下去顆照明彈。同樣也是鑲嵌金塊的洞壁，同樣有個人形的東西在下頭坐著，不一樣的是，當照明彈熄滅那一瞬間，那人形物體忽然微微一動，抬頭向上面看過來！

那人臉上戴有白色面具，不知道用什麼材料製成，上頭表情十分陰森恐怖，眼部的三角黑洞向耳朵處撕開，大張的嘴巴嚴重變形，拉長直到脖子，活脫脫一個正在尖叫的厲鬼形象！

黑暗沉靜的海底，猛然看到這樣一張臉，嚇得我差點叫出聲來，尤其是這張尖叫的鬼臉還會抬頭！

我扭頭就拖住魏胖，顧不得跟他解釋，只連連示意此地危險，咱們快點撤退。這廝卻不肯走，指著那金箱子，意思是說那個還沒拿呢！我又急又氣，懶得再比劃，死命掐著他胳膊就往上浮。

上浮速度太快，我差點忘記林林說的，每隔六七米要停頓幾分鐘的事情，幸虧魏胖緊緊拽住，才沒有失掉知覺，休克過去。但我實在不敢停留過長，恍惚中，總覺得那張尖叫的臉就在自己的腦門兒後邊。

本來需要休息三次的，我只用了兩次就浮出水面。

摘下面罩，呼哧呼哧地大口喘粗氣，看著藍色的天空，心裡那個美啊！真是舒暢！

看看漁船停泊的地方，並不是很遠，我喘息片刻就順著潛水繩往那邊去，實在是海水裡到處都是不安全的味道，多待一分鐘就多一分鐘的危險。途中，魏胖幾次喊我，我都沒有理他，只示意上船再說，一個勁地埋頭苦游。

福子和汪倩老遠就發現了我們，把我和魏胖撈上去時，我已經精疲力竭，渾身發軟，癱在甲板上坐不起來。

魏胖也好不到哪兒去，這傢伙人胖，喘得更嚴重。

片刻後，我喘著氣罵他：「你丫……丫的就沒點眼色，叫你撤你就撤………哪那麼多廢話？要……要……要相信組織嘛！」

他坐起來怪叫道：「鬼知道你怎回事？好好的那麼大一個金箱子你都不拿，發神經啊你！」

聽到發現了金箱子，福子和汪倩都湊過來。我看了看潛水繩，老嚴他們三個還沒有回來，不過估計他們的氧氣瓶時間還有多的，於是讓魏胖把那三樣黃金東西拿出來，遞給他倆看。

又緩幾口氣，我把自己碰到的情況大致說了一下，說起那個死人突然抬頭看我，戴著尖叫的白臉面具時，仍然心有餘悸。汪倩也是面色慘白，受驚不小。

陽光下，黃金的顏色愈發耀眼。這玩意兒眞不怕海水腐蝕，怪不得那些打撈沉船金幣的都發了大財。

看著高高的黃金冠、大金鈴鐺還有黃金短杖，福子只是嘖嘖稱歎，兩眼放光。汪倩則若有所思地拿著短杖沉吟，似乎發現了點什麼問題。

翻來覆去地仔細研究那個黃金短杖，她喃喃說道：「如此說來，那個平台和青銅巨樹，很明顯是一個舉行什麼儀式的祭台，青銅案、神龜，再加上這金冠、金鈴，就是一整套祭天的法器。但那圓洞裡的人就奇怪了，照說，五代時期的文明程度，不至於殺人祭天啊！」

我騰地站起來，想起蒲老頭說過的話：淘沙令，脫甲劍，棺裡棺外鬼畫符；北斗墳，臥金屍，黃泉路上無人扶。小黑棺，紅土葬，青銅槨裡血屍現；照海鏡，人七星，巡山望海定長眠。

最後一句，不正是目前碰到的情況？

海面上未使用的魘屍黑船，是望海相公的獨門秘技，圓台上按照七星的形狀挖了細長幽深的洞穴，裡頭都有人蹲著，恐怕就是「人七星」的意思。那圓台上散落的青銅鏡，難保其中就有一個是照海鏡。這恐怕是極爲兇險惡毒的儀式，就算巡山望海的高手碰到，也要長眠於此。

《續子不語》記載道：照海鏡，圓形，周圍長二尺餘，外圈紺色，似玉非玉，中間為一白石突起，透底空明，似晶非晶，可在百里之外照見怪魚及一切礁石，以利迴避。

我們淘沙一派中，還流傳著關於那照海鏡不為人知的另一個秘密，就是它不僅可以照出百里的海景，如果在背面滴上一滴血，更能顯現出自己的未來，看到自己面臨死亡那一瞬間的情景。

蒲老頭一生遍掘古墓，可始終未能發現照海鏡的蹤跡，因為那鏡子中間的白石突起，實際上是一種龜卜活物，近代早已絕跡，就是在古代也非常罕有。每回無意中給我講起，他都只當是傳說來閒聊，萬萬沒想到，今日會在這茫茫大海裡的一個五代時期遺跡中，露出一點端倪。

不過，仔細思量蒲老頭的話，如果說巡山望海不是這種儀式的對手，定要長眠在七星穴中的照海鏡下，那第二句「北斗墳，臥金屍，黃泉路上無人扶」的意思，就指的是淘沙脫甲的致命弱點。若遇到北斗墳中臥金屍，將拿不出剋制的手段，只能獨自一個人踏上幽冥黃泉路。

我搖搖頭，覺得身上壓力好大。

汪倩和魏胖聽了我的有關敘述，緊張中更帶著興奮。如果傳說屬實，照海鏡將是無價之寶，有悖於現代科技的遠古技術，比那金磚金塊要值錢的多！

只希望這寶物不是老嚴的眞實目的，畢竟我們答應過，允許他從發掘出的所有寶貝中優先挑選一件。

汪倩拿著那黃金短杖，左看右看，突然把那四面骷髏頭中間的太陽使勁壓下，雙手錯開，用力一旋，短杖頓時一分兩半。我這才知道杖內另有乾坤，不由佩服小丫頭的眼光之毒。

黃金短杖一分兩半，中間滾出一樣東西，是一張薄薄的金箔，因為長時間泡在海水中，已被捲成一卷。

汪倩小心地用指頭夾起它，一點點地展開，見上面都是浮凸小字，密密麻麻，好大一張。她還真不愧在文物研究所工作多年，把金箔攤開在甲板上之後，立刻就認真辨讀起來。

看著這情景，我忍不住抬頭感謝嬴政先生，當年下大力氣把文字統一，讓以後所有知識份子都用一種漢字，果然是對的！就算是唐末五代時期留下的記載，我們這些現代人也連蒙帶猜弄地明白個大概意思。

這篇文字其實並不是給「人」看的，汪倩讀了一會兒就道：「這是一篇祭文，拿來祭天用的。」

她把大致意思解釋給我們聽，原來這個修造海底建築物的部落，並不是老嚴所說的佘族的一支，而叫昊族。

吴這個字看形狀是上面一個日，下面一個大，讀音和「台」字一樣，應該是五代時期崇拜太陽的一個偏遠部落。當年，部落之王因為機緣巧合，獲得一個天地至寶，從而掌握了一項神奇技術，可以奪天地之造化，所以整個部落的每個人，跟著都變得富可敵國。

我趕忙問道：「有沒有說是什麼東西？是不是個鏡子？」

汪倩搖搖頭，「沒寫，應該不是，因為後面說，這個東西被族長一口吞下。要真是鏡子，再怎樣也不可能變得那麼小。」

為了保守這個秘密，不被其他強大的勢力吞併，族長決定舉族搬遷，向東一直遷徙到太陽升起的地方——海洋的盡頭處。發現這裡後，就依靠強大的財力定居，建造起一個小王國。

講到這邊，汪倩插口解釋說，看來咱們現在這個地方，在古代是海洋中的一大片陸地。這個部落以為眞到了太陽初升的地方，就定居下來。

吴族人定居並建國後，依靠手中的巨額財富，從當時的吳越國購買大量奴隸建造工程，依靠那件天地至寶，繼續創造無盡的財富。

誰知道幾十年後，國人全都患上了怪病，無法治癒，不論男女都不能再生育繁衍，一個個垂手垂腳，全身癱瘓，痛苦地死去。

國王認定部落的財富被鬼神所忌，遭天地譴責，奪天地造化而有違天和，非常後悔，決定把招致滅種滅國的禍害一口吞下，自絕於所有國人面前，藉以祈求天神原諒，給未死的臣民一條活路。

看來，那個擁有巨大青銅樹的圓台，就是專門用來祭祀天地的，所有古怪擺設和黃金深穴，都是儀式的一部分。

不過，到底是什麼天地至寶呢？居然可以創造無盡的巨額財富。

我靜下心琢磨了片刻，有點疑問，「小汪同志，古代的事情我不是很明白，這昊族人是用的漢字嗎？為什麼這麼重要的祭文，是用漢字書寫？」

汪倩一愣，「這個很難說的，當時大唐國力強盛，昊人本來沒有國家，難免受到管轄，或者從貿易和交往中受到影響。等到唐朝滅亡，他們才建國，說不定沿用的就是漢字。不過，你說的也有道理，昊人還是應該有自己的祭祀文字或者符號才對，更何況這還是族內最關鍵的秘密……」

第24章

葬於雲端

魏胖脫口而出的一句話啟發了我：

「金中之鋼，那不就是金剛石嗎？

鑽石啊！哥們兒這次真的要發達了！」

我一愣，不錯，真有可能是鑽石呢！

翻來覆去地仔細看了一會兒，汪倩滿臉高興地道：「我明白了！寫這篇祭文的人，很可能是當時吳越國王錢鏐的奸細！金箔的背面，被秘密地刻上了一段話，極像是遺言，你們聽聽：王聞旲人疫症，遣吾化身仙道使之。不虞旲人疑懼，落舟即毒，恨之，遂出此計。知返無期，憾甚。旲人苛毒大異中原，其王也崩，其國將亡，吾引此海陷以報……奪目天石乃金中之鋼，王匿於腹，葬於雲端……非……後頭就沒了！」

看來，刻字的人當時就遭了毒手，不過不知道什麼原因，金箔背面的字沒有被消除。從字面意思來看，應當是旲國王知道自己也患上絕症，派人乘船回去中原找醫生，吳越王錢鏐知道此事，覺得有機可乘，於是暗中派出此人，自稱是天授仙道。想不到這個道人一到海島，就被旲族人下了劇毒，心裡異常仇恨，於是用了古怪的祭祀方式引來海陷災難，把整個王國弄沉，大夥同歸於盡。不過，這人提到，旲族國王有一塊奪目天石，乃金中之鋼，是什麼寶貝來著？難道就是那所謂的天地至寶？怎麼能被吞入肚子裡呢？

我見魏胖聽得傻呆呆的，就問他：「你說，旲族人得了什麼病？垂手垂腳全身癱瘓，而且還不孕不育啊！別光想著那寶貝了，大富貴處有大危險，咱們還是性命第一，我可不做爲錢喪命的傻瓜。」

魏胖哪裡知道這是什麼奇怪的病症？可他脫口而出的一句話卻啓發了我，「金中之鋼，那不就是金剛石嗎？哈哈！鑽石啊！哥們兒這次眞的要發達了！」

我一愣，不錯，眞有可能是鑽石呢！

汪倩皺著眉頭道：「不會吧！我想我知道這是什麼怪病，我們所裡有這方面的資料，全身癱瘓還不孕不育的，應該是鉛中毒。」

我一下子若隱若現地明白了這件事，雖然想按捺住心頭狂喜，仍然忍不住哈哈笑起來：「這旲人還眞的奪了天地之造化！我知道這幫人的秘密了！哈哈！原來如此！」

所謂奪目天石，必定是一顆碩大的奇異寶石，或許眞的是鑽石。旲人弄到手後，利用太陽光融鉛爲金，怪不得有那麼多黃金來蓋房子。也活該他們都中了鉛毒，空有無數黃金儲藏，最終亡國滅種。

古時候的煉金術士，一直認爲可以從金屬中提煉出黃金，直到近代，大科學家牛頓還癡迷於鉛變金的研究中，認爲鉛的元素和金只差一點，肯定可以成功。想不到千年前五代時期的中國，眞有人成功了！

古籍中有記載，融化鉛的溫度雖然高，可單靠高爐，在秦漢時期就可以達到。可惜的是，要把鉛塊變成黃金，並不僅僅憑著高溫融化就可以。於是有人開闢出新理論，認爲天上的日月星辰，會影響地面上的活動，或許這個研究成果被旲人採用，當日月星辰處於特定位置的時候，煉金過程就能取得成功。這也就不難解釋爲何他們要舉族搬遷到最東邊，想必是依靠特殊的天文知識找到了最佳位置，可以使用國王的寶石，也就是那塊金中之鋼，折射聚焦太陽光，緩慢地融化鉛塊，煉出黃金。可最終，卻因爲不懂避免鉛毒，遭到亡國滅種的天譴報應。

不過說實話，我不太相信自己的運氣，怎麼可能第一次出來幹，就碰到這樣的兩件喜事？照海鏡這個寶貝，傳說可以照出人臨死前一刻的場景，煉金術更是神仙才有的本領，兩者都是完全悖離現代科技的奇珍異寶。就算是虛假的傳言，那照海鏡其實無效，也還有煉金術留下的大量黃金儲存，而那被「葬於雲端」的大寶石，更是無價之寶。黃金是個好東西啊！不愁變成現金，而且一旦融化成金錠，只有天知道是哪裡挖出來的。

魏胖更是興奮，搓著手道：「好你個老丁啊！眞有一套，不錯不錯！聽你一說前因後果，還眞像這麼回事呢！小汪同志也夠強，整個一高級知識份子，往後咱們合夥得了，並肩上吧！這還有啥可說的？」

福子完全插不上嘴，一直靜聽我們的交談和發現。我心知此人必定和老嚴有些手尾，不過自己也壓根沒想著瞞住老嚴，這筆財富不是我和魏胖可以獨吞的，人要知足，否則禍不旋踵。只是，老嚴他們三個怎麼回事？怎麼耗了這麼久還沒有回來？氧氣瓶按道理應該已經用完了。

我走過去拽潛水繩，就聽見汪倩說道：「丁老夫子，你別忘記那昊王是自絕於國人面前，才完成了祭天儀式。『王匿於腹，葬於雲端』的意思很明顯，是說那奪目天石給他殉葬了。咱們的麻煩還不少，得找出那『雲端』是什麼地方，這事可不怎麼好弄呢！」

我拉著潛水繩，一時沒反應過來。丁老夫子是喊我嗎？我有那麼老？

汪倩又笑道：「你不自吹是淘沙夫子的傳人嗎？看你老氣橫秋的樣子，稱呼一下老夫子，不要生氣啊！就我說的，這『葬於雲端』的事情得交給你去辦。小胖子說得好，並肩子上呵！」

魏胖擺著手說道：「別別！別叫我小胖子，我煩這個。妳看，我這胳膊上哪有一片胖肉？明擺著是筋骨人呢！」

汪倩作勢要掐，魏胖則曲起胳膊準備給她掐，我無意識一拉潛水繩，不由咦了一聲，怪了！潛水繩輕飄飄的，絲毫不受力，我感覺不到水下的重量。

他們三個僅僅用了一根潛水繩，畢竟繩子綁得太多，容易互相纏繞，所以只有身體最好的阿健繫了一根，另背了幾個備用氧氣瓶。

爲什麼連一點重量的感覺都沒有？難道出事了？

另外三個人看到我的動作，一時停手發呆，瞅著我氣急敗壞地拽那根繩子。

福子過來止住：「別擔心，不會有事的，我估計很快就回來了。繩子受海水壓力，會有個長長的弧度，特別是如果人潛得遠了，繩子會讓你感覺不到重量。他們都帶了水下推進器，回來很快的。再說，這繩子很堅韌，繩芯是多股的聚酯絲，繩皮由PVC製成，抗拉力極大，放心吧！」

這麼說倒也像是真的，我又試試，繩子真的有張力，確實在海水中呈斜斜的延伸，於是停手問福子：「你說，在這水面下，除了打手勢，就沒有別的聯絡工具嗎？我覺得好麻煩啊！碰到特別的事情，靠打手勢很難說清楚，等終於說清楚，黃花菜都涼了。」

他搖搖頭說道：「對講器太重，而且耗電，在深處的信號也不好。軍用有好設備，可咱們弄不來。除非帶有線的聯絡器，但那玩意兒更笨重，不好使的。」

說話間，水面浮出林林的腦袋，跟著是老嚴和阿健，安然無恙返回了。

我們七手八腳地把他們拽上來，沉重的潛水裝備一出水，就把三人壓垮在甲板上起不來。林林本身有西方血統，身材極好，這會兒穿上緊身的潛水服，更是玲瓏浮凸，看得我面紅耳赤，不好意思去幫忙卸下她身上的裝備。

阿健休息了一會兒，起身繼續去拽那潛水繩，我這才想起來他沒把潛水繩綁在身上，似乎繩子那頭還拖曳的有其他東西。幫忙拽上來一看，原來是一大包瓷器。

老嚴年紀大了，這一趟累得不輕，還在躺著喘氣，「那……那……那兒根本就是個大煙囪，我們試著下去一點就不行了，太黑，還有好多船沉在下頭，不過發現不少這種寶貝，秘窯的瓷器，還有好多……快！再去跑一趟，都給弄上來！」

我仔細看看他們弄回來的寶貝，確實是秘窯的瓷器，品相不差，在市場上肯定可以賣個天價，但我心裡有了更好的目標，已經看不上這些東西了。

我笑哈哈地拽起老嚴，「別幹這搬運工的活了，不划算。秘瓷這東西，市場上出多了就不值錢了，我看有這二十多件足夠用，除了交出去一部分，剩下些好的精品，咱們幾個人一分，下半輩子吃喝不愁，要那麼多幹嘛？你還真別說，我和胖子這一趟可是有好東西給你看呢！嘿嘿！深呼吸！我拿給你看，小心別把老骨頭給笑散架了！」

三人吃驚地看著我和胖子帶來的三樣黃金法器，目不轉睛。聽我說這裡還有個國王埋在水底，更是驚訝得合不攏嘴。

奪目天石、煉金術，極大地震撼了所有人的神經。

我想了又想，決定先不把照海鏡的秘密說出來，那太懸乎了！再說僅僅是傳說而已，從無神論者的立場看，怎麼都不可能是真的。要是落得希望越大，失望越大，可就不好了。尤其是那平台太邪，我想想都有些後怕，萬一再跑過去，被不明不白的水底怪物弄死，未免太虧！虎山的兔子逮不到，反賠上卿卿性命，不划算。

斟酌一番，我最後對老嚴說道：「這事情也有麻煩在，一個是『王匿於腹，葬於雲端』這句話不好理解，人死入土為安，怎麼會葬於雲端呢？雲端又怎麼葬人？你見多識廣，多想想是怎回事吧！還有就是我在那個祭天的圓台上，有不好的發現，似乎是一股極重的陰邪氣息，鬧不好恐怕有古怪。『旲人苛毒大異中原』，更讓我懷疑那祭祀的儀式中藏有天大的隱患，咱們需要小心行事！」

老嚴低頭苦思的當口，福子和阿健去準備晚餐，魏胖饒有興致地逗耍林林，鬧得不可開交，我則搜腸刮肚地回憶除掉金屍的方法。

金屍這種怪物不懼水火，體形膨大，行動迅速，體表簇生錦鱗，間有硬鬃，唯一的弱點是暴露在空氣中較爲虛弱。陸地上的金屍大多依靠濕潤的砂地或者棺材胷繼續發育，海中的則是隨著海流在深海海床上移動，雖然不需要主動捕食，但若碰到活物，絕對不會放過。

不由得有點後悔沒有帶上張鐵嘴一起出海，這廝雖然實戰經驗不多，但是肚子裡的理論不少，有他在身邊，說不定可以起點作用。現在的大夥中，唯有我知道點套套，其餘都是茫茫然不知如何應對。

說實在的，我那點套套也都是蒲老頭的言傳身教，對於如何搞定金屍，並無太大把握。不過這世界上沒有後悔藥吃，事到如今，也沒有退回去的道理。

小心行事，走一步看一步吧！

第25章

準備再下潛

轉身準備回船艙叫醒其他人，
忽然聽見「撲通」一聲，似乎有人落水。
跑到發出聲響的地方，
只有阿健一個人神色慌張地站在那兒，
水面上什麼都沒有。

簡單吃完晚飯，天色已經黑下來，衆人一合計，還是等到天亮再動手。漫漫長夜，我們分作兩堆人，汪倩和林林去船艙裡睡了，幾個男的則聚在一起。爲了預防夜裡出現什麼意外，都沒脫衣裳，在房間裡打盹。

魏胖早早就鼾聲大作，福子和阿健也一直在打迷糊，我和老嚴倒是興趣相投，晝伏夜出的夜貓子，壓根沒有睡的意思，坐在那兒一小口一小口地喝著酒閒聊。

我倆都明白，天亮後將是非常重要的一天，要嘛滿載而歸、衣錦還鄉，要嘛折戟沉沙、萬劫不復，趁著黎明前的黑暗，必須定出一個大致的方向，才好帶領大夥去實行發財大計。

我試探地問：「嚴老闆召集這次大活動，是否已經知道哪樣寶貝是最珍貴的，比秘瓷更讓人動心？」

老嚴笑笑，「我哪知道？我只是推測不管什麼墓葬，總有個最值錢的，要是貪心不足，什麼都想要，你和小魏也不會答應，最終還是買賣做不成，所以才要求只要其中一樣，其他什麼東西都是你們任選。做人要知足，更要有遠見，寶貝是挖不完的，我還期望著還有更好的合作呢！就算這趟毫無收穫，交下你們兩個當朋友，也是收穫嘛！」

我知道這是客氣話，自古無商不奸，賠本的買賣他是不會做的，不過大家在一條船上，也不好讓人難堪，於是舉起杯子和他碰了一下，滋兒一口乾了。

看看魏胖和福子都有點睡熟的意思，我小聲對他說道：「這個麻煩還是有的，我說過，水裡頭很可能有金屍這種怪物。咱們這麼多大活人，硬碰硬也不是對手，我想你那電魚的漁網恐怕要派上用場。不解決金屍，昊人的庫存黃金，咱們很難弄到手。就算解決掉金屍的威脅，還要尋找昊王的地宮，『葬於雲端』可不是那麼好找的。要不然，咱們乾脆現在就返航，可瞧瞧弄上來這些秘瓷和黃金，總覺得還不夠斤兩，有點窩囊。」

老嚴點點頭：「是啊！要是阿炳沒死，咱們就這麼返航，倒也說得過去，畢竟望海小相公都失手栽在這裡，可現在阿炳慘死，屍骨無存，咱們不翻他個底兒掉，眞說不過去。技術活還是你說了算，我早就說過，航海我當家，到了地頭，一切都按你說的辦。」

我尋思著道：「我想，昊人既然精於天象，說不定那個王墓就和天上的日月星辰有關係，今晚天色還算說得過去，等會兒我就準備出去瞧瞧天上的星象，看有沒有能夠入手的地方。至於那個金屍，天亮後咱們能滅了它就滅，要是沒把握，乾脆放棄，不要那些黃金還不成嗎？王墓裡頭肯定有更多寶貝等著！」

老嚴點頭稱是，找到昊王的地宮，這比什麼都要緊。

我們朦朦朧朧又等了許久，到凌晨三四點鐘時候，天上繁星密佈，涼風陣陣，就一起走出去甲板上瞭望。

從上古洪荒年代開始，古人就經常觀看天象，研究星辰的變化，用來制定曆法，推算農時。後來，因為發現許多不可解釋的天象原因，又衍生出推測禍福吉凶的支派，應用到日常生活中，演變為選擇風水寶地的學問。

大道孕育天地，上下相去八萬四千里。冬至之後，地中陽升，一氣十五日，計一百八十日。陽升到天，太極生陰。夏至之後，天中陰降，一氣十五日，下計一百八十日。陰降到地，太極復生陽。周而復始，運行不已又不失於道，所以長久。

大道長養萬物，萬物之中，最靈最貴者，人也。人之心腎，上下相遠八寸四分，日月以魂魄相生，而心腎以精華往來。人體要想長久，需根據五行所屬，上應天星。墓葬要想大吉，則必須以二十四星宿，對應天下山川地理。

星辰有美惡，土地有吉凶，所以大吉之墓，必定使用金盤觀山呼應黃道十二宮。以金盤觀山定穴的秘術，便是風水中最為詭異的「金盤觀星」。天有二十四宿，日有二十四時，年有二十四節氣，故金盤觀星也有二十四向、二十四位。

我拿著羅盤，對照天空的星宿，開始仔細辨別。

月亮高懸頭頂，輻射出層層蓮花紋，把淡藍色的夜空映出一片白灰色。極多無規則的星星散佈周圍，看不出什麼端倪。我深吸一口氣，低下頭，若有所思地望著船下的巨大礁石出神。

蒲老頭傳授我金盤觀星之術時，曾經畫過一張草圖，把北斗七星畫在月亮周圍，再繪五紅星、四藍星。東爲太陽，內藏金烏，其餘紅藍四星，大體按正向和偏斜方向分佈。另以東青龍、西白虎、南朱雀、北玄武爲四方，各自帶領七宿繪成二十八宿，最外層畫上黃道十二宮，每宮以符號和圖形來表現。

按照眼下的天象來看，月宮離位，金烏東移，十二宮籠罩在一個方向，從礁石的角度望上去，大吉之地就對應在這塊巨大的礁石上。莫非下頭龐大到可以埋藏一處地宮？

我和老嚴合計，把水下見到的情況一對比，愈發覺得除了那個沉船所在的平台，和青銅樹所在的平台之外，應該還有一座建築，看海底的地形，很可能第三座建築就藏在礁石下頭。礁石所在是一處山峰，左右兩個平台是山脈的馬鞍地帶，沉入海底後，山峰隨潮水露出水面，被沖刷去浮土，僅剩下石頭，就變成今天這個樣子。

但，爲何要用葬於雲端形容？

還有，那個在祭文背後寫下文字的傢伙，做了什麼手腳引來海陷災難？會不會正是他死後變成了金屍？

天色開始微微發亮，這處海域依然波瀾不驚。想起千年前一場海陷災難毀滅了昊人的王國，埋葬下無數謎團，不禁生出些許感慨。

轉身準備回船艙叫醒其他人，早起的鳥兒有蟲吃，這道理誰都懂得。忽然聽見「撲通」一聲，似乎有人落水！

連忙跑到發出聲響的地方，一看，只有阿健一個人神色慌張地站在那兒，水面上什麼都沒有，卻有大量的氣泡升上並炸裂，顯然有情況！

阿健說道：「剛剛我起來，福子叫我去四周看看有沒有異常情況。一路沒發現什麼，一切正常，可等走到這兒，卻見礁石頂上趴著一條奇怪的大魚，足有兩米長，身上鱗片很大。我不知道那是什麼東西，不像鯨魚也不像鯊魚，害怕牠跳到船上來，就拿獵槍射了一下，誰知道那大魚噌一下就翻身跳下水了！」

我和老嚴一聽，都吃驚不小，「兩米長的大魚？你沒有看花眼吧？腦袋長什麼樣子的？」

阿健哭喪著臉說道：「頭很小，乾枯精瘦的，他娘的就像一個糟老頭子！恐怕不是魚，是個人形的妖怪，臉上也都是鱗片，還生著毛！」

老嚴趕忙問：「那你打中了沒有？打到哪裡了？」

阿健說道：「我當然打中了，就射進那妖怪的肚子上，聲音很響，跟著那東西就翻身跳進水裡，應該是受傷了。」

我聽了驚疑不定，聽這描述，很像是傳說中的金屍。

這會兒天空越來越亮，大夥一個個都起身了。我不想亂了軍心，就大聲安慰他：「沒事！一條魚嘛！算了，有的是機會，快回去收拾收拾，準備幹活了。」

老嚴會意，也道：「是啊！沒事！你去看看福子有沒有把早飯弄好，快點吃吃，咱要開工了。」

吃完早飯，天卻意外地陰沉下來，黑雲成堆在頭頂蓄積，空氣中都是海水的腥味，很有暴風雨來臨前的味道。大夥都有點著慌，老天別不曉事，這時候來上一陣瓢潑大雨，那可不美得很。

怕處有鬼，癢處有虱，天公果然不作美，很快就下起了瓢潑大雨，但是沒起大風。這片海域仍沒什麼風浪，只是雨太大，船艙裡到處都是水，搞得我們只能躲雨，心裡非常焦躁。

禍不單行，正在憋悶的時候，汪倩皺著眉頭說道：「老丁，你有沒有覺得咱們在動？我感到船搖晃得厲害，別是什麼地方漏水了！」

我立刻叫過老嚴問：「福子呢？早上檢查船的時候他怎麼說？有沒有發現破損的地方啊？」

他還沒有回答，就聽一陣哈哈啦啦的金屬摩擦聲從船底發出來，船身搖晃得更加厲害，甚至有點旋轉的感覺。

我不敢遲疑，連忙跨出船艙，去看怎麼回事。

天！擱淺的礁石不見了！

面前到處都是海水、雨水、腥臭的泡沫。鐵殼船孤零零地漂在水面上，已經完全自由地離開了擱淺的狀態。

老嚴叫道：「漲潮了！」

暴雨漸漸有了止歇的意思，我聽到老嚴的話，這才明白是海水漲潮了。這片海域的確不能拿一般的科學規律來套用，該漲潮的時候沒動靜，不該漲潮的時候偏偏就來個漲潮！

礁石完全被海水淹沒，再次沉入水下，我們的鐵殼船很可能就漂浮在礁石上方。而那個像幽靈一樣的金屍怪物，指不定正躲在什麼地方窺視著。

海面上，一個不大的區域內，無數的細小漩渦正在高速旋轉，海水向裡頭灌進去，冒出無數氣泡。我看得暗暗心驚，這莫非就是昊人國王的地宮所在，沉入水下後，立刻被海水侵入？要是成年累月這麼被沖刷，裡頭恐怕什麼都不會留下，看起來情況似乎有點不妙。

又過了一會兒，暴雨停了，天還沒有放晴，到處陰沉沉的，海風中的腥味依舊嗆鼻，水面上的漩渦卻安靜下來，恢復了波瀾不驚。

大夥面面相覷，到底下不下水？

按說，此時是返航的好機會，鐵殼船完好無損，足可以順利回家。相比之下，水下充滿了未知的變數，鬧不好，恐怕會全體交代。

等到水面完全平靜下來，我終於咬牙打定主意——下水！

就衝著巨額的黃金儲存，也該下去走一遭，一探究竟。俗話說人爲財死，鳥爲食亡嘛！更何況不入虎穴，焉得虎子？

老嚴他們看來也是同樣的想法，已收拾停當潛水的裝備，全副武裝。

仍是福子和汪倩兩個人守船，其他五個一起下水。潛水繩依舊綁在阿健的身上，還馱著幾個備用的氧氣瓶，大家一個個陸續跳進海中。

卷六

海底地宮

一路上，陸續發現了人釘、人檻、人凳、人橋……最出奇的，是一張黃金人床！少女的脖頸和頭顱統統被扳成向下的姿勢，胳膊和大腿剛好做成床腿。

第26章

人檻外的力士

魏胖的漁網竟然彈開一邊，
緊跟著，一個高大的黑影向我們撲來。
這下大夥慌了，
手裡的長短刀、魚槍、魚叉，
全都亮出來，對準了那黑影。

這次是我帶著魏胖打頭探路，那片產生無數小漩渦的地方最爲可疑，也就順理成章成爲首選目標。

我們的船看來沒有漂開多遠，下水後很快就發現那熟悉的礁石，以及順著礁石疊起來的小山一樣的巨型石頭。小心翼翼地下潛，此時才算目睹了全貌，確實不能叫礁石，根本就是一座沉入海底的大山。

繞著石頭山七拐八繞，一路上都毫無發現，一段時間後，終於兜到冒出無數氣泡的地方。

林林和阿健循規蹈矩地游在中間，老嚴負責斷後，眼觀六路，隨時注意身後動靜。他手上還拿著幾個我給他的淘沙網，其實就一金屬圓筒，裡頭裝著小型的漁網，可以隨時噴射出來，罩住敵人。

這是有道理的，死屍有死了還不腐爛，更有些一旦遇到活人陽氣就變成殭屍撲人噬咬，萬一眞的遇上，尤其是更厲害的金屍，水火刀槍之類武器恐怕沒用，只能蓋一張漁網。這是我叫老嚴事前專門預備好的，裝在有噴射裝置的金屬圓筒內，只用機關就可以極快地打出去。雖然有效距離才兩三米，但數量不少，足夠用了。

大約下潛三十多米後，海底早已是一片黑暗，一片冰涼，只剩下頭燈的光柱晃來晃去。面罩下的呼吸聲也只有自己一個人聽得到，安靜到壓抑。

山石中忽然有一股急流湧出，我來不及示警，負重較輕的林林已經被沖出去幾米，我只好在最前邊停下來，招呼魏胖先別動，自己過去看看狀況怎麼樣，別給碰到山石上受了傷，那可不妥。

林林在急流中伸手蹬足地掙扎，我游近她身邊，拽住胳膊，把她從暗流中扯出來，不想用力過猛，竟然把她整個人扯進了懷裡。

這混血女郎本就身材豐滿，穿著緊身的潛水衣更顯前凸後翹，再在我懷裡一掙扎扭動，幾乎立刻讓我起了生理反應。

林林顯然是感覺到了，猛地使勁一掐我胳膊，轉過身來，面罩下的臉頰漲得通紅，眼神卻非常驚恐，跟著用手使勁指向山石，似乎要告訴我什麼。

我收斂心猿意馬的亂七八糟想法，順著她手指的方向看，只見山石上凹進去一個黑洞，挺像人工開鑿的，暗流全湧向了裡面，看來似乎有戲。

林林在我手心寫了兩個簡單的漢字，我一琢磨，是「有人」，不由一愣，這裡怎麼會有其他人呢？

她又使勁掐了我一把，在我身上蹭了蹭，表情似笑非笑的，差點把我第二次弄出反應。這下我可不敢再理她，趕緊轉身打手勢招呼魏胖和老嚴他們都過來，順便提醒注意危險，前邊可能有情況。

小心地上浮幾米，再次迂迴下潛，躲過暗流後，五個人都順利站在了凹進去的石頭黑洞前。

這一看就是人工開鑿出來的，不可能爲天然形成，洞口很大，直徑差不多有三米，但裡頭並不深，燈光可以照到盡頭，是一堵石牆，極像一道大門。海水暗流正順著門縫、門框往裡灌。

哪裡有人？我小心地四下搜索，牆並不平整，拐彎抹角的，連門檻都有，還有一些燈光照不到的角落，不走近去瞧就看不清楚。

林林打著手勢告訴我，她看見有個黑影從洞口飄進去，速度很快，很像一個矮個子的人。我心裡犯著嘀咕，是不是真的啊？可別剛找到大門就碰上金屍來犯，那也太不走運了！

暴雨來臨之前，被阿健射了一槍後跳進水裡的那傢伙，很有可能是我最怕的金屍，不過這東西捕食都是用吞的，身長可以膨大到將近兩米，不像是林林看見的矮個子傢伙。

魏胖躍躍欲試的，急於進去探路，我只好把情況透過手勢告訴他，又讓他準備好漁網，多加小心，一有不對就快點退出來。

沒想到他才前進幾步，就猛地揚起手中的漁網，射了出去。我們幾個立刻散開，看來眞有髒東西，就在石門的左邊蹲著等，林林的確沒有眼花看錯。

可是魏胖射出手中漁網後，並沒有返身回來的意思，反而又往前走出幾步。我怕他碰到危險，立刻追著游進去。

隧道兩側儘是豁豁牙牙的尖利石頭，我一邊往前游，心裡一邊嘀咕，這怎麼像是有人在匆忙中揮動巨斧，以蠻力開鑿出來的？吳人的生產力不至於低下到如此地步吧！

很快游到地頭，用頭燈一照，魏胖射出去的漁網確實兜住了一個人，五短身材，最多一米三四的樣子，身上光溜溜的，啥也沒穿，小腦袋上沒有一根頭髮，看相貌是一個八九歲的兒童，全無生氣，應該死了很久。

略一尋思就知道，林林看到的人影其實就是這個童屍，原本是擱在那漂浮的黑船上，黑船沉沒之後，其中一個魘屍棺入海後被打開，童屍隨著海流沖到了這裡。只是，這童屍不知道灌了什麼防腐的藥物，先是漂在海上，接著又泡在水裡，還是沒有一點腐爛的跡象。

魏胖扯住漁網的繩索想往回拉，卻沒有拽動，反而騰起一股渣滓，把水攪得很渾，幾乎看不清楚童屍後頭還有什麼。我心想不好，這裡被剛才的海流聚攏了不少沉澱物，如此渾水，碰到危險可能會無法應付。

隧道裡亂流湧動，魏胖又使勁拽了一下，依然沒有拽動，似乎那漁網套住的只是童屍的一部分，其他地方被什麼東西卡在了那裡，力氣還挺大。

來回這麼一折騰，水更渾濁了。我連忙拍拍魏胖的肩膀，示意他不要強拽，自己慢慢走上前去看個究竟。

只見那童屍蜷縮在門檻一邊，門檻則有點朽爛，有個洞。童屍有大半個手臂已經順著破洞伸了進去，似乎被裡頭的什麼東西拉扯住。

我乾脆趴下身子，透過那門檻的破洞往裡看。

奇怪！臉剛湊到那破洞，就覺得一股寒意刺眼，不由心想這怎麼回事？難道還有海底的寒流不成？使勁眨眨眼睛，跟著就感覺那寒意不大對勁，像有人在悄悄注視著我一樣，極不舒服。

把頭燈晃晃角度，再次準備湊到洞口去看，冷不防被後面的魏胖一拽小腿。因為是在水裡，人立刻被他給拽了出來，撞在一起。

我扭轉臉，不滿地瞪著他，這廝幹嘛呢？

魏胖的眼睛同樣瞪得溜圓，卻不是看我，而是直勾勾地瞪著我剛才趴下去那個門檻旁邊的破洞。我一個靈醒，明白原來是這廝瞧見了危險才這樣拽我，忙扭轉臉，也順著他的目光瞧過去。

不看還好，這一看，登時嚇了一身冷汗出來。

人檻！那門檻居然不是什麼鐵門檻、木門檻、石頭門檻，而是……用人的屍體做成的「人檻」！

兩具光溜溜的女屍橫臥在一起，被壓實了沒有空隙，我蹭掉的地方正露出慘白的皮膚，兩顆頭顱就一邊一個地耷拉著。其中一個頭顱下邊出現破洞，應該是屍體內部充塡的藥物因時間太久朽壞所致，正好給童屍的手臂伸了進去，被魏胖再這麼使勁往外邊一拽，扯動原本耷拉著的頭顱，反向扭轉了脖頸，便把一張死氣沉沉的臉橫在了上方。

這兩具屍體不知道用了什麼防腐的藥物浸製，臉上的五官完全沒有腐爛，頭髮凝固在頭頂，齊眉、大眼、無鬢角，如果不是下巴的一部分連同脖子硬塞進了胸腔，絕對算是個美女。此刻，雙眼裡積滿的穢物被海水沖走，顯得很是茫然，很像是被夾棍之類的東西硬生生擠成方形的。

我強自收攝砰砰直跳的心臟，原來剛才被人窺探的感覺是眞的！若不是魏胖拽一下，還差點就趴下去，緊貼著女屍的臉往裡看，我……我……

不敢再想下去了，腦門嗡嗡響。

記得汪倩說，那祭文背面寫道「吳人苛毒大異中原」，我當時還沒當回事，現在看來，爲一道門就殺了兩個年輕女人來墊，確實夠苛毒。

如果這眞是吳王的墓葬之地，裡頭肯定還有不少慘烈的殉葬屍體，鬧不好就有邪術邪毒之類的東西。

但是，我們這麼多人，總不能被一道人檻就嚇退吧！

後頭的老嚴他們此時也慢慢湊上來，同樣被驚得目瞪口呆。

童屍還在慢慢往破洞裡頭滑動，雖然因爲給漁網纏住，卡在那不動，可胳膊仍一伸一伸，似乎有東西在裡面拉扯，但勁頭不是很大，所以沒有連人帶漁網扯進去。在水下多待一分鐘，就多一分鐘的危險。現在的當務之急是要弄開這石門，看看後頭有什麼。

我把頭燈轉向人檻的另一端，忽然發現那裡影影綽綽，還有個人站著！

魏胖反應很快，二話不說，一摁圓筒，又是一漁網噴射出去。

就聽一聲悶響，隔著海水震動了一下，漁網竟然彈開一邊，緊跟著，一個高大的黑影便向我們撲來。

這下大夥慌了，手裡的長短刀、魚槍、魚叉，全都亮出來對準了那黑影。最後面負責馱東西的阿健則直接退出隧道，讓開了逃命的通路。

黑影的前進速度卻越來越慢，等移動到眼睛能看清楚的地方時，居然停了下來。

我定睛一看，是一個身材魁梧的赤膊大漢，差不多一米九左右，頭頂都碰到了隧道頂，臉朝石門，背對著我們，站在漆黑的海水裡，紋絲不動。看背影像是活人，可又感覺不到身上有活人的氣息，而且背脊和肩膀上都積滿海水中的沉澱渣滓，肯定很多年都沒移動過位置了。

又是一具陳年腐屍嗎？

魏胖當先站在前邊，上前兩步，抬手就用刀去捅那大漢。

不料刀刃一刺，那大漢便像充氣娃娃一樣翻了一個個，轉過身來，面朝著我們，在海水裡載沉載浮地漂起來。

魏胖一刀刺空，急忙閃身退開，我這才發現這大漢實際上是一個充飽了氣的黑色假人，臉上刻畫得面目猙獰，頭戴黃巾，手中拿著兩柄巨斧，模樣像極了道教神話中的黃巾力士，栩栩如生，十分詭異。

林林看著面目猙獰的大漢，可能心情不爽，用魚槍順手就給了它一下。噗的一聲，大漢的身體原本應該堅韌無比，怎耐失去法力，又給海水浸泡，瞬間被刺了個洞，破口立刻冒出不少氣體，癟了下去，皮肉層層翻捲萎縮，直到縮成一個煙盒大小的黑色疙瘩。

這可奇了！這假人到底是用什麼神奇材料製作成的？

我心中犯起了狐疑，甚至想著，難道這大漢非人非鬼，是道家神通使用法術召喚出來的黃巾力士？但它何以獨自站在幽暗冰冷的海底？召喚它出來的主人呢？事後爲何不收回寶貝？這隧道，莫非正是黃巾力士用巨斧開鑿成的？

哎呀！不好！如果這隧道眞是黃巾力士開鑿，就說明面前的石門根本不是吳王的地宮金剛牆，而是後牆。鬧不好早有人捷足先登，破壁而出，取走了我們朝思暮想的殉葬寶貝。

我靠上前去，仔細打量石門，一切都完好無損，看不出有人從裡頭打開過的痕跡。用潛水手套擦了擦，又用潛水刀刮了刮，石門露出了原本顏色，竟然是一大塊黃金板！

旲人的黃金眞是取之不盡，用之不竭，連大門都用黃金鑄造！可是，這該怎麼打開呢？

看到黃金的顏色，大夥起了一陣騷動，一個個興奮無比，忙著更換新的氧氣瓶，就要進去奪寶。我一邊跟著換氧氣瓶，一邊心中苦笑，就這點浮財也看到眼裡？眞是些貨眞價實的窮人呵！要是有辦法打開金門，見到裡頭的寶貝，豈不是要樂暈過去幾個？

魏胖比劃了一下，叫我閃開，他要用蠻力來試試大門的牢固程度。我想了想，也好，試試吧！瞧瞧怎麼回事。

一聲悶響，黃金大門紋絲不動，只是簌簌落下不少沉澱的海水渣滓，也露出了原貌。門的中部有一根巨大的豎軸貫穿，上頭排列了幾個奇形怪狀的絞盤機栝，用金屬繩索聯結在人檻和門框上，有些還延伸入山石中。

如此看來，與其說是大門，倒更像是一面黃金大石板，鬧不好，整個山腹都佈滿了這種板子，一塊塊拼接起來，做成一個拱形的圓筒。當初建造者指揮人力豎著安置好後，從裡面擰動絞盤機栝，讓巨型金板緊密扣合在一起，將旲王地宮重重保護起來。

拿潛水刀順著黃金大門的四邊往山石內刮了刮，果眞如此！還有很大部分鑲嵌在山石內。

這就好辦了！建造者從裡頭封閉扣合金板時，我們置身的位置當時還是實心的山石，好在有這個假人，管它是黃巾力士還是妖魔鬼怪，硬生生用大斧開鑿出隧道，讓絞盤機栝之類的機關暴露出來，大白於窮苦大衆面前。

那還有什麼說的？只要是用機關扣合起來的金板，就有辦法再把它解扣！

稍事休息，我順著絞盤摸索，開始研究那聯結人檻的機栝，很快發現了扣合金板的受力點。直覺就想用手去扳，心裡卻有些覺得不妥，萬一裡頭是很大的一個空間，被金板扣合嚴密後成了空洞，如此冒失地猛然開啓，大量海水灌進去，豈不是鑄成大錯？

掙扎了一下，一咬牙，兵來將擋，水來土掩，不僅要善於發現問題，更要善於解決問題。現在問題還沒有出來，就想那麼多後果，可不合我的性格。

我叫大夥都退出隧道，留下魏胖一起使勁去扳那受力的金索。力道很大，我倆使了吃奶的力氣才勉強扯動絞盤。緊接著，金板便無聲移動起來，以中間豎軸爲基點，旋轉出一個門。

門開了一個不大的小縫，立刻引來大量海水往裡湧入，沖得我和魏胖站立不住，直往裡栽。

我大吃一驚，趕忙用力再擰那絞盤，趁門還沒有完全打開，趕緊把金板再扣上。動作間，見金板的另一邊光溜溜的，毫無絞盤絞索之類的物什，更加印證了原本的猜測。這金板被建造者扣合後，只能破山劈石，從外邊轉動絞盤，否則無論如何也打不開。

事情……有些不妙了！

第27章

金箍板後的世界

其他的乾屍人釘都是身無寸縷，
這個卻英武彪悍，蹲在水底的地板上，
頭戴一頂紫金道冠，
上身穿黑紅條紋的織錦短袍，
極像古代道士的短裝打扮。

氧氣已經不多，我於是回去招呼老嚴他們一起返航，這事情需要商議一下，要想安全進去，必須留下人在外邊看守，等大家進去後將金板扣合，避免海水湧入，造成災難。從裡邊無法擰動絞盤，因此留守這人除了有力氣，還要有耐心，否則可能大夥一起玩完！

順著潛水繩，邊浮邊休息，回到船上時，已經到中午時分。天空晴朗得不像話，根本沒有早上那陣暴雨的晦暗光景。

汪倩和福子在船上看守，把二十多件秘瓷小心的包裝好後就百無聊賴，正擺弄我那幾個已經落袋平安的黃金戰利品。

躺在甲板上曬了會太陽，我的眼神又被林林這艷麗的小丫頭吸引。

不管穿不穿潛水服，身材都是那麼凹凸有致，汪倩和她一比，臉蛋和氣質多了東方人的俏麗溫婉，可身材就差遠了。他娘的鬼佬和我們漢人眞不是一個種！都是一個身體構造，怎就區別這麼大？

林林瞅見我不時偷偷瞄她，臉一紅，跑過汪倩身邊咬起耳朵，然後兩個人笑得前仰後合，讓我一陣尷尬，光火至極。靠！三十好幾的大男人了，還要被個二十出頭的女娃笑話！

歇了一會，我把自己的發現給大夥分析了一下，趁機在兩個女孩面前好好地出了把鋒頭，總算扳回了點顏面。但當說到誰在外邊守著，等候音信開啓金板時，不出所料，所有人都沉默下來。

確實，在漆黑寂靜的海底，最怕一個人孤零零守著，何況還有一具死而不腐的童屍漂在旁邊。

沉默良久，汪倩沉吟道：「或許咱不用安排人在那海底守著。老丁，你不是說金板下頭的人檻有個破洞？可以穿一條潛水繩進去，裡頭的人要出來時，扯動那繩子，留在船上的人就下水去開門，這樣如何？」

老嚴搖頭道：「恐怕不是很妥當，那裡將近三十米水深，我只怕潛水繩被海水壓著，繩子的張力讓下頭的人扯不動，訊息傳不上水面。更何況裡頭不知道有什麼危險，萬一一招不慎，鬧得葬身海底，可就糟糕了。」

大夥一起點頭稱是，這話很有道理。

我苦思冥想，終於有了辦法，「我看不如這樣，潛水繩不是會自動回捲嗎？我們帶進金板後頭，固定在那兒，等要出來時就割斷它，讓它捲回船上，留守的人看到後，再帶一根潛水繩下水去開門。時間雖然耽擱了一點，至少安全。」

老嚴想了想，說道：「這樣也好，不過潛水繩不是那麼容易割斷的，我們另外在上頭綁一個水下推進器，讓它加速返回就是。好！就這樣決定，出發！還是福子和汪姑娘留守吧！」

汪倩不肯了，說自己已經留守了幾次，該換換人啦！

這回偏偏沒有人願意留守，折騰到最後，決定由福子和林林送我們進去，扣好金板後，回來船上等待接應。

簡單地吃些午飯，攜帶足夠的備用氣瓶和物資，再次下水。

順利來到之前的隧道處，人檻底下的童屍已經進去了大半個身子，把破洞塞得死死的，沒有足夠將潛水繩連同推進器塞進去的空隙。童屍和人檻體內灌入的邪毒似乎有共同之處，起了化學作用，牢牢凝結在一起，拽也拽不出來。

事情有變，我們只得簡單合計一下，根據攜帶的氧氣瓶數量，約好四個小時後，福子再帶上備用氧氣瓶下來開門，如果見不到我們返回，就放手讓海水灌滿。潛水繩則暫時拴在蓋住童屍的漁網上，萬一我們提早出來了，就用炸藥炸開。

黃金製成的厚重扣板沿著中軸轉動起來，下一瞬間，幾個人便連同洶湧的海水一起被沖了進去。

然後，福子和林林在外頭使勁拉，我們在裡頭使勁頂，順利把扣板恢復原位，也把自己和外頭的世界徹底隔絕。

金板後頭的世界非常寧靜、空洞、黑暗、冰冷。站在金磚鋪設的地面上，胸口以上都露在空氣中。原來這是一個夾層，面前又出現一道巨大的金屬牆壁，兩層夾板間，已灌了一多半的海水。

兩層金屬牆壁呈現相同的弧度，朝兩邊的黑暗延伸，水面上漂浮有許多亂七八糟的乾屍，身無寸縷，卻都沒有腐爛，黝黑的軀幹繃得筆直。

看了幾個後，我就有點頭皮發麻，因爲這些乾屍和過往見過的屍體實在太不一樣，幾乎讓我以爲碰到了外星人。

所有乾屍都從腋窩處被齊根截斷，光溜溜的，脖子無一例外都硬塞進了胸腔，最離奇的是頭頂，居然不是圓的，而是一個寬寬的平面，再加上雙腳俱從腳踝處被切除，模樣像極了一根根大釘子。不知道是出於什麼目的被做成這樣，又拋棄在這裡。

按照事先計議好的，老嚴取出黏性很好的塑膠，把一個閃耀藍光的微縮燈管黏在金板上。這個出口是唯一一個可以逃生的路，萬萬不可迷失。隔幾秒就閃爍一下的藍光燈管，就算全部被浸沒，在水裡也十分顯眼。

我抓緊時間，伏下身子，去看那人檻下頭的破洞。總感覺童屍的胳膊伸進來後，有東西在拉扯它。

水中的渣滓和沉澱物雖然比外邊少，但我被海流沖得昏頭昏腦，一時也沒找著童屍的胳膊，只發現有一具屍體與周圍的乾屍人釘不同。

其他的乾屍人釘都是身無寸縷，精枯拉瘦，全身繃得筆直，這個卻英武彪悍，蹲在水底的地板上，頭戴一頂紫金道冠，上身穿黑紅條紋的織錦短袍，下頭同樣是黑紅條紋的織錦長褲，足蹬高腰皮靴，腰間束著寬腰帶，上頭掛了一圈黑色皮囊，瞧起來極像古代道士的短裝打扮。

這具屍體的面容被海水浸泡得腫脹，猙獰淒厲，五官七竅裡都有凝固的黑色血塊，蹲在地上，面孔朝向的地方就是人檻下頭的破洞，手中還拿有一把月牙形的短鏟，外頭童屍的一隻手原來就抓在這短鏟上，手指和短鏟接觸的地方，露出了森森白骨，白骨上長了一簇簇黑紅色肉線，隨水漂浮，纏繞在一起。

屍體的另一隻手扶在金板上，掌心有一塊木片，藉著頭燈的光亮，可見到木片上刻的有字。我忙不迭將它從死屍手中取出來，這可是非常緊要的線索。

木片上刻的第一行字是：妖樹妖棺藏，符盡寶劍亡，四死一傷恨金牆。然後另起一行寫：天七逢一番，地二轉三環，誅屍取丹入黃泉。虎道絕筆。

仔細推敲一切現象的內在聯繫，很快就弄明白了：眼前這具死屍，赫然是盜墓前輩「虎道」，從衣裳的腐爛程度來看，鬧不好就是海上黑船的主人。當年一夥五個人闖進地宮，卻全軍覆沒，受傷的此人也倒在了金牆腳下，逃不出去。

估計我們進來的隧道根本不是旲人挖掘，那人檻下頭的破洞也不是海水侵蝕所成，而是這人用什麼特殊工具戳出來的，用以施展道家神通，放出黃巾力士，揮動巨斧挖掘山石，好讓自己逃生。只可惜，畢竟到了符盡寶劍亡的油盡燈乾之際，這人最終沒等逃脫就失去法力，死前極不甘心，便給後來人留下經驗教訓，要幫著後人壞了這個奪其性命的大墓。

我把木片傳給其他幾個人看，連指帶比劃地描述目前的事情。老嚴對我一翹大拇指，又連連拱手，意思是大夥都聽從我的指揮。

我心想，這道金牆是被人從裡頭打開的，想要進去，恐怕還需要一番氣力。進去後，按照木片上所說，妖樹妖棺相當兇猛，當年害死了四個人，更要小心誅屍取丹入黃泉的威脅。

至於「天七逢一番，地二轉三環」，意思倒是好理解，只要是淘沙脫甲的正宗傳人，就能解開。這是一種走法，想必是進入面前第二道金牆的竅門，也是這死屍當年出來的通道。

妖樹藏妖棺……怪了！地宮中怎麼會有樹？我百思不得其解。此外，童屍漂在海上那麼多年都沒有腐爛，入海後碰到這死屍，時間極短，手臂就已腐蝕出白骨，上頭簇生出來的黑紅肉線，可別有什麼劇毒啊！

我告誡大家都離那死屍遠些，別一不小心著了道，古人的盜墓技術不容小瞧，許多都是現代科技無法解釋的，就像這道家神通的黃巾力士，有什麼限制和壞處就說不清楚。

還有，三十米深處的海底，這人居然不用氧氣瓶，到底是依靠什麼來呼吸的？

先回到眼下的關鍵吧！天七逢一番，地二轉三環，這是淘沙脫甲者專用的方位術語。

金牆被從裡邊打開後，又被這人關閉，我於是當先帶路，尋找古代同行留下的蛛絲馬跡。可畢竟又過去了百年時間，金牆再次蒙上厚厚的污垢，差不多費了一個小時，才找到「天七地二」的位置，和魏胖一左一右地把金板扣緊，露出接縫間清晰可辨的番位和環位。

我讓大夥都聚到身邊，示意門一開就隨著往裡衝，金牆後頭很可能是密封無水的地宮，不能讓海水進來太多。魏胖力氣大，留在最後，把金板再扣上。這牆是可以從裡頭打開的，倒是不必擔心。

一切準備妥當，魏胖握緊番位的那根堅韌金絲圓環，使勁一拉，金牆瞬間開了一道細縫，足可容一人鑽進去。

海水奔湧著直往裡灌，顯示裡頭的確是密封的空間，好在兩道金牆起到了水閘的作用，海水壓力大半都被最外頭的金板阻擋，沒費多大力氣就通過，魏胖也順利把牆又關嚴。

定神一看裡面的情景，所有人都傻了。

金！黃金！到處都是黃金！

金磚！金牆！黃金鑄造的亭台車馬、文臣武將，星羅棋佈地呈現在面前。

夢遊般的我們，踩著腳下沒膝的冰涼海水，緩緩往前走著。

雖已不在水中，可誰都不敢脫下面罩，這個有著極高穹頂的山腹建築，說不準有沒有通氣的孔道。周圍的氣體到底是什麼成分，極難推測。

照進來的方式來看，吳人是挖空了山腹，全都箍上一層金板和外界隔絕，然後興建第二道圓弧金牆，留下一段距離，設下一些辟邪的寶物。我們現在所處的地方，不出意外，應該就是吳王放置棺槨處。百年前的盜墓前輩遭逢危險、丟掉性命之地，離得越來越近了。

第28章

克敵

老嚴手中的魚槍射了出去，
登時把那金鼎的蓋子震歪。
沒有蓋子的方形金鼎中，
一團團黑影開始往外連竄帶蹦，
不知道是什麼，密密麻麻，非常多。

山腹空間極大，被黃巾力士鑿穿的地方，是金箍牆唯一的缺口，洩漏進來數量不多的海水，還不至於引起倒塌的危險。就算留守的福子和林林打開周邊的人檻金板，海水也灌不進來，因為第二道金牆嚴絲合縫，像一個保溫瓶的內膽，把我們給包在了裡邊。

梆噹！

左思右想間，忽然有什麼東西重重地碰了一下頭盔，讓我往前栽倒。

我渾身一個激靈，反手揮刀去砍，卻砍了個空。

腳下的水面漂著一個圓滾滾的東西，一起一浮的，定睛一看，是一個人釘的腦袋，不知道怎麼從胸腔裡挖了出來，更不知道誰拿這玩意扔我。左右看看，魏胖和老嚴他們一個個左顧右盼的，不像在惡作劇，心下惱怒，使勁一腳把那乾枯精瘦的人頭踢出去老遠。

汪倩專注地看著我的頭頂，跟著便打手勢讓我看高處。我記得高處只是一些橫樑之類的，於是沒理會，反而注意到她的頭盔頂上黏了個東西，一時看不清楚是啥，玻璃珠大小。

走近點去看，嚇了一跳，是一顆眼珠子！那個乾屍人釘的腦殼砸到我頭盔後，把眼珠子震了出來，剛好黏在了她的頭盔上！

我示意汪倩伸手拍拍頭盔，卻見她頭頂處跟著伸下一隻手臂，長滿長長的黑毛，手指又長又細，皺在一起，還留著長指甲，手背上也墜著黑毛，飛快地捏住那黏在頭盔上的眼珠，一縮手又回去了。

那團黑影無聲無息，絕對是一個人的身影，除了我看到外，其他竟然沒有一個人察覺。我大吃一驚跳起身，抄起魚槍，抬手就射。前端尖銳鋒頭的短刺，「奪」一聲從汪倩頭頂掠過，釘在了一塊寬寬的木頭上。

大夥發現有情況，同時把頭燈照上去，原來頭頂有一根曲裡拐彎的樹枝，橫在半空，上頭長滿奇異的青翠樹葉，裡面蜷縮著一團黑影，一隻手正把什麼東西塞進嘴裡，咯吱咯吱地咀嚼，驟然被眾多燈光照上，一驚之下，猛然閃身就逃。

那張巨臉在燈光下一晃，嚇得我出一身白毛汗，看著像是人類，卻又不完全像，奇醜無比，除了五官，全都長著長長的黑毛，一張雷公嘴沒有嘴唇，露出澄亮的白牙，鼻子的位置是個黑窟窿。兩條長長的手臂抓住樹枝，只一縱就不見蹤影，身法快得難以辨別，活脫脫像極了人猿！

我正要再次用魚槍去射，忽聽周圍傳來「咕咕——咕咕」的叫聲，隔著頭盔，顯得非常沉悶。

隱約的咕咕聲雖然很輕，卻讓我心煩意亂，幾乎立刻想起那個黑暗恐怖的夜晚，血屍喉頭發出的聲音。

趕忙拍拍發愣的魏胖，示意他留神聽聽，咱倆不會這麼點兒背吧！冤家路窄，在這個地底又給我撞上血屍不成？

我和魏胖豎起耳朵，仔細辨別聲音傳來的方向，卻見汪倩手一掀，竟然摘下了密封的潛水面罩，連呼吸管也拔了。我連忙想阻止，卻來不及。這妞兒是怎麼了？難道不怕地宮裡充滿甲烷、屍氣之類的奪命氣體？

幾個人聚攏過來，目不轉睛地看著汪倩。她的模樣沒有一絲不妥，顯然周圍並沒有奪命的氣體存在。

她招招手，示意大夥取掉面罩，「我沒那麼傻乎乎的！剛才就一直尋思，這地底怎麼會長有大樹？樹上葉子青青的，樹枝蜿蜒伸展這麼長，連樹幹長在哪裡都瞧不出，還冒出個猴子，完全不怕人類，敢用東西砸老丁。我因此判斷，這裡很可能有一個天然的、自給自足的小型生態環境，這才冒險取下呼吸器，果眞如此，你們都試試。」

我於是依言拔下呼吸器，深吸一口。汪倩是不會騙我的，這裡若是眞有人要騙我，也只有老嚴了。

剛才的一幕發生得實在太快，雖然有幾個人的頭燈，不至於漆黑一團，但光影朦朧，根本沒看清楚那團黑影是什麼，我忍不住順口罵了句：「那個東西是人是鬼？他娘的屬兔子的，怎麼跑那麼快？」

汪倩笑道：「不可能是人，誰有那麼快的身手？我看就是一隻大猴崽子。」

空氣冰涼潮濕，除了金屬生銹的味道外，還有屍骨腐朽的臭味，但絕對有氧氣，足夠呼吸。眞是怪了，這還是不是海底三十米？這還是不是一個封閉的空間？我都糊塗了，搞不清楚究竟是怎回事！

魏胖輕鬆得多，除下面罩第一句話就是怪叫道：「眞她娘憋死我了！差不多快兩鐘頭，硬是躲在這面罩後頭，早知道這裡不禁止吸煙，眞該把煙和打火機帶下來，美美地抽上一口，多爽啊！老丁，你會不會告訴我好消息，眞的帶了煙下來？」

我沒好氣地道：「少來吧！等下我叫個血屍來給你摸摸看，說不定人家帶的有火，抽上一口，保證你爽翻天！」

魏胖不吭氣了，「操！眞像青蛙叫！咱們沒那麼倒楣吧？」

我一瞪眼，罵道：「說話文明點，沒見小汪同志也在。一天到晚嘴上就掛個話把，煩不煩啊？」

他嘟嚷一句：「你不也是這樣，幹嘛說我？人家說減輕壓力的絕招就是罵髒話，這都不懂……」不過，他嘟嚷歸嘟嚷，也是豎起耳朵，和我一樣仔細辨別，剛才是不是眞的有青蛙叫。

老嚴自打進了地宮後，就一直沒說什麼話，這時候見汪倩一直在琢磨樹枝，看那架勢，恨不得拿了放大鏡爬上樹去瞅，忍不住問道：「小汪同志，妳能不能說道說道，爲啥這海底三十米的地方，還長的有大樹呢？這裡一沒陽光，二沒土壤的，憑啥呢？剛才那怪物要眞的只是猿猴，牠吃什麼呀？」

汪倩也不知道怎麼回答，招手叫我過來說道：「老丁，你來瞧瞧，『若木』你聽說過沒有？看看這個，像不像？嚴老闆，我不知道自己的理解對不對，如果猜的不錯，這應該是一截若木的樹枝。」

我苦笑道：「別跟我討論文化，我那點墨水哪夠折騰？只大概知道若木是一種古樹，別的還是妳說吧！別謙虛了，這裡沒外人。」

汪倩一笑，給我們講起一段典故來。

所謂若木，在《山海經．大荒北經》中記載：大荒之中，有衡石山、九陰山、灰野之山，上有赤樹，青葉，赤華，名曰若木。《淮南子．地形訓》也稱：若木在建木西，末有十日，其華照下地。

按照古書記載，若木的所在是湧出若水的地方。《山海經．海內經》中說：東海之外，黑水青水之間，有神木曰若木，若水出焉。

其實，這就是古人描繪出的一種遠古世界觀。上天的若木和若水，是能溝通天、地的撐天大柱，是象徵宇宙中心的神樹，是一種先人對日出日落現象的觀察和想像。這種神木只在神話中被提及，現實世界中壓根沒有記載。

汪倩拿過魏胖的潛水刀，割下一塊聞了聞：「眞的很難說，若木、建木、扶木，都是上古才有的傳說。我記得《十洲記》上說，若木的樹幹是赤紅色的，葉青花赤，有五色光華閃爍，用力打擊樹身，會發出牛吼的聲音，拿根心在玉釜中煮，再用文火煎到黑稠狀，死亡不及一日者，聞到香氣可以翻生得活……不管到底是什麼樹，我在想，會不會就是那個前輩提到過的，藏有妖棺的妖樹？」

想起讓望海相公四死一傷的妖樹，我們心裡都沉甸甸的，一時沉默了下來。

猴子爲什麼要拿死人頭砸我？純粹只是好玩嗎？那傢伙嘴裡咀嚼的，是不是死人眼珠子？按道理，這裡沒有陽光，猴子應該是瞎的才對，除非落潮時有通道露出水面，讓光線反射進來。

但這也不合理，堂堂一個國王的墓葬地宮，憑什麼要留下通氣孔？若眞有，那個斃命的盜墓前輩也不至於發現不了。

淹到小腿的海水冰涼刺骨，水面上水氣朦朧，霧氣沼沼，陰沉、死寂。

心驚肉跳地順著樹枝伸來的方向又走了幾步，前面是個稍微凸起的平台，沒有被海水浸沒。

我和魏胖站在平台上，幾乎同時停下腳步。又聽見了「咕咕咕咕」的叫聲，這次非常響亮，而且已經變成「咕嘎咕嘎」的癩蛤蟆大叫聲，起初很輕，漸漸地越來越響，越來越噪。

前方突兀地出現一個奇形怪狀的東西，仔細看看，是曾經見過的人釘，不同的是全從大腿處就被截斷，一個個筆直地跪在地上，圍成一個長方形，每面都是三個人。中間馱有一口方形金鼎，上頭還蓋著個有孔的蓋子，「咕嘎——咕嘎——」的大叫就從那裡發出來。

我剛要問魏胖這是怎麼回事，好像不是血屍的叫聲，就見老嚴手中的魚槍射了出去，連發三槍，全都打在一個馱鼎的人釘上，登時把那金鼎的蓋子震歪，下一刹那，不少東西便掉了出來，落在平台的金磚上。

幾道光柱照過去，大事不妙！沒有蓋子的方形金鼎中，一團團黑影開始往外連竄帶蹦，不知道是什麼，密密麻麻，非常多。我急眼了，大怒道：「老嚴，你他媽搞什麼？扯什麼蛋！還不快跑，想害死人啊！」

說話間，那些黑影蹦近了，我這才看清是一隻一隻的癩蛤蟆，有大有小，纏成疙瘩，顏色跟那陳年老糞一樣，眼睛凸出來，還全都冒著紅光。

就聽說過餓虎撲食、惡犬撲食，沒見過癩蛤蟆有這麼兇殘的，一隻隻紛紛圍了過來，身前身後很快都是，根本來不及逃跑。

我本能地反擊這些醜陋的癩蛤蟆，抬腳連踩帶踢地跑。有幾隻被踩爆了肚子，濺出的都是腐臭的黑血，沾到身上，把潛水衣腐蝕了好幾個小洞。不小心臉上沾了一點，鑽心的疼，用手一摸，起了一串大泡。

我大叫招呼他們：「大夥往水裡跑！小心這東西有毒！」

印象裡，癩蛤蟆一貫是緩慢笨拙，不善於跳躍、游泳，好像只能在地上爬的。遺憾我犯了一個致命的錯誤，這方形金鼎裡頭的癩蛤蟆，和過往在鄉下田間見過的癩蛤蟆，根本不是一個種，不止蹦得高、游得快，還似乎有智商！居然兵分幾路，分頭來追逐我們。

我拽著身邊文弱一點的汪倩扭頭就跑路，魏胖和老嚴也跑起來。阿健跟在最後邊，身上背了幾個備用的氧氣瓶，乍逢變故，還沒反應過來，就被一個肥大的癩蛤蟆蹦到了臉上，他的面罩還是剛解開的，猝不及防，一個趔趄，倒在海水裡。

老嚴和魏胖見狀，一左一右同時伸手拽住他胳膊，沒命地再往前跑。我一看急了，忙道：「你們快放下他，來不及了！」

此時，阿健身上已足有上百隻癩蛤蟆。老嚴聞言立刻放手，魏胖還不甘心，拿潛水刀不停地往下劈，手忙腳亂中沾了好些黑血，看阿健真的人事不知，再也叫不醒了，這才怪叫著鬆開手。

上百隻毒蛤蟆爬在阿健身上，肚子一鼓一癟，血紅的眼睛一閃一滅，身上黑大糞樣的皮膚立刻變得殷紅，像螞蟥吸血一樣，肚子脹了一大圈。

阿健無意識地掙扎了幾下，再沒動靜。等到癩蛤蟆紛紛散開，留下的一堆屍骨已經面目全非，再看不出原本模樣。

與此同時，我吃驚地發現，我和汪倩腳邊也游了幾個癩蛤蟆，卻出奇的沒有往我們身上蹦。緊接著，我又意識到，淘沙令與七星銅人一起滲出一股冰涼的寒氣，先從脖子蔓延到全身，接著又到了臉上。周身立刻變得清涼，火燒火燎的一串大泡也瞬間不疼了。

我感到出奇的寒冷，連鼻子和嘴裡呼出的氣體，也變成了一股股的白氣。再看看緊緊挨著我的汪倩，鼻子和嘴裡呼出的也全是白氣，癩蛤蟆同樣沒有來招惹她。心下不由大喜，看來這兩個辟邪的寶物真是管用。

周圍的毒蛤蟆不敢靠近我和汪倩，開始不斷頭地往老嚴和魏胖那邊游。兩人壓力一大，立刻就左支右拙，險象環生。

我情急生智，大叫道：「快！咱們上樹！」

第29章

朝拜

魏胖像個木偶一樣，
機械地用另一隻手扳過那具俯伏的屍體。
我一瞧，天啊！竟然是李衛東！
他的死和我一點關係都沒有，
為什麼一口咬住我不放？

頭頂的樹枝並不是很高，我叫魏胖和老嚴他倆火速向我靠近，把老嚴先托上去。那樹枝看來非常堅韌，居然顫都沒顫一下。等我最後一個被拽上時，腳下的海水裡已經聚滿了毒蛤蟆，「咕嘎——咕嘎——」的大叫聲此起彼伏，熱鬧到不行。

趴在樹枝上，幾個人腳都軟了。沒想到癩蛤蟆的毒性這麼強，阿健這個一百八十斤的大漢，支撐的時間也沒超過三分鐘。

剛安定下來喘口氣，魏胖就開始臭罵老嚴：「你個老不死的老雜毛！瞅那魚槍是好玩，還是怎地？都這份上還瞎胡鬧，不瞅瞅清楚，亂射個鳥呢？」

老嚴苦著臉解釋：「冤枉啊！你說，我能有那麼蠢嗎？我可是早就一再地說、一再地講，進了地宮你們說了算，絕不自作主張，怎知道當時會出這邪事？我就算沒見過把人削成釘子的嚇人事，也是老江湖了，哪能由著性子瞎胡鬧呢？」

我臉上也是陰晴不定，心裡直冒兇氣。這老東西太可恨了，不止害了阿健，差點連魏胖都連累喪命在這兒，一時只想一把揪這個老東西下去，跟阿健、阿炳他倆做個伴！

老嚴繼續倒著苦水：「我眞的冤枉啊！當時只是覺得胳膊後頭給人猛一摳，正摳在胳膊肘上的麻筋，稀裡糊塗的，魚槍這才射出去，我……我……我怎就這麼倒楣呢？可憐的阿健呵……」竟然老淚縱橫，哭了起來。

汪倩勸道：「或許眞的是失手。要知道，還有個猴子在樹上瞅著我們呢！」

我想想也有道理，那猴崽子既然敢拿死人腦殼扔我，保不準也敢去折騰老嚴，於是放下臉色說道：「嚴老闆，這次的事情，我想是意外吧！算了，畢竟人死不能復生，但往後咱可真的得小心再小心了。已經死了兩個人，您老可要悠著點兒！」

癩蛤蟆會上樹嗎？這個問題我還沒有想到，不過，不等我來考慮問題的答案，已有了結果。

我們幾個聚集在樹枝上，把樹枝的一頭壓得往下垂，離水面近許多。這些毒蛤蟆不止蹦得高、游得快，爬樹竟然也是把好手，成群地摞起疙瘩，一個個踩著同伴就爬到了樹枝上，「咕嘎」一聲大叫，差點把我的腿肚子叫轉了筋。

毫無辦法，我們只好爬起來，蹲在樹枝上往另一頭跑，但是癩蛤蟆絲毫不慢，緊緊尾隨。樹枝越爬越是寬闊，這見鬼的妖樹不知道是什麼鬼物，在幽暗的海底，也能長得這麼高大。

眼見毒蛤蟆越來越近，正焦急間，前面出現一個分岔，我立刻留在最後，讓他們分開爬。樹枝那頭少了四個人的重量，又緩緩離開了水面，剩下的那些癩蛤蟆摞起來也搆不著了，只剩這些上了樹的，我們拚死一戰，全部殲滅來犯之敵還是有把握的！

三個男人把汪倩攔在身後，手持潛水刀，嚴陣以待尾隨而來的追兵。卻見最前頭的癩蛤蟆停了一停，然後竟一個轉向，撲通！撲通！全跳了下去，不再追了。

這怎麼回事？

正瞅著近處的癩蛤蟆落水，猶疑不定時，汪倩在後頭叫起來：「來了！小心！」

趕忙抬頭，就見那頭順著樹枝極快地滑過來一條黑線，一路上不停卡殼，仔細一看，卻是張開大口在吞吃那些跳得慢的癩蛤蟆，居然是一條細長的黑蛇！

真是禍不單行！黑蛇幾個呼吸間就遊到了我們面前，噌的一下豎起前半身，差不多足有一米，纏在樹枝上的滑膩蛇身還有七八米長，又細又長，佈滿鱗片，往外滲著暗紅色的血水。

蛇嘴張得大大的，快成了一百八十度，一伸一縮地吐著信子。

我渾身汗毛倒豎，這東西要是無毒，打死我都不信！

這還沒完，下一秒，頭頂上又發出一陣窸窸窣窣的聲音。我不由哀歎，難道今天就是我丁朝陽一命歸西的好日子？又有了什麼毒物不成？

幾乎就想放棄抵抗，跳下水去，卻聽呼的一聲，一個黑疙瘩砸向那黑色細蛇。黑蛇頭一偏，躲了過去，跟著又是呼呼兩聲，這次準頭極佳，正打在七寸上。黑蛇猛一後仰，翻起白花花的肚子，一頭栽了下去。

爽！我大喜過望，哥們兒大難不死，必有後福啊！何方高人救了我丁朝陽一命？

抬頭一瞧，又看見那猴崽子，那個用死人頭砸我的仁兄，此時卻齜著白牙，吱的一叫，扭頭又跑了。原來頭頂還有一根更粗的樹枝，方向正好平行，距離差不多兩米多高，剛才只顧逃命，沒留意到。

跑了就跑了罷！這廝吃過死屍眼珠子，八成不是什麼好鳥，趕走黑蛇多半也是爲了自保，下次碰到，也放一馬還了情就是。

我一邊尋思，一邊趴在樹枝上往下看，也不知道那猴用什麼東西砸的，翻著白肚的黑蛇被砸暈了過去，漂在水面上不動，不一會兒工夫，身上就爬滿了癩蛤蟆，隨著咀嚼聲響起來，轉眼就沉了下去。

大家鬆了一口氣，徹底癱在樹枝上，起不來了。

可看著水中成疙瘩的癩蛤蟆，我很快又犯起愁來。幾個大活人，不可能永遠躲在樹上不下去吧？何況那甃命的盜墓前輩告誡說：妖樹妖棺藏，符盡寶劍亡，四死一傷恨金牆。這樹瞧起來如此詭異，往上看不到頂，往前又看不到主幹，萬一鬧成千年樹妖，可有得折騰了！

想想自己除了有淘沙令，還有七星銅人，不如分出去一個，別浪費了寶貝的作用，再碰到什麼毒物也好應付一點，至少這癩蛤蟆就奈何不了，於是立刻從脖子裡解下淘沙令，拿在手上。

但是，該把它給誰呢？這可不好決定。按道理魏胖是我的生死哥們兒，應該給他，可是汪倩一介女流，防身能力又差，似乎更需要辟邪寶貝。

汪倩忽然小聲道：「老丁，你瞧見水裡的癩蛤蟆沒有？還在不在？我總覺得這樹上很不安全，剛才那猴兒砸過去的東西，很有點像是硬梆梆的死人眼珠子，難道樹上眞有不少棺材藏著？」

我勉強笑道：「管不了那麼多了，癩蛤蟆還都在下頭等著開飯呢！哦！我戴的有兩個辟邪寶貝，毒蛤蟆傷不了我，汪倩妳應該知道吧？還是給你們一個，等下萬一碰到危險，也好防下身。」

汪倩和魏胖幾乎同時伸出手來，又極快地縮回了手，有點尷尬地看著我。老嚴可能知道這好事輪不到他，乾脆沒有伸手來要。

我咬咬牙，把淘沙令遞給了魏胖，「快點戴在脖子裡！」

瞅瞅汪倩失望的表情，心下不忍，索性又解下七星銅人，遞過去道：「這個妳戴上，既能防身，還能療傷，要是誰給癩蛤蟆咬了，就把它扔到身上，能解毒的。」

兩人幾乎同時叫道：「這怎麼行？那你怎麼辦？」

魏胖跟著說道：「你身上的毒還沒有好徹底，可別再犯病了！那個張鐵嘴不是說我是鬼月金人嗎？命硬，沒事！你把淘沙令給汪倩得了，也讓大夥省點心，別總是想著她有危險。」

我強笑道：「我沒事，懷裡還有個寶貝呢！你也別信張鐵嘴那個神棍胡說八……」話沒說完，樹枝猛然一動，好像脹大了一圈，又跟著一縮，像是活人在呼吸一樣。我嚇得緊緊抱住樹幹，生怕跌落下去成爲癩蛤蟆的大餐。可別是碰到地震了吧？

更不可思議的事情緊接著發生了！樹下的海水嘩啦一下子全都散開，朝著一個方向流去，露出了下頭的金磚。纏成疙瘩的癩蛤蟆全被沖得不見蹤影，地面是場光地淨的，那叫一個整潔！

我心裡一動，大叫道：「落潮了，這石頭山應該露出海面了！妙啊！這鬼樹肯定趁著這當兒，從哪伸出去呼吸空氣呢！大夥快下樹找寶貝！」

魏胖第一個竄下樹去，汪倩緊緊跟住我，看樣子是想儘量讓七星銅人離我近點。我心下感動，說道：「汪同志，別怕，我眞的沒事，倒是妳看著點兒路，這黑燈瞎火的破地方兒，栽一跟頭想找人背都難呢！」

話剛說完，自己卻腳脖子一萎，踢到了一個凸起的硬塊。呼哧一下，腦袋就衝前頭栽了過去。

冰涼堅硬的金磚地面把我摔得七葷八素，腦袋暈了好一陣兒才回過神來，睜眼一看，沒有一個人在身邊，連魏胖也不見蹤影，就自己獨個趴在陰暗寒冷的地上。頓時心裡那個冰涼啊！差點把肺都給氣炸了。

摔了一跤後，居然沒有人照顧我，就這麼快把我放棄了，讓我在這地宮裡自生自滅，都是些什麼人啊！

緩緩坐起身子，面前卻突然大放光明，高處煌煌巨燭映射，四周盡是閃耀光芒的金珠寶石，原本的妖樹和海水全都不見。我大驚失色，慌忙地打量著四周。不對勁！難道我暈過去那陣，被人運到了別的地方？

前頭不遠處，地上有一個朱漆大棺，旁邊站著三個人，聽到我醒轉，一起扭過頭來，正是魏胖、汪倩和老嚴。我一看，心裡的氣這才平靜下來，原來沒有把我一個人丟下海底不管啊！自己又多疑了。想著，忍不住拍拍腦袋，唉！這毛病啥時候才能改呢？

魏胖跑過來瞅瞅我，「老丁，你身體怎這麼差，摔一跤就趴下了？告訴你，汪倩小丫頭真是了不得，把那個狠毒的昊人國王『葬於雲端』的謎語解開了，快過來看這傢伙的棺材！」說罷，拽起我就跑。

我腳疼得鑽心，忍不住大叫道：「你這老雜毛！快點鬆手，老子的腳脖兒要給你拽斷了！」

魏胖不理，三步併作兩步把我拖到了朱紅大棺旁邊。

扒在棺材邊上，低頭一看，棺材裡頭有具屍體面朝下臥著，身寬體胖，有些不成比例，頭上戴著純金翼善冠，身穿緯絲十二章袞服。

我心裡一驚，這衣服怎這麼面熟？

這時候腳也不疼了，正想扳過那屍體看看面孔是誰，就見旁邊的魏胖一伸手攥住我的手腕，不讓我動彈，臉上的表情很是怪異，似笑非笑。

老嚴的臉也變了，在旁邊說道：「丁朝陽！你做下了什麼好事，自己心裡清楚吧？仔細看看棺材裡頭的人是誰！」

魏胖像個木偶一樣，機械地用另一隻手扳過那具俯伏的屍體。我一瞧，天啊！竟然是李衛東！

李衛東確實一直是我肉裡的一根刺，但他的死和我一點關係都沒有，為什麼一口咬住我，死死不放？

老嚴話鋒一轉，接著又道：「吳王臨死在棺材裡留下遺言，必須要用活人生祭，才能放我們一條生路。小丁，對不住了，就你受傷走不了，大夥也沒有辦法帶你走，乾脆做件好事，幫幫忙吧！」

耐著性子想聽他說完，突然有兩個人影從旁邊竄過來，摁住了我的肩膀。我拚命扭頭要看清楚是什麼人，卻怎麼也看不到，只見汪倩在一邊掩面抽泣，不由惱怒，「妳個小娘皮，老子命都不要，把貼身寶貝給妳，妳倒是屁都不放一個！哭個屁的哭？趕緊勸勸他們，我的法寶還沒使完呢！會有辦法出去的！」

一聽「法寶」，老嚴好像感興趣了，立刻又改口說道：「或許老丁你眞有辦法也說不定，罷了！罷了！林林和福子不是還在嗎？我就換個人試試，看看到底有沒有效果。」

我聽得腦袋嗡嗡作響，心想今兒個這是怎麼了？也不讓人有個休息的空兒，就這麼一波未平、一波又起地折騰個沒完。魏胖從來和我是一條心，怎麼轉了性，學會背後算計人了？眞是打死也不相信。

老嚴皺眉想了想，一揮手，旁邊又過來兩個穿黑衣服的人。

等他們走近了，我才看清，卻是兩個壯漢，長得和阿炳、阿健很像。原來這廝眞的老謀深算，預先埋伏下了人手，看來那些甜言蜜語，挖到寶貝什麼都給我和魏胖的話，純粹是謊話。

滿腹惱怒，偏偏動彈不得，只好眼睜睜看著那兩個嘍囉推搡著一個人，走近棺材。被推搡著的人不停地哭喊反抗，是林林，那個豐滿的混血女郎！

第30章

黃金與人

一路上，陸續發現了人釘、人檻、人凳、人橋……

最出奇的，是一張黃金人床！

少女的脖頸和頭顱統統被扳成向下的姿勢，

胳膊和大腿剛好做成床腿。

這妞兒啥時候也下來了？我有點摸不著頭腦。

林林被兩個人連踹帶揍，摁成個頭朝下的姿勢，嘴裡滲著血絲，一通掙扎，好像在破口大罵。

我心下不忍，叫道：「你們要幹什麼？衝著我來就是！魏胖你好啊！不錯啊！枉我跟你朋友一場，做下這等齷齪事，你還算是個人嗎？」

老嚴抬腳把我踢到一邊，冷冷地笑道：「省點力氣吧！下一個就該輪到你。胖子現在已經不會再聽你的話了，早就是我的人了。哼！你當我不會一點控制人的法術嗎？」

說話間，兩個壯漢已把林林使勁摁到了棺材邊上，一個人抽出一把雪亮的刀，二話不說，對著她的胸口就是一下子，然後反手一刀，切在頸動脈上。

看到他們把林林摁在棺材邊的架勢，我心裡已然有了很不祥的預感，再看到這樣血腥的一幕場景真實地發生，立時止不住一陣哆嗦。我對這小姑娘其實挺有好感，非常喜歡和她一起說笑，現在眼睜睜地看到她被殘忍的屠殺，只覺胸腔憤懣得幾乎要爆炸。

絕望的林林掙扎了幾下，終於面朝棺材趴了下去，脖子上的鮮血直噴，灑得到處都是。血流進棺材裡，不一會兒，滿棺材都是暗紅色的黏稠液體，還冒著泡兒，像是被丟入了生石灰一樣「咕嘟咕嘟」地作響，而且越來越響，弄成滿滿一鍋煮開了的血水。

血水表層的血紋聚了散，散了聚，一點點凝固，漸漸定了形，一張表情木然的肥胖人臉緊接著浮現。

棺材裡頭的血水浮出一張奇怪的胖臉，看不出是血氣凝成，還是屍體坐了起來。霧濛濛的，起初有點模糊，過了一會兒，顏色漸漸變得殷紅，眉目也逐漸清晰。

這張胖臉沒什麼表情，眼睛直勾勾地瞪過來，卻很懾人心魄，透著一股子說不出的威嚴，那種皇者特有的氣勢，壓得我不敢直視，心裡則一個勁地告誡自己：他奶奶的！怪物就是怪物，可不能讓他唬住了！

起初胖臉是正對著我，變得殷紅之後，就開始緩緩轉動，並露出笑容。奇怪的是這東西不管轉到哪個角度，都是五官正對著你，就那麼盯著你，一個胖腦袋，一臉看著和藹但讓人心驚的笑。

再看棺材邊上，老嚴、魏胖，連同他們那幾個嘍羅，全都五體投地，磕頭如搗蒜。最慘的是林林，血全流進了棺材裡餵了怪物，身體軟癱在邊上，已經成了一具乾屍。

我強自定下神，仔細觀察，想看清血水裡的怪物究竟是啥子名堂，眼神卻恍恍惚惚的，似乎見到另有不少東西在棺中蠕動或者游動，但是身體不大，到底是不是魚，死活看不清楚。

那胖臉在水面緩緩轉了幾圈，突然模樣一變，不像剛才那麼慈祥了，現出十分嚇人的兇相，藍靛臉、鼓凸著眼珠子、獠牙伸出寸許長，朝外邊猛地衝出來，直奔我的位置。

就在這千鈞一髮的緊要關頭，汪倩從身後衝了上來，我就感到胸口一涼，原來她終於良心發現，把那個七星銅人戴回了我脖子上。

銅人一掛在我的脖子裡，頓時透出刺骨寒氣，冰得我一個哆嗦，連打出兩個噴嚏。這股子寒氣瞬間滲透到四肢百骸，甚至一直延伸到棺材板上，在棺材表面凝出一層薄薄的白霜，急速向裡頭的血水衝去。

搶在怪物撲到我身上的前一剎那工夫，白霜先凝結到血水裡。怪物晃了兩下，沒能挨近，重重跌回，在血水中上下浮動幾次，散了，化作一圈漣漪。

胖臉怪物消失後，白霜也沒能保持，轉眼融化在棺材裡。與此同時，我胸口的七星銅人溫度恢復正常，不那麼冰了。我的腦子飛快地轉起來，想著，跟老嚴打交道這麼久，沒覺得他有多大膽量，魏胖更是一個心機不重的懶人，奸計也有限，總之，都是一群老實人，也不知道這旲王給了他們什麼精神力量，竟敢給活人放血！這他媽還是不是法治社會了？反了天了！

越想越火大，怒從心頭起，惡向膽邊生，我乾脆猛一咬牙，兩腿使勁一蹬，站起身來。這時，他們都還跪在棺材邊磕頭。

手裡突然出現一把刀，是汪倩塞過來的，還用鼓勵的眼神看著我。我點點頭，一咬牙，舉起刀，衝著老嚴的腦袋就劈下去！

噹啷！一聲巨響，刀被一股力量生生擋住，我眼前一黑，幾乎昏過去……

等到暈眩勁過了，睜開眼，就見魏胖和汪倩正一左一右夾住我，滿臉詫異。汪倩更誇張，眼淚都出來了，著急地叫道：「老丁，你這是怎麼了？好端端的，怎麼忽然要殺嚴老闆呢？」

我吃了一驚，定睛一看，我還在幽暗陰沉的樹底下，老嚴面無人色地坐在我前邊，簌簌發抖。

這到底是怎回事？我再次糊塗了。

汪倩忙不迭地把七星銅人往我脖子上戴，仍帶著哭腔道：「老丁，你怎麼了？別是做了什麼惡夢吧？」

我拍拍昏沉沉的腦袋，看著她，大惑不解，「不是妳把刀塞到我手上的嗎？」

魏胖怒罵道：「看你狗日的就是發白日夢，還他媽嘴硬說自己沒事！蒲老頭和張鐵嘴都說你身上餘毒沒清，逞什麼能啊你？看這事鬧的，那個寶貝千萬別再取了，說不定哪天這刀子就奔我腦門兒上來了！」

我一愣，趕緊戴上七星銅人，心裡果然一陣清亮。敢情剛才的一切都是幻覺在作祟！我操！

這可不得了，我連忙挪到老嚴身邊道歉：「嚴老闆，兄弟對不住了，剛才迷了神智，冒犯大了。唉！這事鬧的！怎也沒想到旲王的地宮陰氣這麼重，我取下辟邪東西，這麼快就著了道。眞是一萬分一萬分的對不住！嚴老闆大人大量，千萬寬容一次兄弟！」

老嚴的臉色非常不好看，卻也沒有辦法，只是嘟噥道：「兄弟，你可玩得眞大！別在意了，我沒事，咱們還是快點行動吧！」

我不敢再堅持取下七星銅人，沒辦法，只有這東西能罩得住不犯病，於是對魏胖說道：「這樣吧！汪倩就緊緊跟住我，你和老嚴走近點，搭好夥計。辟邪的寶貝應該可以一個管兩個，爭取大夥都別再出事了。」

接下來該怎麼走呢？是順著樹枝去找大樹的樹幹，還是順著樹枝往末端的地方尋找？我一點概念也沒有。

時間不等人，這會兒地上沒有了海水，空氣也明顯清新了不少，可是千載難逢的良機，不容錯過。

我把想法告訴汪倩，問她有什麼主意。最後，四個人簡單地一討論，乾脆去找樹幹，看看到底是棵什麼樣的妖樹。

金磚鋪設的地面忽高忽低，一起一伏。旲人的技術硬是要得，把金磚分別鍛造成瓦片形、長條形、碗形，總之地面被覆蓋得嚴絲合縫。此時被海水洗過，顯得非常乾淨。

不過，這昊人的嗜好眞的不怎麼樣，一路上，我們陸續發現了人釘、人檻、人凳、人橋……不一而足，花樣繁多。呸他個昊王的祖宗八代，這麼喜歡折磨人！喜歡擺弄死屍不說，還都要弄成奇形怪狀的傢俱。

最出奇的，是一張黃金人床！床板都是用的少女脊背，一個連一個地擠壓成型，四周用金框牢牢箍住，少女的脖頸和頭顱統統被扳成向下的姿勢，胳膊和大腿剛好做成床腿。要不是我先一步掀開床板四周的金箔帳幔往下察看，魏胖差點就要上去打個滾，和冰冷女屍來個最親密的接觸。

可是，這床能睡人嗎？那些經過藥物處理的背脊，雖然富有彈性，但是涼颼颼的，而且滑膩。睡上去確實是冬暖夏涼，可是一掀帳幔，下頭一排不規則的人頭倒豎，嚇都嚇死人！昊王居然能夠安枕？眞他媽的變態！

都是些多好的花季少女啊！生前容貌還都被藥物保存著，沒有腐爛，眉目如畫，婉約精緻，讓我在痛惜她們悲慘命運的同時，越發痛恨起殘暴不仁的昊王來。

頭頂樹枝直徑越來越粗，看來我們逐漸接近了大樹的主幹，地下擺的陪葬品也越來越接近生活用品，都是些黃金鑄造，使用特殊「人料」裝飾過的家具。沒有太過於珍貴的金珠寶玉，我們也都懶得去當搬運工，黃金這玩意兒太沉了，能否升上水面都是個未知數。

魏胖摸摸這個，又摸摸那個，最終都放下了，一件可以做爲紀念品的小寶貝也沒有摸到。汪倩一路上話語很少，似乎一直在思考什麼問題。我和老嚴則是專心地尋找我們的目標——棺材！

然而，什麼都有，就是沒有我特別渴盼一見的棺材。

難道這塊區域是僅僅是吳王的陪葬區，像秦始皇在臨潼那個兵馬俑坑一樣？

我們都有點洩氣，時間一分一秒地流逝，將近三個小時就這麼過去了。最初和福子、林林約好，四個小時之後下來開門，可別讓他們出了什麼意外。我對幻覺中的老嚴那副猙獰嘴臉仍有餘悸，朱紅大棺內，到底藏了什麼妖物？

都說人的幻覺跟第六感一樣，有些時候相當準確，我可眞不想走到那一步。

前方情景終於有了變化，單調的傢俱市場逛完了，新出現的場景複雜很多。我們打足了精神要過去看看，想不到卻又碰到新麻煩。

金磚鋪就的地面上，突兀地現出一個大裂縫，足有三米多寬，難以步行逾越，一頭截至到金牆上，另一頭向黑暗中蜿蜒。魏胖丟下去一根螢光棒，底下黑咕隆咚的，極深，而且不知道是土還是水。

極盡目力望過對岸，好像也不是大樹的主幹，兩扇高大的巨型大門緊閉，巍巍矗立，一塊千鈞巨石正正地頂在門後，後頭的兩側修有兩座箭樓，上頭伸出數排強弩，插著無數利箭，正引弦待發。幾個士兵打扮的人或站或坐，似乎準備要搬運弩箭，往巨弩裡頭裝填。

大門上方懸有數排鍘刀，用長索固定在門上的不同位置，有些長索甚至埋入地面的金磚下頭。想必只要大門一開，或者觸發什麼機關，定然閃電樣劈落下來，讓進門之人莫名其妙就當了斷頭台上的無頭之鬼。

門後兩側站立不少衛兵，扣刀按劍，殺氣騰騰，還有的手持巨杵，嚴陣以待，身後更有絞盤、絞索相連，極像害人的機關武士。

唯一搞不懂的是，這些機關弩箭都背對著我們，武士也是面向大門，似乎嚴陣以待的是將從大門進來的入侵者。我們因爲更站在它們身後，因而能將一切惡毒機關一覽無遺。

想來想去，只有一個可能：順著盜墓前輩開挖的隧道闖進來之後，咱們一路誤打誤撞，竟跑到了地宮的前大門。

也就是說，這其實是個錯誤的方向！

卷七

十八層地獄

兩三米寬的區域內，全都擺滿長短不一的胳膊大腿，有些朽爛到剩個乾骨頭架子，密密麻麻，一個挨一個。遍地骨骼的縫隙間，竄出很多綠色的火苗。

第31章

NARAKA

我忍住噁心，

就想用刀子結果了這隻吞人類血肉的醜惡東西，

那老鼠卻往上一縱，將整個身軀都露出來……

媽呀！不是老鼠！哪有老鼠長翅膀的？

折騰了老半天，原來是跑了冤枉路，還讓阿健死於非命。我連連跺腳，後悔不迭，但也無可奈何。

回頭路沒什麼可瞧的，我帶領大夥順著裂縫往另一邊走去。

這個裂縫是個弧形，剛好把大門這塊防守區域圍攏住，一頭截止到金牆上，另一頭向沒有走過的地方伸。

裂縫越走越寬，讓我原本想用繩索攀緣過去的計劃落了個空，再走一會兒，甚至已經看不到裂縫對面是什麼光景。我心想，這可不成，已經走了不少冤枉路跑去地宮的前大門，時間不允許再來一次橫向穿越了。

就在大夥極度失望的時刻，邊上突然出現一座橋。

居然是貨眞價實的拱橋，古色古香，一色兒的均勻青石砌成，一頭就在腳下，另一頭彎彎地越過裂縫，應該落在對面。

眞是剛打瞌睡就有人送來枕頭，我沒仔細考慮，就要一步跨上去。

汪倩拽住我說道：「老丁，你別急啊！橋頭這兒有個石碑，咱們先看看再說，別不小心掉到陷阱裡。」

對極了！我不能操之過急，害人害己。

橋頭有個石碑，高度到我的胸口處。我們連忙把燈光都對準了上頭，仔細去瞧，不想卻是大眼瞪小眼，傻在了當場。

上面刻的，竟然是幾個字母：NARAKA。

操！真他娘害人不淺！本想來幾個篆字之類的可以蒙蒙，沒想到碰上這洋玩意兒。雖然說二十六個字母都叫得出來名字，但是一經過排列組合，我就完全不明白了。魏胖和老嚴也一臉茫然，唯獨汪倩似乎明白什麼，皺著眉、苦著臉，不言語。

我湊近她說道：「大軍師，這什麼意思啊？妳大學生呢，給咱解釋解釋！」

汪倩苦笑著答道：「也沒什麼好解釋的，怕你知道後害怕，正猶豫要不要告訴你呢！」

我一拍胸脯，「這有個啥？儘管說，就是打裡頭蹦出來兩個惡鬼，我也不害怕！別看學問少，唯獨這膽子和見識，我可什麼也不缺。」

汪倩緩緩說道：「NARAKA其實是一個梵文單字，在佛經中經常被提及，翻譯成漢語，是沒有喜悅和福德的地方，通俗地講，就是地獄。」

我們立馬又愣住了。地獄？莫名其妙出現這麼詞，也太突兀了吧！

這個梵文單詞下方，還刻有四個單幅圖畫，依次是一塊嶙峋山石、一群小黑蟲、一個面貌醜惡的人摟著肩膀哆嗦、一大團火焰。

汪倩冷靜地解釋道：「這四個圖案，就是十八層地獄的簡單描述。最下頭的火，代

表八熱地獄，包括阿鼻無間地獄，往上依次是八寒地獄、游邊地獄和孤獨地獄。學過佛經的人看一下就可以明白。」

魏胖撓撓後腦勺道：「這是什麼意思？難道說踏過橋就會進入十八層地獄？不可能吧！老國王會在自己的陰宅地宮裡搞這種晦氣東西？」

汪倩道：「這可難說！佛經上說，六道輪迴分成三善道和三惡道，其中天道、修羅道和人道是善道，畜生道、惡鬼道和地獄道是惡道。或許這昊國的王很固執，認爲自己要按照因果報應，從地獄道逐步飛升天道，乾脆在地宮裡再現六道輪迴，直到把自己的屍體放在天道中……哦！難道這棵樹，就是『葬於雲端』的意思？」

我抬起頭望向高處的樹枝，心下惕然。

裂縫那頭的樹枝要粗得多，枝葉也茂盛許多，主幹極似長在橋那邊，如果要挨個闖遍六道，最後殺奔天道去開棺發財，危險係數很高啊！

看著「NARAKA」這幾個花體字母，大家都有點垂頭喪氣。

老嚴繞到石碑後頭去，立刻嚇了一跳，大叫道：「這兒有個人！」

我大吃一驚，忙叫他千萬不要輕舉妄動，自己也邁開步子，轉去了石碑後。

碑後有一塊不大的區域，沒有金磚，看不出是本來就沒有鋪，還是鋪上後被人揭掉了，露出了板結在一起的褐紅色土壤顆粒。

最外邊靠近裂縫的邊沿上，趴著一個人，下半身埋在土壤裡，上半身衝著裂縫，長長的頭髮和手臂都耷拉在裂縫邊緣，看起來已經死很久了。屍身邊的地上長了一簇紫郁郁的小草，有半米高，好幾片細長的葉子伸展，很是均勻的一般齊，跟麥苗兒似的。

我低聲道：「這人是誰啊？上半身穿的也是黑紅條紋的織錦道袍，會不會是上一夥人死掉的其中一個？」

老嚴答道：「我看像是個道士，翻過來看看吧！」說完就用潛水刀去撥拉那屍體的上半身。

刀尖一碰那具趴在地上的死屍，屍體的頭顱突然一歪，掉了出來，還扯出一大截脊椎。沒有肋骨相連，光禿禿的一大截脊椎立刻順著裂縫的邊緣滑下去。

突如其來的變故把老嚴嚇了一跳，手一哆嗦，差點把刀子扔了。

死屍的腦袋骨碌碌滾開，長頭髮飄了起來。一瞥之間，我忽然發現這頭顱的耳朵非常怪異。正常人的耳朵都向腦後長，這死屍的耳朵卻顛倒，向前長著，掩護著裡頭幾瓣魚鰓樣的鱗片。

心下狐疑，外加也懷疑這人是被埋進土裡，或是讓什麼東西扯進土裡，下半身給人的感覺就像長在土中一樣，我於是走近一點，想看看清楚。誰知道剛走近，無頭死屍的胸腔裡非常詭異地探出了一個小頭，生有一雙不成比例的大眼睛，灰濛濛的，黑色鼻子不停地往空中亂嗅，看模樣像是一隻老鼠。

我忍住噁心，就想用刀子結果了這隻呑人類血肉的醜惡東西，那老鼠卻往上一縱，將整個身軀都露出來……

媽呀！不是老鼠！哪有老鼠長翅膀的？

那居然是一隻蝙蝠！

蝙蝠肚子出來後，才看到身上的皮肉，鬆鬆垮垮的。翼手一展，差不多一米多寬，翅膀一拍，扇起一股腥臭的氣味，騰身就朝旁邊的老嚴撲了過去。

就聽呼的一聲，速度極快，我心想已經來不及揮刀了，老嚴恐怕免不了要挨上這一口，只好大叫，讓他快點閃開。

蝙蝠這東西，我和魏胖小時候沒少逮過，在夏天的晚上尤其多，只會滑翔，落地後不僅很難再次飛起來，而且也不會爬行。可現在碰到這個變種蝙蝠，和以前碰到過的大相逕庭，原地就可以起飛不說，聞著味道，還攜帶有劇毒！

隨著意料之中的一聲慘叫，那蝙蝠張開雙翼，消失在黑暗中，老嚴則捂住脖子，手指縫裡淌出一股股血水，踉踉蹌蹌地晃悠著奔我過來。

我暫時沒有理會他，全神貫注地留意蝙蝠消失的方向，果不其然，不過數秒鐘，那傢伙又飛回來。

但這畜生這次就沒那麼好運了，敵不過我和魏胖嚴陣以待的防備，先被我一刀刺中柔軟的腹部，接著又被魏胖劈中翅膀上的爪子，立馬一頭從空中栽下來，吱吱尖叫，拚命在地上翻滾，不一會就滾入身邊的裂縫中，墜落下去。

我見警報解除，馬上急惶惶地扶住老嚴。他的臉色已變得鐵青，眼睛直勾勾地望住我，說不出話來。掀開被咬開的潛水衣膠皮，脖子上的動脈處，兩個牙印清晰可辨，正從裡頭往外汩汩淌出鮮血。

情況十分不妙，我著急地叫汪倩快點過來瞧瞧，看有沒有辦法救下老嚴一命。

不等我說，汪倩已經跑了過來，翻開看看老嚴的眼瞼，搖搖頭說道：「這是隻吸血的狐蝠，長這麼大，一定是個變種。要不咱們先用強力膠布封住，至少讓傷口不要繼續流血，否則失血多了，人一休克，又在這地方，神仙來了也沒救。蝙蝠的牙齒破開了血管，減緩血流凝固速度，再加上這個變種可能有毒，眞的很難辦……唉！」

她邊說邊手忙腳亂地封上膠布，暫時止住血流，但老嚴已經滿臉黑氣繚繞，奄奄一息，撐不了多久了。

我大感焦躁，這都他娘的怎麼回事？

站起身，無意識地踢了一腳地上簇生的小草葉子，另一隻踩在地上的腳心卻傳來一拱一拱的震顫感。狐疑地蹲下身子看那奇怪的小草，腦海中電光石火的一閃，認出了這是什麼東西。

有救了！這是茗屍草！師傅蒲老頭跟我說起過這種異草，止血生肌那是百用百靈，兼且專治疑難邪毒，不是救星是什麼？

我叫過魏胖，嚴肅地對他道：「這草名字叫作茗屍草，下頭有肉芝，能治老嚴的傷口。你得幫我個忙，我一個人還不好弄。」

他疑惑地道：「怎麼不好弄？不就是一棵草嗎？嗯！高是高了點。我來，瞧我的！」說完上前拽住那草，就要用力拔。

我嚇了一跳，趕緊揪住他：「不要命了你！這草不是這樣弄的。」

魏胖鬆開手，乖乖照我的吩咐，用手撕下一大截強力膠帶，捧在手上，等著看我如何動作。

在那株草的正下方，我先小心翼翼地挖了個淺坑，叫魏胖擋我一下，遮住那邊蹲在老嚴身邊的汪倩，然後拉開褲子，朝裡頭撒了一泡尿。等了一會兒，尿液全部滲透下去後，我攥住草的根部，使勁一拔，茗屍草便像棵蘿蔔一樣，讓我從土裡拽了出來。

草棵子下頭，帶出個蜷成一團的嬰孩，身上橫七豎八地纏著幾根水草一樣的東西，但比水草更細，又黑又亮如髮絲，整體呈現還在娘胎裡睡覺一樣的抱胸屈膝姿勢，皮膚乾癟黝黑，皺褶著拖拉老長，軀幹只有拳頭大，腦袋又有一個拳頭那麼大，有鼻子有眼，翻牙鼓目，圓圓平平的後腦勺上長出草。

沒錯！正是肉芝！

可能被我的熱尿一澆，這嬰孩樣的肉芝猛然張口，大聲啼叫哭嚎，夜貓子樣的瘆人，兩手抱頭，兩腳亂蹬，嘴裡還連噴帶嗆地往外冒黑水。

事不宜遲，我兩手使勁攥住草棵子，不讓那死小孩掙脫了去，抬頭一瞧魏胖目瞪口呆，依然不動手，不由大怒道：「你他媽還不快點動手！我怎教的你？這不是眞小孩，是個怪胎！你千萬別碰到這東西身體，也別給手腳蹬到了！」

他這才如夢初醒，上前就用膠帶捆住小孩的手腳，又在小孩的大腦袋上密匝匝纏了幾圈，箍住嘴巴，這才放手鬆口氣，撇著嘴，直犯噁心地說道：「啥東西啊？這麼臭！也太醜了吧！就這模樣還能治病，我看倒像是毒藥！老丁，你可別搞錯了，把聾子給治成了啞巴。」

我給氣樂了，「你個文盲，少來這套！這是貨眞價實的肉芝，知道不？當年白娘子盜仙草救她男人許仙，要的就是這東西！可以生死人而肉白骨，別看長得醜，那是無價之寶呢！」

這話倒是沒有騙人，茗屍草又叫陰陽魚，是一種濕生異草。

天地所生有四類，胎生、卵生、化生、濕生，太極生兩儀那叫胎生，兩儀生四象就是卵生，四象生八卦乃是化生，八卦之外皆屬於濕生。這茗屍草秉承了海底的陰涼濕氣，旁邊的死屍身穿道服，耳生魚鰓，絕對是一個服用丹汞修仙之人，死後體內鉛丹屍氣濃郁，逐漸被這草吸收，就慢慢結成了肉芝，被我們碰到，反倒便宜了老嚴這廝。

明人汪煥章所著《島夷志略》中提到：「茗屍草，東海島之濕生異物，葉瓣其三，紋如人臉，可百歲而不枯，其下或有白芝、黃芝、青芝，不一而足，至若茗屍紫芝，渺不可尋，蓋因地氣使然。吾嘗以茗屍之屍字問於周子謙，答曰此屍通草下之芝。甚疑之，竊以為當為草旁必有異屍。」

奇芝異草的附近，往往都有自然界的生靈覬覦。恰如白娘子盜仙草時碰上守護的鶴妖，咬傷老嚴那碩大的蝙蝠，恐怕也是一個癡心者，妄想等茗屍草完全長成時據爲己有，卻喪命在我和魏胖的雙刀合璧之下。

兩手提著茗屍草，一刻不敢放下。人形肉芝的雙眼凸出，瞪得溜圓，驚恐地看著我。我不由得笑道：「小傢伙，別害怕，叔叔用你來治病救人，弄完就放你走，乖乖別鬧啊！」

第32章

突襲

忽然一股風聲直奔我手上的茗屍草，
我一驚，心想糟了！
忘記仔細檢查看還有沒有埋伏別的蝙蝠。
飛過來的卻不是蝙蝠，而是一柄長劍！

我叫魏胖來換手提著茗屍草，小心地用刀尖撥弄小孩樣的肉芝。這傢伙身上纏繞的黑絲又韌又滑，很難剔出來。

肉芝的眼睛拚命地跟著我的刀尖，簌簌發抖。唉！螻蟻尚且貪生，何況這麼罕見的奇草？

費了好大力氣，我才終於把那幾根長長黑線抽了出來，仔細看看這傳說中的芝筋，原來跟普通的魚線一個樣，只是有些地方微微開叉，生著茸毛，纖細、柔軟，顯得很有光澤，在燈光照耀下，映著澄藍光彩。

肉芝面如土色，十分沮喪，眼巴巴地瞧著我把大部分芝筋裝進塑膠袋放好，拿著剩下的一根，走去老嚴跟前。

老嚴此時只有進的氣，沒有出的氣，就差蹬腿嚥氣了。我不慌不忙地把芝筋在他脖子上纏好，原以爲這東西特別順滑，輕易打不上扣兒，誰知道兩頭一捏就莫名其妙地結在了一起，連個接頭兒也看不出來，眞是神奇。

接著從魏胖手上拎過肉芝，對準了老嚴脖子上的傷口，就要摁下去。

汪倩擔心地攔住我，「老丁，你有沒把握啊？這東西這麼醜，還這麼臭，咱是不是得愼重點？可別害了老嚴！」

我說道：「老嚴這樣子，離死還遠嗎？茗屍草對付邪毒非常靈驗，我就是有根據才這麼做的。別怕！同情心人人都有，可一旦氾濫成了災，會壞事的。」

再把那肉芝翻轉過來給汪倩看，「妳瞧，這東西的眼神都綠了，天生喜歡舔咬劇毒。老嚴碰上這個，實在是三生有幸！」

現在說的這些，都是蒲老頭當年教的。我這人一向對於如何保全性命情有獨鍾，所以記得非常牢靠。那根黑色的芝筋，將會逐漸深入老嚴體內，吞噬溶解邪毒。而蝙蝠本身和茗屍草同源同種，都含有道士死屍的丹汞屍毒，如果不用茗屍草吸去餘毒，老嚴依然會皮開肉綻，紅腫潰爛而死。

我很小心地揪著茗屍草的草秧子，一手用刀挑起屁股，讓這小東西頭朝下俯伏下身子，湊近老嚴的脖子。

肉芝果然開始小口舔著傷口，發出吧唧吧唧的聲音，老嚴臉上的黑氣逐漸消褪，雖然精神委頓，至少沒了生命危險。肉芝的唾液看來有癒合傷口的作用，脖子上的破口逐漸凝結在一起，結了個肉紅色的痂。

我看差不多了，便揪著茗屍草離開老嚴的脖子，走到魏胖面前，笑瞇瞇地道：「小魏同志，你看這肉芝扔了挺可惜的，要不你帶回去做個紀念品，洗洗煮湯喝掉，那可是延年益壽。」

魏胖皺著眉頭，滿臉噁心地答道：「我說老丁，你怎跟那蒲老頭學得那麼像？這還仙草呢！屁！叫我看起來，和那殭屍腦子裡頭的肉丹一個怪模樣，打死我都不會吃的！」

我呵呵笑道：「這可你說的啊！到時候別後悔。這麼好的東西你都不懂享受，真沒文化！」

茗屍草下頭的肉芝見我眼神不善，再次伸手蹬腿掙扎起來。我哪裡容得它逃跑？老實講，我壓根就沒想過要放了它！

像這樣可遇不可求的無價之寶，碰上絕對不能錯過。芝筋會不停再生，等到茗屍草完全長成，下頭的肉芝將會化身紫芝，除了可以起死回生，人吃下後，至少能活他個兩百歲！

我開始幻想自己年老時依然精神矍鑠，身邊兒孫成群，享受天倫之樂的情景，心裡愈發美滋滋的，說什麼也要把這茗屍草收入囊中。可是另一方面，心下也是忐忑沒有底，畢竟只聽蒲老頭說過怎樣拿茗屍草治傷，還真不知道怎麼保存、攜帶、培養。而且茗屍草下頭的肉芝渾身孕有濕毒，萬萬不可被抓傷。

我一手揪著茗屍草，想來想去，一時有點手足無措。那茗屍草卻瞧出這是個脫身的好機會，掙扎得更加激烈，搞得我只好兩隻手都上，緊緊攥住草秧子，生怕滑脫了去。

正在僵持不下的關頭，斜刺裡，忽然一股風聲直奔而來。

我一驚，心想糟了！忘記仔細檢查那具死屍的胸腔，看裡頭還有沒有埋伏別的蝙蝠。

萬一真的有，就這麼措手不及地飛過來，我豈不是活該要遭殃？頓時後悔得腸子都青了。

飛過來的卻不是蝙蝠，而是一柄長劍！

更令人驚訝的是，長劍的襲擊目標不是我，而是茗屍草下頭的肉芝！

我只顧防備自己的要害，完全沒有想到目標不是我，一時來不及反應，眼睜睜看著鋒利的長劍釘進肉芝的大腦殼，劈啪一聲，膿血四濺。跟著手上就猛然一輕，肉芝被勢大力沉的攻擊擊落，順著死蝙蝠、死人頭的滑落軌跡，墜入了前邊的裂縫裡，吭都沒吭一聲，咕咚咕咚地掉了下去。

這是怎麼回事？難道這地宮裡頭還有活人？

我和魏胖飛快地奔回汪倩身邊，一邊舉目四顧，一邊小聲問她可有發現。

她點點頭說道：「你在那邊弄那個肉芝時，我就聽見了輕輕的腳步聲，越走越近，所以長劍飛來的時候，正好看見是怎麼回事！不是別人，是那個老熟人！你都認識的，和你長得有點像，連那齜牙咧嘴、切齒痛恨的表情，都和你一樣。」

我聽了頓時一楞，被汪倩說得傻乎乎的。

什麼熟人？我還認識？

她忍住笑道：「瞧你那聰明樣，這都想不出來？這兒你能有什麼熟人？就是那個用死人頭砸你一下，後來又從黑蛇嘴邊救了你的那位恩人唄！」

我聽得啼笑皆非，這有文化的人就是不一樣，罵起人來還曲裡拐彎，連個髒字都不帶的。不過，那猴崽子爲什麼要用長劍打這茗屍草？

等等！長劍！

猴子怎麼會有把長劍？莫非……

唉！可惜那長劍釘住茗屍草下頭的肉芝，一起滾落到了裂縫裡，此時也沒有辦法尋回來看個究竟了。

想了一會兒，我心裡有了計較，於是對汪倩說道：「我明白了，看來那猴子應該是當年隨同這幫道士一起進入地宮的夥計，主人喪命之後，猴子戀主，沒有出去，也就沒和那位召喚黃巾力士的仁兄死在一起，反倒在這大樹上悠哉悠哉地活了下來，也不知吃了什麼東西，竟然這麼久都沒完蛋，還成了精！打咱們進來後，老猴就一直悄悄跟著，對害死主人的東西極端痛恨，所以頻頻出手幫忙。至於那茗屍草，當年定然給牠的主人造成過麻煩，自然咬牙切齒地扔劍來砍……唉呀！不好！這樣說來，那把劍，豈不就是『妖樹藏妖棺，符盡寶劍亡』這句話中提到過的東西？主人遺失的寶劍，卻給猢猻撿了回來。」

劍在人在，劍亡人亡的古訓，道人至死都念念不忘，可見那劍絕對是非常值錢的寶貝，說不定就是和淘沙令齊名的脫甲劍！

地上的老嚴唉喲一聲，在這個時候醒了過來。我只好把痛失脫甲劍和茗屍草的惋惜放下，湊過去看他到底怎麼樣了。

剛醒過來的老嚴非常虛弱，眼珠子也渾濁得可怕，頸下那跟芝筋深深勒進了皮肉裡，僅在表皮留下一圈淡淡影子。

他張口就喘著氣說道：「想不到我鬼門關上走一遭，又回來了！小丁同志，你眞有兩下子，是個有眞本事的人！不是你出手，我這條命就交代這兒了，大恩不言謝呵！老頭子我記下了！」

不等我謙虛順便也吹噓一番，他接著就急急說道：「邪門得很啊！這個地方，剛才我半死不活，迷迷瞪瞪的，好像看見不少東西，就在橋那邊，一個朱紅大棺，旁邊還站立了幾個人，長得跟勾死鬼樣的面目猙獰，將我摁在棺材邊上，殺豬一樣的要宰我。還有個大胖臉，本來慈眉善目的，突然翻臉，根本就是個妖怪！可把我嚇得夠嗆！」

我一聽，立刻又呆了。這怎麼回事？這場景，怎麼跟先前發病產生的幻覺一個樣！眞眞假假，徹底讓我糊塗了。

愣了片刻，我遲疑著挑出能說的事，徐徐告訴他們我當時見到的幻境情況，當然沒說魏胖、老嚴和林林，而是以陌生人來代替，著重和老嚴對照了一下那個胖臉妖怪的模樣，立時把大夥都嚇了一跳。太巧合了！巧合到像是在拍電影了，怎麼可能呢？

沉默一會兒後，汪倩就問我：「老丁，這些神啊鬼的，你知道得多，能不能告訴我，這世界上到底有沒有鬼魂？」

我翻翻老嚴的眼瞼，見他暫時還是不能起身跑路，於是招呼魏胖也坐下來歇會兒。關於這鬼魂的事情，趁這機會說道說道，也好讓大家有個決定，究竟是現在就打道回府，還是咬牙闖過那座標明通往地獄的石橋，一探究竟。

我清了清嗓子道：「有關鬼魂的問題，千百年來眾說紛紜，沒個定論。按照新社會的唯物觀點來說，鬼魂是不存在的，是一種迷信，但對於蒲老頭這樣一輩子和死屍古墓打交道的人來說，碰到不可思議現象的機率很大，一輩輩也傳下來許多事例，逐漸形成了淘沙夫子自己的一套說法……」

蒲老頭晚年安分守己那段日子，經常和我聊起這個話題，直到有一天我看到錄影機和錄影帶這些新鮮玩意兒，才終於恍然大悟。

鬼魂是一種什麼東西呢？其實，鬼魂和肉體，就像錄影帶和錄影機。鬼魂是一種磁帶，一種錄有東西的存儲介質。

當胎兒在母體的時候，弱小得可以說是一張白紙。但隨著初生嬰兒的大腦逐漸發育，外界的影像漸漸在體內留下痕跡，這就是「魂」。

肉體的增長的同時，魂逐漸和身體緊密結合，一個人所有的經歷和記憶都由此儲存。

魂是磁帶，大腦就好像磁帶上的磁粉，肉體則成為一個龐大的錄影機。人死後，肉體跟著消亡，這錄製了一輩子的磁帶則開始自動播放，直到生物電力耗盡為止。

很多六歲以下的小孩會看到鬼魂，他們其實不是在用眼睛看，而是用自己的魂和其他的魂做交流。這時的小孩兒，身體和魂的結合不是很融洽，受到驚嚇便很容易分離，這就是俗稱的「嚇掉魂」。

有科學家試驗說，人每天攝取食物所應該產生的能量，遠遠大於每天消耗的能量，那麼，相差的能量去哪兒了呢？

依我看，八成是被這塊「磁帶」儲存起來了。

當肉體衰老到不能產生足夠能量時，魂便與身體分離。更確切地說，是肉體先死亡，魂才離開，而不是魂離開後，人才死亡。

魂離開後會繼續存在，可能會被與原先身體有相同屬性的個人身體接收，這就是「鬼上身」現象，因此，這些被上身的人能知道很多鬼魂原本所屬身體的個人秘密。

不過，也不用擔心鬼魂賴著不走，因為它所附的身體和原來的畢竟不是完全相同，不會提供給它能量，使它延續。等到能量耗盡的一天，終究要煙消雲散。

不過，這樣說來，從古到今，世界上該有很多鬼魂了吧！恐怕這四周到處都是！

事實上沒有這麼簡單，鬼魂是一種磁帶，當遇到強大的其他磁場，譬如雷電所產生的強大磁場，還有一些地理風水影響出來的生物磁場，便會被消磁、打碎。所以，大部分鬼魂都給自然界的力量抹掉了，這也是小孩「丟魂」後，如果沒有遇到打雷閃電的天氣，還可以找回來的原因。

世界由物質組成，魂，只是我們尚未完全認識的一種物質形式。當我們的身體休息時，魂不休息，到處亂逛，並將見聞模糊地存儲下來，因而人有時會碰到一種經歷：某天，到某個地方應該沒有去過的地方，或者碰到某件未曾經歷的事情、某個不認識的人，卻有似曾相識的感覺。

按照這個理論解釋，所謂的見鬼，恐怕就是說個人體內的「錄影機」，感應到某個正在遊蕩的魂。

第33章

綠色火海

兩三米寬的區域內，
全都擺滿長短不一的胳膊大腿，
有些朽爛到剩個乾骨頭架子，
密密麻麻，一個挨一個。
遍地骨骼的縫隙間，竄出很多綠色的火苗。

我說得口沫四濺，雖然誇張，卻也有理有據，不好辯駁。本來這些都是些虛妄之談，根本沒法驗證，公公婆婆怎麼說都有理，看各人秉性能發揮多少算多少。

我見他們聽完後，個個面沉如水，一腦門兒莫測高深的模樣，不由好笑道：「都別瘟頭瘟腦地傻想了，快點決定這地獄橋，咱們是過還是不過？」

魏胖回過神來，瞅著我說道：「過啊！為什麼不過？都到這地步了，不過怎麼辦？」

老嚴也說道：「按理，照我目前的狀況，應該是轉頭回去較好，但怕的是沒有時間了。四個小時差不多夠了，咱們距離進來那個地方還遠得很，無論如何決計跑不到。按我說，還是過去吧！」

我扭頭問汪倩：「妳的意見呢？」

她道：「要是你們都不怕下地獄，我能說什麼？我更好奇的是這變態的昊國王，到底有什麼神通，在地宮裡做出十八層地獄？」

我笑著說道：「那好，咱們想的一致，就一起來個地獄觀光遊吧！」

收拾停當，這就準備出發。我扭頭瞅瞅趴在崖邊的無頭道士，心想不如弄點土給他蓋蓋，就這麼曝屍風乾，實在有點不忍心。

招呼魏胖一起過去，這廝卻拿刀尖去扒拉道士腰間的口袋。我奇怪地看著，不知道他發什麼神經。

卻聽得他嘴裡嘟囔著：「前輩啊前輩，我們能力有限，無法帶你回去安葬，千萬千萬莫要埋怨。那隻該死的蝙蝠已經被滅了，希望您看在這點上，保佑咱們一路順風，平平安安開棺發財。您老這口袋裡最好能裝點香煙之類的，也讓胖爺我過過煙癮，阿彌陀佛，太上老君保佑保佑。」

我聽得又好氣又好笑，都什麼人啊！這時候還想著抽煙？走過去一敲他的胖腦袋說道：「說什麼呢這是！你見過古人抽香煙嗎？真多餘啊你！」

魏胖摸了摸腦袋，嘟囔著挖土，「唉！我這不是給憋的嗎？也想找個減輕壓力的法子。」

這個死去的道士裸露的手臂皮膚粗糙，筋骨暴露，腰部以下埋在土裡，佝僂著身子，也不知道是僵化所致，還是本身就是個駝背。他身上有股子古怪的土腥氣，估計生前常年都在古墓裡頭折騰，挖盜洞、撬棺材、撥拉翻弄屍體，因而沾染上去不掉的味道。

蒲老頭說過，這種味道就是把皮搓掉也洗不去，可他們自己卻聞不出來。人死味不散，我們碰到的該是一個百分百的行家裡手。

盜墓的死在了被盜的墓裡，還要給人摸摸衣兜有沒東西，希望無頭老道前輩大人大量，莫怪莫怪！

我和魏胖在無頭道人身上撒了些土，草草掩埋了一下，本來要念佛號，感覺有點不倫不類，改口又念了幾遍太上老君，才算作罷。

隨即我們攙著老嚴，正要舉步上橋，身後卻又傳來一些聲響，不由得停下腳步，凝神靜聽。

已然走過的黑暗中，不同聲音紛至沓來，無數咚咚的沉悶腳步聲、鐵鍊子拖在地上的刮擦聲、飛禽扇動翅膀的呼呼聲，還有熟悉的癩蛤蟆「咕嘎——咕嘎——」叫聲……彷佛車水馬龍的鬧市一般嘈雜！

四人都是舉棋不定，這怎麼回事？

片刻後，只聽汪倩叫道：「水聲！快聽，是不是水聲？」

嘩啦嘩啦的海水聲立刻傳進耳朵裡，我馬上意識到大事不妙：「糟了！看來是林林和福子在外頭打開了金箍牆，海水湧進來了！」

大家都是面如土色，魏胖最著急，一馬當先地奔過石橋，我們也不敢遲疑，連滾帶爬地跟著往石橋的另外一頭衝。回頭再看，海水已經淹沒了剛才埋葬老道屍體的地方，嘩啦嘩啦地順著崖邊流入裂縫裡。

流了一會兒之後，漸漸轉爲稀落，似乎沒有更多的海水湧入。

我遲疑地說道：「會不會是林林他們打開外頭的牆，把第二層甬道灌滿了海水，但看見咱們留下的藍色閃光標誌，就沒有再打開第二道金牆？要是打開的話，三十米的海水壓力，這個地宮必定會毀掉，咱們哪裡還會站在這裡？」

老嚴點點頭道：「我記得小胖拉的那根金絲圓環還在外邊露著，林林這丫頭的心眼又靈活，就算不知道謎語，也能破開第二道門。現在咱們還活著，八成是她真的看到了藍光標記，沒有貿然去開門。」

汪倩皺著眉頭道：「不管林林有沒有打開第二道門，在千百噸海水的巨大壓力下，第二道金牆被壓垮都只是時間問題，除非她能把外頭那堵牆關上。但是我想，她爲了放我們出去，多半不會這麼做。」

我腦中的思緒紛亂如麻，有點陷入絕境的感覺，深吸一口氣道：「不要管那麼多了！諸位，咱們進來的隧道本來是山石所在，就那麼小個兒窟窿，還有周圍的石頭頂著，怕是沒那麼快被海水沖破，抓緊時間辦正事吧！氧氣瓶什麼的潛水裝備可千萬別丟了！」

石橋這邊的世界竟然真的像那幽冥地獄，一片片絮狀的濕霧飄浮在半空，圍繞著我們周身上下，寒意徹骨，冰涼稀濕。地下也不再是金磚鋪設的大道，看來吳國王的黃金也有用完的時候，只是不知道這樣的設計，是不是有什麼特別目的。我們只能步步小心，堤防著了道兒。

絮狀的白霧飄飄蕩蕩，人就如夢遊般前進，一時如夢如幻，茫茫渺渺，渾然不知究竟身處何方。

漸漸的，白霧散開，迎接來人的是一塊巨大山石，底部鑲嵌一個大門，已經完全朽壞，地上脫落著不少大蓋銅釘，一副荒山破廟的光景。到處鴉雀無聲，只有詭異的綠幽幽光芒從門後邊的石頭甬道中照出來，映在周邊的地上。

我小聲地問汪倩：「按照佛經所說，十八層地獄通往六道輪迴的最高天道，是個什麼樣的順序？能看出這破廟有啥說法嗎？」

她則小聲回答我：「六道按順序是地獄道、餓鬼道、畜牲道、人道、修羅道、天道。剛才石橋那頭石碑上，畫的圖案就是模仿地獄道的場景。照我的理解，十八層地獄從痛苦到輕鬆的順序，應該是八熱地獄、八寒地獄、游邊地獄和孤獨地獄。如果吳國王存心把自己的屍骨葬在天道中，我們進入地獄道的第一個考驗，應當是孤獨地獄。」

我有點狐疑地問：「爲啥說是考驗呢？難道這死老鬼想把我們一網打盡，都葬身於他的地宮？」

汪倩搖搖頭說：「我覺得不會，看這個地宮設計得如此雄偉詭異，當年吳王必定下了極大心思，仗著手中無窮的黃金，窮奢極侈地大興土木，把整座大山硬鑿成地下王宮。那道裂縫，我懷疑也是他搞出來的防盜機關。周邊的機關設計其實已經到了人力極限，內部不應該再有什麼害人的東西，咱們一路上碰到的，也就只是毒蟲而已。」

我點點頭，深以爲然。

汪倩又說道：「接下來的遭遇，我想都是昊王的佈局，按照自己的意願搞些祭祀之類的場景，象徵性地營造出一個極樂之地。只要咱們不亂動亂摸，快速通過，應該不會有大麻煩。」

我暗自點頭：「沒錯，就算是昊王給咱搭個戲台吧！小胖同志，你要做好筆記，回去交上來一份地獄遊記給我。老嚴同志呢，你可千萬管好自己的老胳膊老腿，別再一不小心擦槍走火，鬧出啥子麻煩來。」

小心地跨進門後的甬道，裡頭綠幽幽的光芒非常顯眼，卻不是很長，大概幾十米的距離就出來了，站在一個空曠的場地上。

本來以爲沒什麼，環顧四周，我卻幾乎傻眼，內心震驚不已。

兩三米寬的區域內，全都擺滿長短不一的胳膊大腿，橫七豎八擺在一起，有些朽爛到剩個乾骨頭架子，更多的還沒有腐爛，密密麻麻，一個挨一個。遍地骨骼的縫隙間，竄出很多綠色的火苗，有腳面那麼高，照得這個區域幽藍詭異，甚至不用頭燈就能看清周圍的情況。

這些胳膊和腿，恐怕就是被昊王廢棄不用的人殉零件。綠色的火苗則煞是怪異，忽高忽低地燃燒著，卻沒發出一點熱量，無聲無息。難道是鬼火？

這麼說也不太對，鬼火是磷火，大多呈淡黃色，並且散發出一股爛魚味，是骨骼中的磷化氫揮發燃燒而成，不會如這般熊熊燃燒。更何況如此大的一片綠火，若眞是揮發成的，算算時間，早都該熄滅了！

我越看越覺得這不是燃燒的結果，而是一種化學發光現象，從周圍的溫度就可以得到佐證。化學反應中釋放出來的綠火，只是一種可見光，而非熱量。這種「冷火」在自然界中是確實存在的，比如螢火蟲，就是利用一種加速化學反應的螢光素酶，讓儲存在腹部的螢光素與氧氣發生反應，產生亮光。

潛水面罩早已被掀開，幽幽綠火中，彼此的面龐都給反射得陰森可怖，像極了誤闖閻羅王的森羅寶殿，讓人非常不舒服。

腳下是毛茸茸的綠火地毯，可誰都不敢踩上去。天知道有沒有毒？

我從邊緣地帶撿起一根短骨，朝綠火最茂盛的地方拋進去，誰知枯骨和綠火卻毫無反應。難不成，我們眞得從這上面踩著過去？

身後忽然轟隆一聲，把正感到束手無策、毛骨悚然的我們都給嚇了一跳。來了什麼東西嗎？

魏胖急忙退回去看個究竟，其他人也吃驚地跟出去。看清楚了後頭的景象，全都連聲叫苦。

剛剛走過的石橋已消失得無影無蹤，那一聲轟隆就是它墜落的響動。早不塌，晚不塌，人一過來就塌掉，這不是故意要斷我們退路嗎？

沒有其他選擇，要想回去，只能從這棵大樹想辦法了。可是石橋這邊的樹枝比那邊高了很多，估計離地最近的也有三層樓、十米多高。我們有一個女同志，還有個受傷的老同志，再加上攜有沉重的裝備，掛上繩索也很難攀上去，只能做為最後的逃命方案。

再看面前的牌坊，腐朽不堪，隨時都會化爲粉塵。

綜合各方情況來看，我們已經踏上了一條不歸路，要嘛搞定妖樹的主幹，順著樹枝爬回進來的地方，或者把吳王藏在天道中的棺槨翻個底兒掉，找出這廝的秘密，看還有沒有第二條路出去，否則大家一起玩完！

回到綠油油的屍骨堆前面，選了一個火苗較弱一點的方向，沿著邊緣找它的源頭所在。等到了綠火較微弱的地方，一看，卻堆滿了奇形怪狀的石頭疙瘩。

汪倩眼尖，發現最頂上一塊大石，極像石碑上的形狀，看來正是十八層地獄最周邊的孤獨地獄。

我轉念一想，有了主意。

管他什麼孤獨地獄，現在要緊的是不能停下革命步伐，眼前這些石頭疙瘩正好可以拿來鋪路，在屍骨堆上小心點搭一條橋，保準不會被地毯樣的綠火燒著。不到生死關頭，決計不輕易去試探那火。

說幹就幹！魏胖力氣大，搶先搬了一塊長條石頭，小心地往綠火中放。放好後他滿意地退兩步，看著自己的勞動成果，嘴裡說道：「不是我謙虛自己的力氣大，而是這石頭挺奇怪的，感覺這麼大塊頭，卻不怎麼重，好像裡頭是空的。」

話音剛落，大石頭竟從中間訇然裂開，彈射出來一團東西，嚇得我們驚呼出聲，連退好幾步。

那彈射出來的東西停在大家身邊，映著遍地綠光，逐漸散開，原來是一個人，輕飄飄地懸在半空，下頭耷拉著光光的腳丫子，身上從頭到腳披著黃色的紗衣，垂著頭，長頭髮完全遮蓋住臉……

不得了！這是個女鬼！

第34章

游邊地獄

黑霧濃而不散，從藏青色的大門中湧出。
眼見濃烈的蟲海來勢迅猛，
我們誰也不敢大意，
只好原路退向綠瑩瑩的那片石頭，
一時半會束手無策。

這世界上真的有鬼？

我真是不相信自己的眼睛，石頭中怎麼可能藏得住人？而且能懸浮在半空中，不帶一絲活人氣息，不是鬼，又是什麼？

我本是堅定的無神論者，此時猛然看見鬼，頓時覺得腦海裡一片混亂，甚至開始回憶自己這輩子有沒幹什麼壞事，死了可別下地獄受苦之類的亂七八糟事情。

魏胖也是嚇得面無人色，眼睛直勾勾地瞪著。

絮狀白霧流過，一縷縷霧氣把那女鬼那朦朧的身影包裹得真如鬼魅，陰森駭人。我強自定定神，想起師傅蒲老頭曾用他一輩子盜墓的經驗告訴我，這世界上是絕對沒有神鬼的，否則他早就是報應不爽了。我心中冷哼一聲，立刻有了些膽量，倒要看看這廝玩什麼古怪！於是上前一步，揮刀就去刺那女鬼的肚子。

不料一刀刺去，這似人似鬼的東西卻沒有閃避或反抗，而是隨著刀尖倒退幾步，飄向綠油油的火苗上方，人形瞬間變成一張輕飄飄的長方形黃裱符，在綠火上方盤旋片刻，化作一片濃密的黃色飛灰，向四周飄灑開去，大部分落在了枯骨堆裡，再也看不到蹤影。

我心下駭異，這到底是什麼東西？人不人，鬼不鬼的，竟然一碰就化成了符咒飛灰。

我手上還戴著潛水手套，在沒有飄進綠火的粉末裡沾了一下，仔細辨別指頭上沾的碎末。黃顏色的粉碎顆粒是腐朽的紙張粉屑，極像是個假的紙人，在挖空的大石中放了千百年不動，草木本身早已枯散，石頭爆開後飄起來，被我一刺，又給綠火一燒，當即化為灰燼。

心中更是奇怪，我忍不住道：「難道這東西非人非鬼，竟是紙糊的假人？怎麼石頭爆開後，變得這麼大？當初是怎麼放進去的？又為何被我一刺，就又變回了粉粉碎的黃裱紙？」

想起汪倩對於佛經似乎獨有心得，就問她是否知道這是怎麼回事。

她困惑地搖頭道：「我也覺得很奇怪。在隧道發現那個皮子做的黃巾力士時，我就震驚得不行，再看到這個更是不懂了……我真的不知道。」

老嚴忽然介面道：「我或許知道！那召喚黃巾力士的符咒，屬於道家神通，這個也有點像。我以前年輕時走南闖北，曾經親上茅山和嶗山去學道術，雖然人家沒有收我，但也大致知道些皮毛。」

老嚴告訴我們，道家符籙，講究符、咒、印、斗互相結合，其中最常見的符是由圓、螺旋線、臥八字、橫豎斜線、方塊以及寓意深刻漢字語句組合而成，書符秘訣在於天地人三才相配，留人門、絕鬼路。

當中有一種符咒，叫作鎖魂符，可以把一個剛死之人的魂魄拘押在黃紙內，不得超生。這符還必須密封在一個容器內，永遠不能打開，否則魂魄會化成飛灰。

師傅蒲老頭說過：淘沙令，脫甲劍，棺裡棺外鬼畫符。對照來看，符咒的學問想必是脫甲道人的強項，可惜他一輩子也沒學會，雖然見識過脫甲同行神鬼莫測的手段，甚至剪個紙人就能從古墓中將寶貝銜出來，卻只有乾瞪眼羡慕的份兒。

這黃裱符咒如果真是道士所製，究竟是我們埋了的那個盜墓同行所為，還是兇殘的吳王的佈局？難道吳王手下，也有精通此道的專家？再一細想，隋唐直到五代，算是中國歷史上佛道盛行的年代，或許真有些術能通天者，擁有這樣神奇的本事。

汪倩不知想起了什麼，搖搖頭說道：「我覺得，這更像是吳王布下的十八層地獄中的一個，記得孤獨地獄好像就描述有石中藏人的情況。《密宗法義精要》中講道：孤獨地獄中受苦方法無定，主處亦無定，受苦亦無定時，多在偏僻山間，或樹窟海隅，碓磨中，看似不苦，其實苦甚……」

念了一段古文，她接著給我們講了一個典故。

有個高僧正在參禪，見到弟子抱了一塊石頭進來，於是叫住弟子，指著石頭感歎：「可憐！可憐！」

弟子不解，問：「為什麼？」

他說：「這裡頭有一個喇嘛在受苦。」

弟子不信，高僧遂顯出神通，裂開石頭，見一隻青蛙，大小如繡鞋，周身爬滿肉乎乎的小蟲，囁食齧咬，雖受苦卻還未死。

那弟子大驚，高僧解釋道：「此乃一個喇嘛，治病救人後濫受信施，所以受孤獨地獄之苦，卻與我有此一面之緣。」

接著，高僧做三十七壇法事贖其業報，蛙立死。

講完故事，汪倩道：「這個記載中的孤獨地獄，是在人間，大石頭中藏有活蛙，受罪而不死。看我們目前的情況，其實挺接近的。NARAKA翻譯成地獄是不會錯的，雕刻的圖案也明白地指明了，孤獨地獄是一塊大石頭。這石頭裡的黃裱符咒，就是吳王設計的，用來完成他葬身雲端的大計。」

我本來已經有些明白，被汪倩一說，又有點糊塗，腦子裡搭不上線，於是問道：「這麼說來，吳王其實是個佛道雙修的暴君？既然佛道雙修，應該相信因果報應、地獄幽冥的說法，爲何還敢如此兇殘，殘殺這麼多老百姓給他陪葬？他就不怕死後下地獄受苦？要知道，這個傢伙可是能夠造出人間地獄的強人啊！」

說到這裡，我覺得沒有表達清楚自己的意思，又解釋道：「就當這個符咒是吳王手下道士做的鎖魂咒好了，那裡頭鎖的，究竟是一個黃衣女鬼的魂魄，還是拘押了一個人在受苦？咱們就這麼讓它魂飛魄散，化成飛灰，會不會正好中了吳王的什麼奸計？」

其他三人聽了一起搖頭，覺得吳王那老農民不一定有這麼高的覺悟和手段。

膽顫心驚地走過這段綠油油的礦石，我們再次置身一個糟朽不堪的破門之前。藏青色塗料大塊剝落，露出了石頭的本色，不少地方還長滿苔蘚，黑糊糊的。

我突然想起汪倩說過的話，頓時打了一個寒噤，趕緊拽住正準備踹上一腳的魏胖，扭頭問道：「我沒記錯的話，剛才咱們那個算是孤獨地獄的場景，接下來是不是該什麼游邊地獄了？我記得那石碑上刻畫了一群小黑蟲。」

汪倩立刻點頭道：「對！沒錯！咱們是要記住這個線索。十八層地獄都有象徵性的描述，剛經過的石頭代表著孤獨地獄，和雕刻畫上的圖案一模一樣，所以咱們現在要小心的，就是一群黑蟲象徵的游邊地獄。後邊還有一個面貌醜惡的人摟著肩膀哆嗦的，那是八寒地獄，一大團火焰代表的是八熱地獄。」

站在我前邊的魏胖忽然大叫：「不好！大家臥倒！」

只見地道中噴出一團濃濃的黑霧，大夥趕緊低頭、彎下腰，忙不迭地後退。

吳王陰狠狡詐，不知道是我們之中誰碰到了機栝，居然啟動了一個機關。這大團黑霧裡要是藏著無數噬人小蟲，那就糟了。

眞是怕什麼來什麼！黑霧濃而不散，就像凝固的黑色液體，從藏青色的大門中湧出，越噴越多，來勢迅猛。

誰也不敢大意，只好原路退向綠瑩瑩的那片石頭，一時半會束手無策。若是普通的黑色蠓蟲，只需閉住呼吸，硬衝出去即可，然而這黑霧之濃，前所未見，裡頭嗡嗡作響，根本就是無數小蟲聚集在一起所形成的蟲海之霧。

黑霧和那些發出綠光的石頭彷彿有些不對路，逡巡了片刻才一點點瀰漫上來，我們不得不再次後退。

想不到的是，黑蟲接觸到地上的不腐殘肢，立即露出可怖的猙獰面目。

細看之下，我明白過來，黑蟲一旦接觸到血肉之軀就會死亡，溶解成腐蝕的毒液，和被腐蝕的物體融合後，立刻再生出新的黑蟲，繼續侵蝕，所以數量越來越多，地上的殘肢則很快就只剩白森森的骨頭。

黑蟲大軍距離越來越近了！再不想出辦法，四個人馬上就會落入包圍圈中，死無葬身之地！

眼下唯一能慶幸的，是這些黑蟲的飛行速度不快，否則即便是有九條命的貓，此刻也玩完了。

再退出一段距離後，終於退到了絕路上，也就是進來的第一個大門口。要嘛被前邊的黑蟲吃掉，要嘛穿過大門，跳進無底的海溝裡去。實在是山窮水盡，無路可走了！眼看前邊的黑蟲鋪天蓋地，越來越多，嗡嗡聲清晰可聞，我急得渾身是汗，抱住腦袋，苦苦思索。

汪倩道：「不能再退下去了，我看咱們回到斷橋那裡，順著溝邊跑吧！找找還有沒有能用的橋。」

魏胖和老嚴早覺得這裡不能待了，坐立不安，恨不得趕快就走，聽到汪倩這樣一說，頓時覺得有門，連連點頭。

剛站起身，準備接著逃跑，就聽得溝邊傳來一陣轟隆隆的悶響，與此同時，頭頂上也稀稀拉拉地落下碎石和樹枝，有幾塊大的險些砸中人。四個人只好站住腳，驚疑不定地面面相覷。

很快，轟隆隆的悶響過後，從溝邊傳來泥土的垮塌聲。

不好！想不到在這個關鍵時候，被金箍包裹的人工建築出現崩潰的傾向。可想而知，肯定和留在外邊的人有關。

怎麼辦？前方的黑色蟲海一步步逼近，後方又亂成一鍋粥，頭頂上更是不妙，崩落的碎石和樹枝，也不知道是從多高的地方落下來的，數量越來越多，讓人陷入進退兩難的絕境。

舉目四顧，想不出怎麼躲過這一劫。難不成就這麼葬身此地？

地面的垮塌是從那條深溝開始的，一點點接近目前的立足之地。黑色蟲海似乎也感應到了危險，放緩了進逼的步伐。但我們依然被夾在中間，走投無路。

魏胖有些氣急敗壞，一屁股坐在地上叫道：「這他娘的可如何是好？老丁，你倒是趕緊想想辦法，啥都別說了，趕緊離開這兒！」

我苦笑著說：「我又不是神仙，哪裡想得到會出現這種局面？」

話音剛落，轟隆一聲，離得很近的一大塊地面又塌了下去，跟冰山崩塌沉入海中一樣發出巨響，空氣立刻變得渾濁。

塵埃落定之後，老嚴忽地大叫：「快看！這下頭有東西！」

垮塌的地面，出現一個幽深狹小的通道入口。也不是我們眼力特別好，而是通道從裡往外瀰漫出一道詭異的暗紅色亮光，在黑暗中十分顯眼，一下就能發現。

伴隨著紅光的瀰漫，黑霧中的蟲海好像發現了新的目標，嗡嗡聲猛然加大，一聽就知，正朝我們所在的方向撲。

斯時斯景，根本沒有第二個選擇，四人幾乎和受驚的兔子一樣跳起，飛快地鑽進幽深曲折的洞穴中，彎著腰，抓緊時間往前跑。

第35章

走錯路

跑沒多遠，我感覺到奇怪。

從懸崖上面看下來，這裡距離也就百多米，

怎麼走了將近半小時，還是沒看到那坑的影？

難道在什麼地方走岔了？

魏胖打頭，其後是老嚴和汪倩，我走在最後壓陣。

通道中非常乾燥，壓根不像我預計的那樣潮濕，不過也沒時間去留意四周，只是在慌亂之中，藉著昏暗的紅光，稍微瞅了一下自己的腳底。下面盡是些大石條鋪就的台階路，階梯並非筆直，而是斜斜地向上延伸。

猛跑一陣之後，心裡越來越是狐疑，照這個角度走下去，豈不是要置身海水中了？我可不相信被雙層金箍板圍起來的地方有這麼遼闊。黑蟲並沒有追著飛進通道中，我於是上氣不接下氣地喊住在前頭猛跑的魏胖，要他停下來歇歇。

他在前邊回道：「快走吧！前面就出去了。老丁，你跟上！」

我搖搖頭，只好接著往前跑。此時已經極度疲憊了，腦袋不時磕碰到低矮的石頂，到後來根本是頭暈眼花，只憑著本能往前。

高一腳低一腳又走了大概二十米，我突然踩了個空，只覺旁邊有人伸手來抓，卻沒有抓住，撲通一聲栽進一個水坑裡。

這坑倒是一點都不深，只那裡頭積存的一汪水冰涼刺骨。我被冷水一激，反倒清醒過來，手忙腳亂地爬起，一個勁地抹臉。

抬頭一看，老嚴、魏胖和汪倩都站在我前邊，一個個趴低身子往前，不知在看什麼，很是專心，全神貫注。

原本就瀰漫得到處都是的紅光，在這兒更顯得明亮。

我又清理了一下臉上的泥水，走過去一看，發現前面是一個懸崖。藉著紅光，下面的情景完整地顯現出來。

我一開始還沒明白自己看到了什麼，等回過神來想清楚，腦子立刻發懵，張大著嘴巴，幾乎不敢相信自己的眼睛。

懸崖下面五六米的地方，是一個寬闊的大廳，密密麻麻擺滿了烏黑的棺材，一口挨著一口，有些地方還摞起來好幾層，估計數量足有上千個，瞧起來非常壯觀！

「這……這他娘的到底是什麼地方？」我驚歎道。

半晌沒人接我的話茬，最後還是汪倩緩緩說道：「我看，這裡很可能是昊人的集體葬洞。這些棺材數量驚人，估計已經有千百年歷史，很多腐爛成了泥土，根本不像有人來過的樣子，除了住在此地的昊人，還能有什麼人跑這麼遠，把親人埋葬到這兒？」

我歎口氣說道：「亂了！全亂套了！看來咱們是走錯了路……這麼一瞎跑，肯定不可能再經過什麼八寒地獄、八熱地獄了，鬼知道地底下還藏這樣一大塊地方！恐怕那幾個死掉的盜墓前輩都沒發現。」

汪倩無聲地點點頭：「走錯了就走錯了吧！說不定咱們這麼誤打誤撞的，剛好能破昊王的奸計，平平安安地逃出去呢！只是挺奇怪，爲什麼整個洞裡全是棺材，唯獨發光那一塊沒有擺放？是當時的人們特意而為，還是吳王又搞出了什麼陷阱？我是真有點擔心這個老國王了。」

魏胖叫道：「等等！你們看那兒！中間那兒，似乎有個什麼東西？好像紅光就是從那裡發出來的！」

順著他手指的方向，定睛一瞧，真看到一塊沒有堆放任何棺材的空地，凹陷下去好大一塊，有一間房那麼大的面積，紅光在那裡顯得最為明亮。

半天沒吱聲的老嚴，這會卻冷不防地介面說道：「我知道……我知道那是什麼！」

我們三個人都疑惑地轉過頭來看他，「你真的知道？不可能吧！」

老嚴緩緩說道：「其實很好猜。你們先看這紅光，想想，為什麼會有這樣的光亮？既不是火把發出的，也不像什麼磷硝之類的易燃物，和我們在外邊剛見過那種礦石的綠色冷光也不同，如此還猜不出？」

我腦子一轉，有點猜到老嚴說話的意思，「哦！你是說，這紅光很有可能是寶石發出的？」

魏胖不相信地搓著手說道：「有這麼大的寶石嗎？老丁，你可千萬別信口開河。」

說著就趴低身子，想尋找下去的路。懸崖並不是很高，下面又有無數的棺材墊底，想下去並不是非常困難的一件事。

我趕緊攔住他：「別！你可別衝動！別忘了老吳王是把那紅寶石吞在肚子裡，然後葬於雲端的。我怎看這地兒，都不像是什麼雲端的美妙天宮。」

老嚴說道：「是啊！我開始也這麼懷疑，不過剛才咱們這一陣兒猛跑，有點往上走的感覺。也就是說，這條石頭洞的角度，是朝著海平面去的。」

我和魏胖點點頭，感覺起來還眞是這麼回事。汪倩在旁邊插口道：「你們仔細看了沒有？下頭這些棺材的擺放，好像有一種規律。」

我暫時放下老嚴的說法，再次仔細看這一大片不下千具的糟朽棺材，難道眞有什麼規律不成？

不看還好，越看越是震驚，上千個棺材的分佈，還眞有那麼一點規律。從我的角度看過去，最下面是鋪了一層做底沒錯，可是摞在上面的棺材就不是隨便亂放的了，如果我沒想錯，它們是按照北斗七星的樣式，排成一幅巨大的星圖！

尤其讓人意外的是，跟著又發現好幾處沒有擺放棺材的地方，恰恰就是七星的位置，但只有最先看出來的那個點往外發出紅光，其他六塊空位就是單純的凹陷下去一塊，黑糊糊的不發光。

莫非這不是吳人的墓地，而是什麼儀式或象徵？

我拍拍腦袋，下了決定：「走！咱們還是過去看看吧！這兒如此冷清，想必沒有什麼危險。」

老嚴他們都毫不遲疑地同意，其實除了往前走，我們也沒有第二選擇。外頭肯定發生了翻天覆地的變化，想要順著原路返回，幾乎是不可能的事。

要到達那塊空地，無可避免得下到懸崖下面，從棺材中穿過。看看棺材間隙，大概可以容下一個人走動，到那塊平地的距離也就是百米左右，不是很難。

問題是，如何爬下這五六米高的懸崖？我們的裝備幾乎不剩什麼，徒手下去的危險還是很大。

將各自攜帶的東西翻出來，找找有沒什麼可以利用的，但是包裡除了潛水用具之外，連食物都沒有，最多的倒是一些魚槍和刀子類的武器，繩索則是一根也無。

沒有繩子，下懸崖是有危險的，萬一前邊是條絕路，怎麼上來更是個難題。

魏胖跑過去試了試，回來說道：「沒事，能爬！看著光禿禿的，不過有很多地方落腳，大夥小心一點，不是不可能。」

我估摸了一下時間，從打開金箍板鑽進來開始，已經過了至少六個小時，再不抓緊時間，這座封在海底的建築早晚會崩塌，到那時咱們幾個可就一鍋燴了，誰也跑不出去。

背起僅剩下的一點裝備，各自準備完畢，就開始嘗試著向下攀爬。對於現在這種自找的麻煩，誰也沒話好說，只能一步一步緩慢地將身體向懸崖下爬去，其他就看老天爺安排了。

這一路爬得很艱苦，有幾次我幾乎從懸崖上滑落下去，但是總體來看，魏胖說得沒有錯，懸崖雖然陡峭，但不難攀爬。汪倩這女同志也有驚無險地爬了下來，只不過費了點時間而已。

大概足足花了半小時的工夫，我的腳才踩到了久違的地面，然後一個個就陸續站在了底下的棺材頂上。

身處棺材的包圍之中，感覺並沒有從上面俯視那麼壯觀，而且非常不愉快。這些一頭大、一頭小的棺材，常年累月擺在這兒，每個都呈現出霉變的黑色，空氣中更是瀰漫著極濃的霉味，還有一些渣滓樣的浮土撲騰，搞得到處都是烏糟糟的。

棺材間，一條條小徑四通八達，站在黑影裡，紅光照不到的地方，只能看到幾米外，再遠就看不到了。味道實在太難聞，我琢磨著待太久可能會有中毒的危險，馬上招呼他們開路。

魏胖還有點想打開幾個棺材翻翻的意思，被我和老嚴一起嚴厲制止。此刻前途未卜，開棺發財的閒事還是免了罷。眼下最重要的，是跑到前面紅光迸射的地方。可不能這麼不識大體，揣一兜子陪葬物品死在這兒。

沿著小徑向前走去，兩邊是一排又一排的棺材，洞穴的底兒走著並不踏實，顫悠悠的，隨時像要塌掉。想起這些黑色的泥土樣東西，可能都是屍骨與腐爛的棺材混合而成，就覺心裡陣陣發寒。

走了一會兒，紅光轉為明亮，大家加快腳步，開始向前小跑。不過，跑沒多遠，我開始感覺到奇怪。從懸崖上面看下來，這裡距離也就百多米，怎麼走了將近半小時，還是沒看到那坑的影？難道在什麼地方走岔了？

又向前跑了一會兒，前後還是只能看到棺材，再遠的地方就是一片黑濛濛的。我不由停下腳步，哀歎一聲：「這下子失算了！沒有想到底下的視野被限制，哪兒看來都是一樣，根本不知道跑到哪個角落裡去。咱們是不是又走錯路了？」

站在黑影裡，魏胖惱怒地使勁踢了一腳身邊的一個棺材，馬上就聽一陣陣鉸鍊咬合的詭異動靜傳來，卻不知是什麼在作怪。

我狐疑地招呼所有人停下腳步，叮囑他們千萬別再莽撞地去亂動任何東西，萬一踩中害人的機關，在這種亂棺材堆裡，幾個大活人可是吃不了兜著走。

老嚴擰亮一枝螢光棒，對著遠端甩了過去。熒綠之色頓時跟黯淡紅光一起亮起來，把週遭照了個一清二楚。

前頭的黑棺材堆中，隨著鉸鍊的咯吱聲，竟悄悄凹陷進去幾個黑窟窿，從裡頭伸出數排弩箭，平平地直對著我們。

這情景讓我嚇得一哆嗦。弩箭是最常用的護墓手段，有時箭頭帶火或是染毒，殺傷範圍和威力就更大。最陰險的是在棺材內部裝上暗弩，讓開棺者猝不及防，立斃當場。

這裡地形非常不利，把如此厲害的弩箭鋪設在如此狹窄的墓道中，叫人無處躲藏。實在太頭大了！我忍不住揪住魏胖臭罵：「都是你丫的亂動！這下倒好，咱們要被射成幾個刺蝟了！還他娘的不趕緊退，木頭一樣杵在這兒，找死啊？」

話才說完，下一瞬，數排推出來的弩箭已擊射而出，中間根本不容人有思考反應的餘地。

亂箭恰似群蜂出巢一般撲面，聲勢格外驚人。魏胖一開始被突如其來的變化驚得一愣，跟著就醒過神來，瞅著射來的弩箭，竟然大吼一聲，使出蠻力把身邊的一具棺材掀了起來，蓋子剛好豎在身前，擋住大部分激射而至的箭矢。

饒是如此，老嚴的腿上還是中了一箭，唉喲一聲坐在了地上，滾到魏胖身後，疼得齜牙咧嘴。

我拉住汪倩，也學著老嚴趴低身子，讓魏胖在前邊用棺材板擋那箭矢，心說弩箭構造簡單，又容易隱蔽偽裝，雖然厲害，卻能遮能擋，最關鍵的是數量有限，射完也就沒了，再咬牙撐得片刻，自然可以安然無恙。

然而天不從人願，這幾排弩箭似乎無窮無盡，箭出如雨，始終不見勢頭減弱。鉸鍊的咯吱聲不停想起，似乎是射完之後就有新的弩箭伸出來再發，直打得魏胖不停後退，棺材板更是梆梆梆梆響個不停。

被擋落的亂箭在地面上越積越多，我抓過一枝細看，才知道天可憐見的，這些弩箭已經糟朽不堪，後面的箭桿好多都斷成兩截，箭頭也都生銹。幸虧這樣，那扇一人高的棺材板才能擋住。

不過，又轉念一想，這種生銹的箭矢更容易感染致命，也不知道塗抹了什麼毒藥沒有？不由自主替老嚴捏了一把汗。

就這麼一步步後退，直到幾十步遠，眼看就要離開弩箭擊射的範圍了，我暗暗長出一口氣，心下慶幸。

一口氣還沒吐完呢！就聽退路盡頭的黑暗中，發出一陣隆隆的倒塌悶響，似乎有金屬互相碰撞，更夾雜有鐵鍊互相拉伸的動靜。聽起來，極像有什麼更恐怖的大型機關在啓動。我不禁萬念俱灰，長嘆道：「這下玩大了！眞是人要倒了楣，連他媽喝口涼水都塞牙！」

卷八

銅人的力量

紫色的樹狀閃電劈在了青銅柱子上，白胖的屍首化為飛灰。屍體腹中果然真有一塊巨大的紅色寶石，但隨即也被劈成無數顆粒，漫空飄灑。

第36章

七星棺場

我被嚇得魂飛魄散，使出了吃奶的力氣拚命掙扎。抬起頭，忽然看到金屍的脖子中掛了個小小的墜飾，模樣非常眼熟，和七星銅人很相似。

還沒等我聽清楚那鐵鍊聲是什麼意思，就聽到轟隆隆的悶響越來越近，轉瞬便來到面前。昏暗的光線中，暗處衝來一匹高大的駿馬，渾身都是銅銹蝕的掉渣，方向卻直直地向前。看它的腳下，竟然不是馬蹄，而是裝了四個金屬製成的輪子，嘎吱嘎吱地飛快轉動。

銅馬很是沉重，衝擊之勢凌厲非凡，定然是被機關鉸鍊彈射出來，才看清楚是個什麼東西，已經離得非常近了。看那兇猛的勁頭，如果不能阻止它，勢必要把我們撞得人仰馬翻。

眞沒想到這個棺材大陣中機關重重，埋伏有這麼多惡毒的陷阱，歷經千百年，還沒有被歲月侵蝕破壞掉。

狹窄的通道寬度不到兩米，沒有任何可以閃躲的餘地，魏胖在前邊抵擋逐漸稀少的弩箭，老嚴蜷縮在地上動彈不得，看看汪倩一個姑娘家，也幫不上什麼忙，千鈞重擔頓時壓到了我的身上。

人急了拚命，狗急了跳牆。我急中生智，忽然有了一個對策。

眼光一掃，看到身邊一個破爛棺材沒了蓋子，立刻伸手進去拖出一具枯骨，二話不說就迎上去，對準直奔過來的銅馬，口裡大喝一聲：「魏胖，小心了！」

瞅了瞅角度，那銅馬剛奔到身邊，我趴低身子，使勁一塞。幸好抓住的枯骨還沒化成灰，攥在手掌中的正是一根大腿骨，這一使勁，硬生生地卡在銅馬的腳輪子裡。就聽「啰嚓」一聲，腿骨斷成兩截，銅馬的輪子則被撬得掉下來一個。

再好的設計，畢竟在漫長的歲月裡銹蝕掉了。我不由得長出了一口氣，看著那銅馬緩緩地從身邊滑過去，轟隆隆歪倒在地，慶幸逃過了一劫。

弩箭也終於變得稀稀拉拉了，魏胖在後邊高興地叫道：「老丁，你再撐一會兒！要是還有敵人來犯，你就像挑滑車一樣，全都給我掀翻了！」

我沒好氣地罵道：「夾住你那烏鴉嘴！再來一個，咱們就得全部玩完！」

話音剛落，突然有人在肩膀上輕輕拍了一下。

魏國、老嚴和汪倩都在眼前，很明顯，拍我肩膀的人，不是和我們一夥的！

我僵硬著身子不敢動了，剛才明明沒看見銅馬上有人啊！轉念一想，也很難說，那銅馬很高大，上頭又很黑，就算有個人騎在上面，一時沒瞧見也很可能。

拍我肩膀的手卻沒有拿開，跟著飛快地捏住我的脖子，逐漸收緊了力道，向半空中提，登時讓我說不出話來，雙腳慢慢離開地面，只能無力地踢蹬。

更加讓人痛苦的是，魏胖他們三個竟然都沒有注意到我的窘況，因爲我剛好站在黑影裡。只聽得汪倩道：「老丁，你躲黑影裡幹啥呢？趕緊過來，小心給箭射中了。老嚴情況很不妙，快來看看！」

我是有苦說不出，捏住我脖子的，分明是一雙冰涼刺骨的人手，那力氣大得出奇，根本掙脫不開，也說不出話來，喉嚨裡只來得及咕嘟一聲，整個人就要因爲缺氧而徹底昏過去。

內心哀歎起來，難道這兒就是我的歸天之地？也太窩囊了！無聲無息地死掉，眞他娘憋屈啊！

沒想到的是，在我馬上昏過去的的當口，那手竟然慢慢鬆開。跟著，我就感覺到那手掌從喉嚨的地方摸下來，使勁摁在了胸口上，在淘沙令和七星銅人的位置停下來，輕輕摩挲。

我終於看清了這隻手的模樣，滿布鱗片，泛著金光，所有的鱗片都是從手指尖的地方向胳膊上倒著長。而這怪異的鱗片，和我脖子裡那個淘沙令非常相似。我沒說的，根本就是同一種東西！

蒲老頭說過，淘沙令用的材料就是金屍鱗片，如此說來，我豈不是碰上了一個成了精的千年金屍？

汪倩和魏胖終於覺察到蹊蹺，不言聲地靠過來。

這個手掌的主人沒有因爲他倆的靠近而躲開，而是用一隻手指摁住我的胸口，飛快地轉到我前邊。那古怪的形象，頓時讓我失聲叫出來。

我還是第一次看到傳說中的金屍，不過模樣比殭屍和血屍要好看許多，渾身長滿了金光燦燦的梯形鱗片，身材也不是那麼乾枯瘦削，要勻稱許多，唯一恐怖的是臉上的五官，就是五個黑窟窿。從我的角度望過去，只能見到這東西直勾勾地看著我的胸口。

魏胖忍不住了，大吼一聲，拎著棺材板撲上來。

金屍的動作很快，使勁一推就把我按在了道旁的棺材上，讓我的上半身向後仰著，把整個胸口都暴露出來，卻是堪堪避過了魏胖那勢大力沉的一擊。

刺啦一聲，金屍用長長的指甲一撕，我胸口一涼，立刻感覺到衣服破了，這東西的手指接著使勁摸了幾下。

不好！他娘的難道要掏我的心肝出來？

我被嚇得魂飛魄散，使出吃奶的力氣拚命掙扎。抬起頭，忽然看到金屍的脖子中掛了個小小的墜飾，在眼前直晃悠，模樣非常眼熟，和七星銅人很相似，想也沒想，伸手便攥在了掌心。

魏胖的第二下又砸了過來，這次那金屍沒反抗，也沒躲避，縱身一跳放開了我，幾步竄入黑暗中。

我渾身大汗淋漓，一屁股坐在地上，咳個不停。

魏胖愣愣地站在我面前，狐疑地叫道：「老丁，你不得了啊！在這種地方都還能碰到熟人！這東西居然和你套近乎？」

說實話，我心裡也是吃驚不小，壓根想不到厲害的金屍會放過我，居然沒取我的小命。用手掩住被撕開的胸口，手指摸到心窩處，感覺有點異常，心裡一動，再一摸。我操！我的胸口什麼時候長出了兩枚硬硬的鱗片？

這肯定不是那東西不小心掉下來的，因爲已牢牢地嵌進皮膚裡。也不可能是剛剛才長出來的東西……難怪最近這幾天一直覺得胸口堵得慌，還時不時地發癢！

我呆呆地坐在地上，魏胖仍在警惕地道：「老丁，你倒是說句話啊！別他娘的不吭氣兒，老子都不敢靠近你了！」

我苦笑著說道：「沒事，我還沒有喘過氣來。」

汪倩和魏胖聞言立即走上來，一左一右地扶起我。我這才感覺到另一隻手的掌心捏著個硬硬的東西，舉起來一看，是一枚和七星銅人非常相似的雕像。

魏胖詫異地道：「你怎麼把這東西取了下來？難道是這玩意兒救了你的命？」

我搖搖頭，「不是，這不是我脖子裡那一個，是從剛才那東西身上扯下來的。」從脖子裡翻出我自己的那一枚七星銅人，兩個擱在一起，這麼一比，心裡便若明若暗地知道了事情的原委。

唐朝安史之亂中的叛將史思明，最先擁有這兩枚七星銅人，一陰一陽，死後被黃巢搶走了七星陽人。黃巢敗亡後，七星陽人下落不明，師傅蒲老頭推斷是藏在明朝的十三陵中，此刻卻現身於此。

我脖子上掛著的是七星陰人，因爲被史思明融入了體內，才沒給黃巢弄走，文革中陰錯陽差地落在了我手中，如今，在大洋深處和另外一半重逢。

回想當年，那個老屍因爲失去七星陰人的鎮壓，狂性大發，從殭屍變爲血屍，我則很不走運地中了屍鬃劇毒。蒲亭辰救下我的時候，沒想到老屍有變化，還以爲只是殭屍的禍害，因而只按照老法子治我。直到我後來上山下鄉，他才發現自己粗心犯下了錯誤，追悔莫及，又無計可施，便在臨死前把珍藏的淘沙令留下，希望能夠延緩屍鬃發作。

不得不說，我確實屬於極度倒楣的人物，做起了古玩生意後，收到的那個金絲楠木櫃子，沾染有定陵的極陰怨氣，激發身上劇毒。自打那時起，身上就出現屍變的徵兆，只是依靠辟邪寶貝的壓制，才沒有迷失本性。但即便如此，也好幾次碰上幻覺與怪夢。

弄不好，剛才那個千年金屍，就是聞到了我身上的味道，誤以爲我是它的同類，這才放過我。

想到這裡，渾身出了一層白毛汗。照這個嚴絲合縫的推斷判斷，自己是當仁不讓的命不久矣了！

對上魏國和汪倩關心的眼神，我苦笑道：「好了，別這麼看我，一時半會死不了的。

去去去！該幹什麼就幹什麼去！」

魏國使勁拍了一下我肩膀，笑道：「我就知道你老胳膊老腿的爛命一條，沒這麼容易掛掉的！沒事就好……前面不放箭了，咱們接著過去，趕緊了！」

我把新得到的銅人也掛在了脖子上，把衣服掖進了腰裡，說什麼也不能讓他們看到胸口長出的鱗片。不是我存心隱瞞，而是蒲老頭曾說，把這兩枚銅人合在一起，會引起驚天動地的變化，說不定能治好我身上的毒，既然如此，何必此時暴露出來，掰屁股招風自找麻煩？

要不是現在身處危險之中，又不確定兩枚銅人合一之後，到底會發生什麼後果，我真恨不得直接坐下來做試驗，弄個清楚。

這時，老嚴忽然在地上哼唧了一聲，我們才想起來他剛才中了箭傷。奔到跟前一看，一枝長箭把他的小腿肚子射了個對穿，趕忙問他有沒有什麼麻癢或者腫脹的感覺。他搖搖頭，苦著臉，說只是疼，不像是中毒的感覺。

我和魏胖仔細看了看傷口，流出來的血還不是黑色，知道箭上無毒，才算放下了一點心，這傷等回去後，去醫院打幾針破傷風，也就完事了。

只是，目前想帶著他離開，倒是有一定難度。他的小腿肉裡帶著根鐵箭，決計是走不成路的。

老嚴的眼裡充滿了求生的渴望，可他也知道，我們這三人都不是他的死黨，所以不敢說一句硬話，只是眼巴巴地看著我，無聲哀求。

看著他的眼神，我一下子明白了他打的是什麼主意——芝筋！

茗屍草雖然沒了，可在那之前，我先弄了好幾根芝筋密封在塑膠袋中。這東西確實是止血生肌的寶貝，難道此刻要用在這老東西身上？

左思右想好一會兒，經過激烈的思想鬥爭，我終於長歎一聲，放棄留住寶貝的念頭。人命關天，還是先救得一個算一個吧！

魏胖雖然愛財，可此刻對我的決定，倒也表示了無聲的支持。於是，我倆掏出刀子，摁住老嚴，叫他別動，小心地把箭矢割斷，取出茗屍草的芝筋，按了上去。

挺神奇的！這麼一折騰，傷口立刻止住了血。老嚴接著站起來試了試，真可以一瘸一拐地勉強走路了，四個人不由大喜。

可歡喜沒有半分鐘，我們又一起叫一聲不好！

黑暗中，再度傳來鉸鍊機栝的聲響。

魏國怪叫道：「這還沒完了不是？又來！他娘的吳王這個狗地主，老子今天不燒了他這個破地兒就不姓魏！」

說歸說，我們還是趕緊逃跑。儘管這狹窄的通道內翻倒了一隻銅馬，堵住了道路，但是誰也不敢確定，銅馬上會不會還騎什麼怪物。更別說剛才離開的那金屍了，萬一回去後一拍腦袋，回過神來，跟著再跑來搗亂，那可是大件事！

唯一慶幸的是老嚴腿上的箭傷痊癒得非常快，雖然還有點一拐一拐的，但已經沒了什麼大礙。

手忙腳亂地跑了一會兒，剛拐過一道彎兒，我就發現有條岔路上的紅光非常明亮，頓時驚喜地叫出聲來：「謝天謝地，找到了地方！」

誰知話才說完，腳下猛地一空，幾個人就像下餃子一樣，撲通撲通，全都掉進了紅光裡面。

第 37 章

平衡

真是屋漏偏逢連夜雨！

棺材板竟然啈嚓一下斷掉，

順著裂縫就掉了下去。

剛衝到正中間的我頓時愣住，

緊接著便順著地板搖晃起來，穩不住平衡。

爬起身，我們個個摔得七葷八素，藉著光線一打量，立刻叫了一聲苦。

原來這裡眞的是個方形的大坑，坑邊距離上頭有一人高，紅光是從腳下照射上來，顯而易見，下頭是空的。可是，下頭怎會是空的呢？那我們腳下站著的是什麼東西？

狐疑地蹲下身子去看，剛看清楚這是個極大塊的金屬板，立時覺得一陣天旋地轉，好像整個世界都要傾覆的感覺。

魏胖在旁邊大叫道：「這他娘什麼鬼東西？要翻船了！」

老嚴面如土色地道：「我看這是個翻板陷阱啊！眞要是翻過來，咱們可就全給扣底下了！」

我趕緊站起身，就見四個人都隨著腳下的金屬板左搖右晃，一個個站立不穩，而地板眼看著就要翻過來，心下發急，連忙叫道：「都別慌！千萬別亂跑！聽我的，一人跑去一個角，小心別掉進縫裡去！」

其他三人正著急，聽我這麼一說，急忙照辦，各自朝就近的一個角落跑。

四個人分站在四個角落，算是讓腳下的地板又恢復了平衡，不再左右搖晃。可是咯吱吱的金屬碰撞聲，仍不斷頭地響起。

我喊道：「你們怎麼樣？先別動，讓地板穩定下來再說！趕緊聽聽是哪兒在發出聲音……魏胖，你試試看有多高，能不能爬上去？」

魏胖遠遠答應一聲，我就感覺腳下地板晃了一下，顯而易見是他在摸高，試探能否從坑邊爬上去。

很快就聽見傳來他的咒罵：「不行，地板和牆之間有條大裂縫，根本搆不著！」

老嚴也帶著哭腔喊道：「小魏，你可別再蹦了，你一跳起來，我這頭就往下陷啊！你不站在地板上，我們三個肯定會把板子踩翻的！」

我叫道：「都別吵！聽出來機關在哪兒了嗎？」

大家都不再說話，我凝神一聽，發現金屬的摩擦聲是從地板的正中央傳來，腳下再試著一用勁，嘎吱嘎吱的摩擦聲更加明顯。

沒有聽錯的話，我們應該是站在一個四角懸空的大鐵板上，地板的正中央下頭，是個柱子樣的東西在撐著。一旦四個角的重量不平均，這大鐵板就會翻轉，把站在上頭的人翻到下頭的紅光裡去。

極其緩慢地蹲低身子，我摳住大鐵板的邊緣，往下面的裂縫張望，想弄明白這地板一旦翻了，咱們會掉到什麼樣的地方去。

裂縫裡的紅光更加刺眼，從黑暗中往下張望，根本看不到下頭是什麼，只是隱約知道很深，似乎還有水花的聲響。

站起身，四人在紅光中苦思良策。這要如何脫身？

時間在一分一秒中過去，汪倩終於遲疑了一下，開口說道：「我有個辦法，不知道能否行得通？」

我心裡燃起一絲希望，忙道：「快說！快說！說出來聽聽！」

她道：「先兩個人會合在一起，也就是說，不再站四個角了，站成兩個角，應該也可以維持平衡。只是會合的過程中，步子要慢一點，還要同時行動。」

我點頭道：「那好！汪倩，妳站那兒別動，我走到妳那兒去。魏胖，你也動動，往老嚴那兒走，咱倆一起……記住了，慢點，千萬別猛跑！」

腳下又是一陣搖晃，但沒有傾覆，我和汪倩、魏胖和老嚴，成功地會合到了一起，站成對角線位置。

地板果眞維持了平衡。

汪倩接著再道：「現在，咱們就要冒個險了。我是這樣想的，剛才小魏不是說，搆不著那個坑邊兒嗎？如果現在讓老嚴慢慢向我們這邊靠近，小魏留在那位置上，他那一頭自然會像翹翹板一樣翹起來，那就搆得著了。」

我一拍大腿：「照啊！等魏胖爬上去後，再讓老嚴過去，咱倆把他壓起來，小魏在上頭，還可以抓住他上去……啊呀！還是不行，最後一個人怎麼辦？」

汪倩道：「這樣的話，倒數第二個人只能是我了，因爲我比較輕，你一個人能壓得動我。老嚴不能留最後，他的腿還不方便。最後一個人可以先站在中間，然後從一頭猛然跑向另一頭，上面的人搭個人梯抓住，不過，確實挺危險的，萬一失手就麻煩了。」

我又思想鬥爭了好半天，咬咬牙，下定決心，「行了，就這麼辦吧！魏胖，你先上，咱們這四個人也就屬你有勁，先上去可以幫忙拉人。我就留最後吧！唉！我不入地獄，誰入地獄？」

一切計議停當，老嚴慢慢沿著對角線向我們走來，果然，剛走過正中間，魏胖那頭就開始翹起來。還行，幅度緩緩的，有著個韌勁，他小子的身手也還不錯，使勁一跳，登時攀到了坑邊，手腳並用地爬了上去。

我趕緊推老嚴一把，讓他快點跑過去把那頭壓下來，汪倩跟著走到了正中間，讓晃動的地板再次保持住平衡。

想不到魏胖這廝的腦筋兒還算好使，上去後叫我們稍等片刻，自個兒轉身跑去搬了一塊還算結實的棺材板拋下來，要老嚴豎著搭在裂縫之上，成一個可以跑上去的斜坡。

我一看，精神一振。這他娘就省力多了，只要小心一點，悠著勁兒，我就算是最後一個也完全可以跑上去。更何況他們三個都在上頭，應該能拉住我的手臂。

老嚴上去後，汪倩跑了過去，她體重比我輕很多，藉著一衝之力就跑上了斜坡，牢牢地被魏胖和老嚴抓住。

美中不足的事情卻在此時發生！那塊棺材板在承受兩次重壓之後，竟然咔嚓一下斷掉，順著裂縫就掉了下去。剛衝到正中間的我頓時愣住，緊接著便順著地板左搖右晃起來，心慌意亂，穩不住平衡。

眞是屋漏偏逢連夜雨啊！上頭的魏胖忙著回頭去找更結實的棺材板，我已經一個踉蹌跌倒在地，順著傾斜的地板朝裂縫滾了過去。

大事不妙！我驚叫一聲，死命摳住地板上的一個裂縫，穩定住身形，然後往翹起來的一頭拚命爬。

總算是謝天謝地，費了九牛二虎之力，終於再次穩定住這塊碩大的鐵板，不過卻再也恢復不了之前的微妙平衡狀態，不時左右搖晃，看起來隨時要完蛋。

我這時已經顧不上什麼冷靜和風度了，著急地衝上頭大喊道：「魏胖，你小子幹嘛去了？趕緊來搭把手啊！我他娘的要玩完了！」

沒想到，他的聲音比我還要驚慌，「老丁，你先別急著上來，鬧不好我們還要跳下來呢！」

我不停地挪動腳步，勉強維持住左右亂晃的地板，大吼道：「說什麼屁話！再不幫手，老子就要翻船了！」

緊接著卻聽到汪倩帶著哭腔的嗓音：「這上頭的屍體全都活過來了……我們幾個也

是走投無路啊！」

啊！什麼？不會吧？

魏胖再次叫道：「他娘的不知道怎麼回事，棺材全都掀了蓋子，不停有東西圍過來！狗日的！還有蛤蟆叫呢！老丁，跟咱們當紅衛兵時候碰到那血屍一個樣！這下眞的是完蛋了！」

我一聽，急得一頭汗，也不知道上頭到底怎麼回事，只聽得乒乒乒乒的打鬥聲不停響起，裡頭還夾雜熟悉的血屍叫聲「咕嘎——咕嘎——」，總之，徹底亂成了一鍋粥。

呼！

忽然間，有個東西擦著腦門跳了下來。

我開始還以爲是魏胖掉下來，趕緊伸手去扶，沒想到卻是一個被削去半邊腦殼的骷髏，頓時嚇得一哆嗦，一腳遠遠踢開。

這一踢可就壞了！腳下用勁過猛，再也穩不住本來就亂搖的地板。

呼！

又是一聲，這回卻不是骷髏掉下來，而是地板的一頭高高翹起。抓準那一剎那，我拚命跑到翹起來的那頭，想要跳上坑邊的熱鬧戰場。

很遺憾，仍差了那麼一點，我還是構不著坑邊。裂縫太寬，讓我不敢凌空跳過去。

這麼一猶豫，地板終於整個翻了，開始滑落，只聽「哢嚓——咯吱——哐啷——」的一陣亂響，碩大的鐵板不停碰撞、刮擦沿途石壁，向著下頭的深淵急速墜落。

走投無路的我，生死關頭卻福至心靈地看準時機，在鐵板墜落的瞬間，冒險跳向中間，也就是支撐鐵板的中心，先前一直留意細聽的機關所在。

不出所料，這塊懸浮的翻板下面，有一根粗大的柱子支撐，撐在翻板的中心點。柱子頂部是個橢圓的球形，柱體通身由青銅鑄造，有兩人合抱那麼粗，不過輪廓早已銹蝕不堪，生出不少裂縫，而且並非渾圓，鑄造有不少枝枝椏椏的部件，感覺和我跟魏胖下水時最先發現的青銅祭壇樹很像。

雖然年深日久，讓柱子上很多橫生的枝椏都斷裂掉落，仍殘存下不少可以手摳的地方。我緊緊地摳住一根枝椏的底部，總算沒有被翻板陷阱帶到下頭的深淵。

不過，變化總是比計劃要來得快，我還沒有喘出一口粗氣，手摳腳踩的青銅柱子就開始傾斜歪倒，向著坑邊呼的一聲靠去。

青銅柱下頭好像不是安置得很牢靠，在傾斜的過程中有點一上一下，跟個魚漂一樣載沉載浮。我心裡一動，難道下頭是海水？又或者，青銅柱還有別的機關？

此時的魏胖、老嚴和汪倩在坑的另一邊。我看了一眼，扯開嗓子吼道：「你們發什麼愣啊？還不趕緊往我這邊來！」

我看到很多人形的東西在向他們靠近，但是速度很慢，一個個很機械地挪著腳步，在紅光裡瞧起來非常詭異。

他們三個人的手中就只有些短刀之類的武器，根本沒辦法打，那些東西單是用擠的也能把他們擠進坑裡去。此時此刻，有點腦子的人都能想到，最管用的是逃跑，而不是鬥在一起。

魏胖扭頭看了我這邊一眼，頓時大喜，「老丁，你竟然上來了！我這不是想給你拖點時間嗎？這就來！這就來！」

又一定神，我發現，所有的紅光都是從眼下正抱著的這根青銅柱子裡射出來的。怎麼看都感覺這根青銅柱沒那麼簡單，至少裡頭是空心的，絕不會錯。

確定了他們要往這邊殺過來，我趕緊又看了看紅光的起源。這不看不要緊，一看立刻心裡一沉。紅光最亮的地方，明顯有個高大肥胖的人影，被鑲嵌在柱子裡邊。

難道這傢伙是昊王？

可是，這樣把自己弄到青銅柱子裡，怎能算是葬於雲端？

我動了動酸麻的手腳，離那個黑影遠一點，抬頭一看魏胖，猛然意識到，不止他們三個人朝這邊來，周圍更是圍上了無數人形，彷彿都被我懷抱中的青銅柱子吸引，一個個默不作聲地靠近。

我有點著急地喊道：「你們磨蹭個啥！趕緊過來拉我一把……糟糕！這柱子下頭，恐怕真是活的！」

話才說到一半，就感覺柱子朝上邊突了一突，接著居然緩緩地轉了方向，往另外一邊挪去。身處在一根會動的柱子上，我是一點辦法也沒有，只能眼睜睜地看著自己距離跑過來的三人越來越遠，緩緩移到了大坑的中間。

空心的青銅柱停住不動了，似乎是找到了一個暫時的平衡。我一咬牙，決定豁出去，乾脆攀著伸出來的枝枝椏椏，一步步往上爬，摳住邊緣，探頭向中間看，想弄清楚紅光裡到底是什麼玩意兒。

柱子確實是空心的，藉著紅光，定睛一瞧，只見一個胖子光溜溜地泡在血紅色的黏稠液體中，面部朝下，一動不動。

那紅光就從這胖子的肚子裡往外瀰漫，看起來非常不可思議，更詭異的是屍體的肌膚完全沒有腐爛，甚至可以用保養得相當好來形容。

第38章

被封存的往事

那老猴眨巴著眼睛，有點聽懂了老嚴的意思，
一手摳住青銅柱，
一手使勁往頭頂的黑暗中指，
嘴裡吱吱呀呀的叫個不停，
意思是說上面可以出去。

我盯住這個胖子，有點無法把眼神移開，直勾勾地看著。

黏稠液體裡似乎萬頭鑽動，有很多東西在撲騰，血花四濺，終於把屍體拱得翻了過來，頓時，一張肥胖人臉浮現在眼前，面容慈祥，瞇縫著眼睛。

我吃了這一嚇，趕緊想縮頭回來，卻無法挪動脖子。自己似乎在哪兒見過這張人臉，眼神懾人心魄，透著一股子說不出的威嚴……

是了！是我取下脖子裡掛的七星陰人後，在幻覺惡夢中夢到的那主兒！

眞他娘的稀奇啊！難道我當時的幻覺，其實是眞的？

正被盯得難受，以爲這次死定了的時候，一股寒氣卻意外地撲上面頰。眼睛瞬間被刺了一下，不自主地一眨。

這麼一眨眼的工夫，我總算擺脫了胖臉的控制，縮回腦袋，大口直喘粗氣。

這救命的一股寒氣，是從哪兒來的？

低頭看看，發現是從胸口升上來的。騰出一隻手一摸，那枚淘沙令不見了，胸口的鱗片卻又多了一個，硬硬的、涼涼的。

此時的我，已經顧不上去探索原因了，忙不迭地抬頭去看魏胖他們，才發現情況比我還要糟糕。團團圍上的人形東西已經把他們擠得密不透風，馬上就會因爲無處立足而掉到大坑裡。

我心下大急，使勁扳了扳懷裡的青銅柱子，希望可以盪過去，讓人都跳上來。

這麼一試還真管用，粗大沉重的青銅柱竟然很聽使喚地動起來，向著他們站立的位置漂了過去。我喜出望外地大叫道：「兄弟們，趕緊了！成敗在此一舉！」

生死交關的時候，人的求生欲望會變得非常強烈，反應也會敏捷許多。此時的情景就是這樣，魏胖一看我使勁扳著兩人合抱的青銅柱子漂過來，立刻蹲下身子，托住汪倩的雙腿，大吼一聲道：「老丁！你可要抓穩了！」

抓準青銅柱離得最近的時候，他一把把汪倩扔過來，還好柱子很粗，手能抓的枝椏也相當多。汪倩雖然是個姑娘家，不過後頭有魏胖幫忙，順利地牢牢抓住了我的手，一陣手忙腳亂，在青銅柱上站穩了腳跟。

我叫她騰出個位置到我後邊去，再次如法炮製，把老嚴也接了過來。轉眼只剩下魏胖一個深陷重圍，再沒人可以幫他。

我不停地對自己道：冷靜！要冷靜！會有辦法的！

這次眞是使出了吃奶的力氣，使勁讓青銅柱子盪過去的大力一些，爭取靠在大坑的邊上。老天爺總算幫了一次忙，讓魏胖這個身手最好的壯勞力也爬上了柱。

喘了一分鐘後，我們定下神來，彼此一看，他們幾個幾乎個個灰頭土臉的，想來剛才是吃了不少苦頭。幸好沒有誰掛彩，個個都無大礙。

正想取笑幾句，調節一下氣氛，就感覺青銅柱子一顫，有個東西也從岸邊撲了過來，聽聲音還摳住了青銅柱上的枝椏，沒有掉下去。

這一驚真是非同小可，要是大坑邊上的那些東西都會這麼一跳，咱們這麼做可就是自尋死路了。懸空在這個青銅柱子上，想跑也是無路可走。

魏胖忙抽出短刀，用腳勾緊了腳下站立的枝椏，小心翼翼地把身子探過去。

我的心都提上了嗓子眼，生恐跳上來的是一個厲害怪物。身在這裡，人多也出不上力，一著不慎，很容易滿盤皆輸。

「吱吱吱……」

聽到一聲嘶啞的咆哮，狐疑地一看，只見魏胖頭頂上露出一張長滿黑毛的臉，卻不是什麼殭屍之類的怪物，而是一路尾隨我們的老相識——成了精的老猴！原來這廝一直都在後頭跟著，此刻也被逼得無路可走，憑著天生的彈跳力，冒險又跟著跳了過來。

這東西看來真有了一定靈性，當年被盜墓前輩帶進這個海底大墓後逃不出去，在暗無天日的樹上苟延殘喘，此時看到魏胖寒光閃閃的尖刀，立刻不停地作揖求饒，還用一隻手捂住眼睛，從手指縫裡驚恐地看著我們，那意思分明是想叫我們帶牠離開此地。

魏胖苦笑一聲，收起短刀。

我卻沒那麼好心，埋怨道：「你發什麼慈悲？在這種地方，天知道牠是吃什麼活下來的？可別好心沒好報，給這猢猻矇騙了！要我說，別留性命，一刀劈下去，了帳！」

魏胖有點遲疑，汪倩和老嚴卻一起勸道：「還是留著吧！這猴頭在這裡不知道待了多長時間，說不定對咱們能有什麼幫助呢！就算想做害，看牠乾精寡瘦的，也不是咱對手。」

瞅見魏胖還是收起了尖刀，我歎了口氣，轉眼去看坑上那些最直接的威脅，一看，卻不覺笑出了聲。

坑邊上眾多的骷髏彷彿受了什麼蠱惑，也或者是被什麼陰邪的力量迷了本性，一個接一個都往大坑中跳，和我小時候看那動物世界上，排著隊跳海的企鵝一樣。後面的擠著前邊的，基本都是倒栽蔥的姿勢，墜入腳下的無底深淵。

汪倩看著好笑的場景，卻笑不出來，反而皺著眉頭說道：「這下頭深不深？可別有水沖上來。萬一從底下爬上來，怎生是好？」

我笑笑道：「應該不怕，我看是深得很。」

說完，低頭衝下面看了一眼，立即叫了聲苦。

下面掉落的骷髏越來越多，竟都被那個卡在半空中的大鐵板阻擋，順著青銅柱子的底部，一個接一個開始往上爬！

四個人都是面如土色，一估摸這東西數量，要想等坑邊上的全都跳進來，我們再找機會跳回岸上去，時間上肯定來不及。

一籌莫展之際，老嚴有了點子，費勁地擠到那老猴的前邊，用手勢比劃了半天，好像是在問那猢猻，有沒有辦法逃出去？

我好氣又好笑地道：「老嚴，你可眞是老背晦了！這東西要是知道怎麼出去，還用得著一路跟著咱們嗎？」

不過，那老猴還眞不是一般的通人性，眨巴著眼睛，有點聽懂了老嚴的意思，一手摳住青銅柱，一手使勁往頭頂的黑暗中指，嘴裡還吱吱呀呀叫個不停，意思無非是說上面可以出去。

我沉吟道：「這猴頭是說，咱們可以從上面出去，還是說牠自己是從上面下來的？眞是怪了，咱們怎麼就沒有發現上一批人進來的路呢？」

那個放出黃巾力士開山的道士留下線索說：妖樹妖棺藏，符盡寶劍亡，四死一傷恨金牆。應該是說，他們一共進來了五個人，除了道士本身受傷之外，石橋邊還死了一個，那剩下的三個人去了哪裡？到現在都沒見著屍體。

更重要的是，他們到底是打哪兒進來的？

思索片刻後，老嚴說道：「還是不要去想這個問題了，如果他們進來的路還可以走，那人也不會放出黃巾力士去硬生生開山鑿岩。咱們目前要想的，是怎麼應付下頭這麼多爬上來的東西。我著一把老骨頭，交代在這兒倒也罷了，可是你們幾個還眞的很年輕，虧啊！」

我不禁瞪他一眼，罵道：「你也知道啊！要不是你，我們幾個能走到這一步嗎？」

汪倩小聲勸道：「算了，別爲這個問題鬧生分，嚴老闆也不是拿槍逼著我們來的。聽他的，還是先解決眼下的問題吧！」

我有點心灰地歎了口氣：「怎辦？還是涼拌，這地方上不著天、下不著地的，眞是沒招。」

那隻老猴見我們都不再理牠了，索性自己往上爬去，一邊爬，嘴裡還一邊吱哇亂叫。

我和老嚴好奇地跟上去，只見牠摳住頂部邊緣，伸出一隻毛茸茸的猴手，衝下頭指著那具漂浮在血水中的白胖屍體，齜牙咧嘴地低聲吼叫。

老嚴盯著那屍首，有點魂不守舍的意思，我趕緊用手捂住他的眼：「別看！小心點，這東西很邪氣的！」

他回過神來，吃驚地道：「我好像做夢見到過這傢伙呢！我給那隻肉蝙蝠咬中後，不是暈過去嗎？當時做了一個夢，夢裡那個原本慈眉善目卻突然翻臉的大胖臉，和這個泡在血水裡的人好像！」

沒錯，我記得救醒老嚴後，他當時是這麼說。

這到底是怎麼回事？為何我跟老嚴都在心神恍惚的時候，於幻覺中見到這一幕？當中是不是有什麼特殊的涵義或暗示？

如果這不是吳王當年下葬的情景，恐怕圍在朱紅大棺旁邊的那幾個人，就是後來進到這裡盜墓尋寶的脫甲道士和望海相公了。也就是說，吳王的屍首早已被那幾個人給翻動過，看那場景，還在棺邊舉行了某種祭祀儀式，所以有殺人放血的怪異舉動……

不好！吳王那老傢伙，會不會是個最厲害的屍王？

脫甲道士最喜歡的，就是到處捕捉名貴殭屍入藥，想必是得到幾個望海相公的幫助，進了吳王的老巢，想不到最後卻全都死在了裡面。不過，那他把這片刻的記憶封存在地宮中，目的何在？

我一點都不懷疑脫甲道士有這個本事，這一支盜墓者中的異類，聽師傅蒲老頭說，很多都是術能通天的高手。我們這些後來人，要是猜不出他究竟想表達些什麼，恐怕很難逃出去。

我正低頭沉思，卻聽擠上來的魏胖叫道：「這裡頭怎麼有三個人啊？」

第39章

天譴

紫色的樹狀閃電劈在了青銅柱子上，
白胖的屍首化為飛灰。
屍體腹中果然真有一塊巨大的紅色寶石，
但隨即也被劈成無數顆粒，漫空飄灑。

我奇怪地又看了一眼血水裡的屍首，與此同時，那隻老猴從青銅柱子上掰下些朽爛的枝杈，丟進去砸屍首，讓它的身體不停翻轉，這才終於瞧了個清爽。

原來那白胖的屍首，眞是三個人揉合而成，全部面部朝外，從後腦勺到脊樑和臀部都緊緊擠壓在一起，腿則被斬斷，只留下一個人的。面部不知被什麼東西擠壓過，有點變形，若是不仔細看，便會以爲是一張胖臉。

三個人？會不會正是我剛才還在想的另外三個盜墓者？可這紅光又是怎麼回事？難道他們當年就破獲了吳王的所有秘密，最後卻爲了搶寶貝，自相殘殺而死？

時間過去得太久，我們幾個人也是想不明白，不由自主抬頭去看高處的黑暗穹頂。這上頭會是個什麼所在？

或許正像老猴所指，這幾位前輩都是從上面吊了繩子，墜下來的吧！

又細瞧了一下，我吃驚地發現上頭似乎不那麼黑暗，有些星星點點的水珠正往下飄落，淋在臉上，涼涼的。用舌頭輕輕嚐了一下，立刻連鼻子都皺在了一起，苦鹹苦鹹的，是他娘的海水。

海水！這上頭正在往下漏水？

一想起頭頂上千百噸海水隨時會破頂而入，心當即慌起來。此時卻感覺手摳著的青銅柱子猛然一震，嗡的一聲，差點讓我脫手，只得趕緊雙手使勁，更用力抱緊枝杈。

耳邊聽到一陣鐵鍊的響聲，從腳底下傳上來，還摻雜有絞盤的嘎吱聲。我又驚又怒地叫道：「是誰？剛才是誰動了什麼東西？怎麼會這樣？」

沒一個人理我，就連那隻老猴也面露驚恐之色，緊緊閉上雙眼，將臉貼在青銅柱子上，渾身簌簌發抖。

很快我就知道，沒有必要再去追究是誰幹的了，因爲這根巨大的青銅柱子正在緩緩下沉。不同於先前的載沉載浮，而是非常牢固地沿著一個固定角度下沉，金屬鉸鍊和機簧轉動的聲音則越來越快。

這到底是什麼機關？就我的感覺，青銅柱子下沉得很有彈性，自己好像抱住了一枝長箭，底下有個巨人正彎弓拉弦，要把這根青銅柱子，連同我們四人一猴，一起給射到天上去。下頭集聚的無數枯骨也在快速下沉，估計就是這些要死不死的東西扯著要上來，才觸發如此歹毒的機關。眞要是把我們彈出去，勢必會毀掉吳王老巢，海水灌進來，那就跟滾湯潑老鼠一樣，沒人誰能受得了，必定死路一條。

轉念一想，不對啊！我記得還沒下水的時候，汪倩翻譯了金箔上的記載，說吳王修造這建築的原意，並不是要在水中保存屍身，而是那個受害者在祭祀時用了什麼手段，造成海陷災難，拖了吳人部落一起陪葬，才讓這座建築才沉入水下。

這樣的話，吳王所謂的「葬於雲端」，會不會正是用這種方式把屍首射上空中？空中有什麼，能讓他確信自己不會掉下來？

這恐怖的猜測，很快得到了證實。鉸鍊和機簧的刺啦聲越響越急，最後抽筋一樣猛然停下，我們懷抱的青銅柱子跟著一頓，僵了半秒鐘不到，緊接著便急速升空，在強大的機械力量彈射下，向著黑暗中的穹頂激射。

耳邊風聲呼呼直響，我閉上了眼睛，沮喪地心想，自己最終還是得喪命在這個地方，眞他娘不划算！原本想找找治病的法子，這下倒好，治病變成了催人命，早死數年。

電光石火間，又想起自己身上的金屍之毒，心裡一動。七星陽人和七星陰人兩枚金符都湊齊了，這東西合二爲一後，扣在一起，是不是能帶來某種變化？蒲老頭可是說的非常神秘，甚至認定有某種震撼人的能量，也不知道是不是眞的。反正這會兒就要死了，不如試試。

事情也就是這麼奇妙，我把兩枚金符合在一起的動作，恰恰發生在柱子碰撞頂部的一瞬間。剎那間，穹頂被射穿一個洞，大量海水傾瀉而入。

老猴尖叫跳躍，想逃離這馬上就要四分五裂的青銅柱。我旁邊的魏胖使勁瞪著通紅的雙眼，牙關緊咬。汪倩緊緊閉上雙眼，嘴唇有點哆嗦。老嚴同志的臉色則陰沉到有點可怕……

人類臨死前的表情各具特色，也恰恰反應出每個人不同的性格特點，以及心理特徵。

我有點好奇地又看了一遍，突然大吃一驚。難道我死了嗎？怎麼會看到這樣一幕離奇的場景？這……這到底是怎麼回事？

周圍的一切，除了我，竟然全都被定格在碰撞的一瞬！

大量海水停留在我們頭頂，沒有傾瀉下來。

老猴懸浮在半空中，保持著飛躍的動作，魏胖、汪倩、老嚴連眼睛都不眨，紋絲不動，我……我卻還能自由地活動！手心裡捏著扣在一起的兩枚金符，我信步離開青銅柱，凌空站立在虛空之中，目瞪口呆地看著周圍的一切。

想不到世界上真有如此離奇詭異的事情！不是看電影的慢動作，也不是錄影畫面的暫停，一切就這樣出現在了周圍，雖然匪夷所思，卻無比真實！黑暗不再是困擾我的難題，我彷彿成了這一片空間的主人，一眼就看清楚了一切……

空心青銅柱中的白胖屍首正在變異，一個醜陋無比的頭顱，就要從腹部的紅光中探出頭來。一棵巨大的妖樹長在海溝中，樹幹上凝結著一張又一張痛苦猙獰的人臉。樹枝中還藏有無數青銅小棺，葬身其中的每一具枯骨，都凝結著一顆鴿子蛋大小的屍丹，在黑暗中發著清冷的紅光。

石碑前的深溝裡，放著一堆堆鉛錠和鉛塊，恍惚中，似乎可以看到當年的炅人是如何把烏黑有毒的鉛變成珍貴的黃金。

八寒地獄、八熱地獄、游邊地獄、孤獨地獄中，充斥著無數中了鉛毒的人，痛苦的身影仍然在徘徊飛舞。七星棺場的上千具棺槨中，至少有十幾具枯骨變成了厲害的金屍，正茫然地抬頭，看著發出巨響的地方……

喀嚓！

黑暗中閃過一道電光。

這裡怎麼會有霹靂閃電？我被突如其來的巨響嚇了一跳，下意識去拽魏胖的胳膊。這廝很聽話地按照擺佈換了一個姿勢，面部表情卻依然保持在定格的剎那。

霹靂電光越來越多，無一例外地擊打在我剛才看到的一切醜惡東西上。妖樹、妖棺、金屍、地獄……一個個都在電光下化為齏粉。蛤蟆、黑蛇、蟲海、蝙蝠，甚至作為傢俱的人殉，在閃電下完全無處藏身，只能化成碎塊。半空中盡是些星星點點的閃光顆粒，緩緩向上升起，彷彿是這些東西的靈魂終於得到了解脫，正回到原本應該待的地方去。

最後，一道發著紫色的樹狀閃電劈在了青銅柱子上。白胖的屍首雖然十分堅韌，仍在連續幾道粗大的電光後化為飛灰。屍體腹中果然真有一塊巨大的紅色寶石，隨即也被劈成無數顆粒，漫空飄灑。

殘暴的吳王殺死無數百姓作為殉葬，金屍這種不該出現在天地間的異類，也在這片海域肆虐了許多年，直到今天，才在七星金符的威力下徹底消失。

這是天譴吧！老天爺所做出的、遲來的懲罰。

閃電過後，空氣彷彿清新不少，我胸口的鱗片也消失不見，甚至可以說，從沒感覺過這麼舒服過。

試著把魏胖、老嚴、汪倩都聚攏在一起，又看了一眼老猴，把牠也拽了過來。一瞅不遠處漂浮著一塊門板樣的木頭，便把他們擱在上頭，一手推著，向上游去。

海水懸浮在半空中，遲遲沒有落下，我扶著門板，還有上面的三人一猴，從撞破的窟窿通過，穿水而行，跟做夢一樣筆直向上升。海水在周圍分出一條路，直到依稀可以看到海面上的光亮。

兩枚七星金符合併，居然可以定住時間和空間！

我興奮到簡直想要仰天狂吼，幾乎要因爲承受不住巨大的喜悅而暈過去。

就這樣，幾個會動的和不會動的人，被包裹在一個氣泡裡，有驚無險地升上海面。

氣泡炸開的一剎那，所有一切又恢復正常。

這塊被我信手拖來的板子，也不知道是什麼材料製成，浮力十分驚人，載著三個活人、一隻猴，升上海面後就是一個原地翻身，把上面的東西全扣在了海水裡。

魏胖和老嚴如大夢初醒，立刻撲騰著手腳浮出水面。幸虧我早有準備，牢牢地抓住了汪倩，她才沒有像其他兩人一樣喝下幾大口苦鹹海水。

三個人扒在板子的邊緣，茫然地左顧右盼，一時之間，誰也不知道是怎麼回事。記得鑽入金箍板後的世界，是剛吃了午飯沒多久，下午一兩點鐘左右。現在浮出海面，一看天色，到處黑漆漆的，星光閃亮，涼風陣陣，似乎是半夜。我們應該是在下面待了足有十個小時，就跟做了一場夢似的。

寶石沒有拿到，吳王也不能確定還在不在，黃金沒有帶上來一塊，珍貴的茗屍草芝筋得而復失，老嚴甚至喪失了一個心腹手下，要說得到的好處，真是屈指可數，也就是我弄到了七星金符的另一半，並且發現了它的神奇功能。

我沒時間去思考這些事情，更沒時間去給他們詳細解釋，只是簡短地道：「都別看了，咱們現在平安出來了，這是在海面上……那邊，右邊！都使勁一起划過去，我們的船還在！」

魏胖翻著眼直叫：「真他娘神奇啊！我只是感覺眨了一下眼睛而已，就這麼出來了！老丁，你是怎麼弄的？本事這麼大！」

我不想說出七星符的秘密，至少目前不願意當著老嚴的面說，只好心虛地道：「我哪知道啊？胖子，你別瞎說，我跟你們一樣，睜開眼睛就是在這兒了。」

老嚴和汪倩的表情都有點懷疑，不過誰也不會想到，我把大夥弄出來的本事，能達到定住時間這麼高超神奇，所以儘管懷疑，卻也沒話可說，一個個埋頭往船的位置划。

我心裡偷樂，直想歡呼，卻又不敢有表示。金符合併能帶來霹靂雷電的天譴，不是件小事情，這會兒還在海面上，我可不想再出什麼意外。至少得等以後到了什麼荒無人煙的深山老林裡，好好琢磨掌握了金符的使用竅門，才敢拿出來在魏胖面前擺弄。

看那船的距離還挺遠的，我又不禁鬱悶地想，自己上浮當時，爲什麼不先在底下瞄瞄位置呢？換了一隻手歇息，不自覺去摸掛回脖子裡的七星金符，誰知一摸之下，卻冒出一身冷汗。

兩枚七星金符不見了！

這他娘怎麼回事？老子千辛萬苦弄回來的寶貝，怎麼會失蹤？我頓時停下了划水的手臂，燥熱出一腦門子的汗珠兒，呆呆地回憶自己是哪裡出了漏子。

跟我一排的汪倩見我突然停下來不划了，關心地問道：「怎麼了？要不大夥歇一會兒？」

我還是呆呆地發懵，沒有理她。這黑燈瞎火的半夜，又是身處大洋之中，七星金符要是就這麼掉到水裡，找回來的可能根本是零。

老嚴在後頭叫道：「別停！你們沒有有感到海水正在加速流動嗎？」

魏胖也叫道：「老丁，快划啊！後面的海水好像要成漩渦了，再不趕緊離開這兒，會被吸進去的！」

我這才回過神來，回頭看了一眼，藉著點點星光，發現黑漆漆的海面已經變成鍋底的形狀，中央產生一個巨大的漩渦，開始發出轟隆隆的響聲，正把千百噸海水吸下去。看來底下的建築已完全崩塌，所有壓在上面的海水都在急速灌入。

我苦笑一聲，心說算了吧！逃出來就是萬幸了。人，還是不要有非分之想才好。再說那七星金符變態得很，老天爺就此收了回去也是大有可能。還是先顧著眼前，逃出性命再說！

埋頭拚命想划離漩渦邊緣，腦中突然又閃過一個念頭：老猴呢？我明明記得自己把牠也帶上了水面，怎麼會無聲無息消失不見？

難不成，正是這廝偷了七星金符？

第40章

月明星稀

此人點點頭，默不作聲地轉過身就走。
他轉身的一剎那，我的酒卻瞬間就醒了。
他背後竟然蹲著一隻老猴，
黑乎乎的，看起來非常眼熟。

左右看看，根本沒有發現老猴的蹤跡，只得搖搖頭，繼續努力往船的位置划。

堪堪逃出漩渦邊緣，身後的魏胖突然伸手拍了一下我的肩膀：「老丁，趕緊鬆開手，咱們扒著的板子不簡單，大有古怪！」

我半信半疑地和汪倩一起鬆開手，反正拋錨的船就在前頭，如果不出意外，我們都能安全地攀到船上去。

此時平安了，便仔細打量這個浮力強勁的板子。當時根本沒有留意是什麼材料製成的，現在在星光下看著它，載沉載浮的，更加不知道是啥材料。

魏胖沉聲說道：「這板子是活的！老丁，你打哪兒弄來的？」

我一頭霧水地道：「什麼是活的？胖子，你說這話啥意思？我只是隨手抓來的一塊，不是棺材板吧？」

魏胖道：「肯定不是棺材板，我剛才在你後邊，忽然覺得板子的角動了一下，同時還有隻手從板子裡伸出來，使勁掐我手指頭，眞他娘邪門兒啊！」

聽他這樣說，我的第一反應就是板子下頭黏了什麼東西？轉念一想，不可能，上到水面後，我明明記得板子翻了個個，底部朝天地漂起來，下頭要是黏了什麼東西，沒理由看不到。

莫非老猴給板子扣到了下頭？

我有點緊張地盯著板子，那老猴很有些妖氣，也不知道在底下活了多久，日常都吃些什麼東西，萬一真的成了精，這麼冒失地帶上海面，回到人間，焉知是禍是福？

看看沒有什麼動靜，四人都洩了勁兒，不再理會，埋頭開始爬船。老嚴更是大聲嗷嗷叫著，招呼留守的林林和福子出來幫手接應。

船邊很快出現了手電筒的光亮，果真是林林和福子聽到喊聲，跑了出來。

我們幾個爬上船舷後，全徹底癱在了地上，再也不想動了，對於林林的一連串詢問，沒人有力氣去解釋。

福子突然喊道：「你們快來看！水面漂了個木頭板，那上頭有人！」

我操心自己丟失的七星金符，聞言，勉強爬起身去看。

海面上還漂著先前一直摳著的救命板子，載沉載浮地隨水漂流，此刻手電筒照上去，我居然看見那老猴！不過，這猢猻不是趴在板子上，而是……

該怎麼說呢？板子好像是個大方框，把猴子封在了裡面，著急地抓耳撓腮，又是撕又是咬的，卻被某種無形的平面束縛住，無法脫身。

見我抓了手電筒看牠，牠忙不迭地取出一個東西直叫，可惜我只看到牠齜牙咧嘴，一點聲音都沒有傳出來。仔細一看猢猻手裡拿的東西，頓時讓我的瞳孔猛然一縮。他娘的！果真是這該死的猢猻偷了七星金符！

不知道出於什麼原因，這塊板子成了一個天然的囚籠，還非常牢固，猴子怎麼都出不來，眼神越來越絕望。另一方面，那個漩渦逐漸擴大，滴溜溜旋轉著，要將板子吞噬。

我渾身一個激靈，徹底回過神，大聲叫道：「快開船！再不離開，就眞的完了！」

福子是個跑海的行家，不等我招呼他，早已跑進了駕駛艙。

隨著一陣轟鳴，我們的船迅速駛離。絕望的老猴，以及那個越來越巨大、越來越漆黑的無底漩渦，在視野中逐漸縮小，越來越遠，越來越遠……

事情結束後，我便返回了北京。

這一趟前往大洋深處，算是徹底治好了身中的邪毒，卻丟失了一直珍藏的七星陰人，淘沙令更是消失得無影無蹤，只在我胸口留下幾個淡淡的魚鱗印記。跑去醫院做了幾次X光和超音波檢查，一點問題都沒有，最後只好歸類於皮膚病的一種。

老嚴把撈上來的一堆秘瓷分了一半給我們，總算彌補一點損失。這東西在拍賣市場上根本就是有價無市，我和魏胖剛一露出口風，就被業內的老收藏家出高價買了去。

至於那三個黃金祭品：高高的黃金冠、大金鈴鐺，還有黃金短杖，那是誰也不敢要。畢竟這東西犯禁，一旦露出馬腳，弄不好會給逮局子裡去，眞融了它，化成金塊，又覺得自己是罪人，暴殄天物啊！

最後，我把黃金冠塞給了魏胖，把大金鈴鐺給了老嚴，那個黃金短杖讓汪倩收藏，充作各自的傳家寶。至於我自己，要過了短杖中藏著的金箔，算是留個紀念，有空還要好好研究一下。

時光飛逝，一年很快過去，到了一九八七年的春節。

我和魏胖以及汪倩成了無話不談的生死哥們兒，那個琉璃廠的小店則是經營得有聲有色，越來越上軌道。自己雖然非常懷念那段刺激的探寶之旅，一時半會倒是沒想到更好的目標，也就按兵不動。

這一天，我和魏胖早早就打開了店門，兩個人心情都不錯，邊抽煙邊喝茶，互相鬥口。正在這時，一個精壯的年輕人走進店門，左顧右盼一番之後，面帶微笑地湊上來道：「我想請問個事，不知道方不方便？」

我瞇起眼睛打量這年輕人，一看就是心事重重的模樣，而且身上有一種說不出的邪氣，就跟妖精一樣，不似人類。

沒辦法，我也不知道自己怎麼就有了這個本事。

回來後，最初的幾個月，我還是經常發惡夢，總是夢見一個戴著皇冠的老頭，瞪著一雙血紅的眼睛瞅我。不得已之下，我和汪倩還有魏胖仔細地分析了所有事情，一致認定那個金絲楠木衣櫃大有蹊蹺。

最後，我掏了高價，從隔壁鄰居老黃那兒把那個破櫃子給買回來，鄭重地祭奠了一番被開棺毀屍的萬曆老皇帝，並且尋了風水地埋掉，才算徹底擺脫纏繞許久的夢魘。

出乎意料的是，打那以後，我就發現自己有了這麼一雙利眼。

我不明白，自己所經歷的這一切，到底和紅衛兵當年砸碎萬曆的屍骨有何關聯？定陵和吳王，更是風馬牛不相及。要說唯一相似的，只不過是七星葬式、七星金符、七星棺場，彷彿有某種說不清楚的聯繫，可這其中到底有無別的貓膩，還得下下功夫研究。

回過神來，我警惕地站起來說道：「您就說吧！有空著呢！坐，我剛泡的新茶，邊喝邊聊。」

年輕人坐下就問：「老闆怎麼稱呼呢？叫我黃寧就行。」

我一邊倒茶一邊道：「別那麼客氣，我，丁朝陽，這個胖子叫魏國，瞅你是當過兵的吧？哪人啊？」

自稱黃寧的人接過茶，說道：「謝了。丁老闆猜得不錯，我才退伍沒幾年，在浙江上班。」

旁邊的魏胖高興地叫起來：「喲！浙江啊！我們去年才從那地兒回來。」

黃寧驚奇地道：「想不到你們生意都做那麼遠的！」

我掏出煙來讓給他一根，掩飾道：「沒有，我們是去……打漁！對！就跟打漁差不多！來，抽煙。」

黃寧喝了口茶，又道：「是這麼回事。我呢，在浙江一家博物館的保衛科上班，這不，過幾天有個戰友結婚，我就請了幾天假，專門跑過來赴宴。臨來的時候，我們那館長交代我個事，他這人是一軍事迷，特別喜歡各國的軍用小裝備，大到鋼盔制服，小到掛鉤鈕扣，一個個寶貝似的收藏著。知道我來北京玩，他再三囑咐我幫他買點這方面的東西，尤其是想看看，有沒德國在二戰時候的小東西。我哪懂這些啊？轉悠兩天也沒完成任務，這才來求教，到底去哪能買來幾件？回去交了差就算完事。」

我一時摸不清他的路數，沉吟著說道：「琉璃廠這片地兒，很少這東西啊！你沒去天橋那邊瞅瞅？我記得那邊似乎有。」

黃寧苦笑著說道：「瞅了，沒發現啊！」

我一拍魏胖：「你小子蹬上車子去跑一趟，那個叫什麼老雲的店裡，跟我提到過這個東西，是二戰德軍的一些什麼勳章，你瞅瞅有沒好的，多摟幾個回來給黃兄弟過過眼。對了，順便接上汪倩，說好了中午來這兒吃飯的。」

魏胖不怎麼情願地起身出門，嘟囔著：「那你可等著我，我中午回來，一準趕得上飯點。」

中午時分，魏胖摟貨回來，給了這個黃寧。

不過，我察言觀色一番，感覺他肯定另有內情。果不其然，這年輕人非要請客去前門吃飯，說是有事想請教我們幾個行家。

找了個包間坐下，我剛開個話頭，想打聽打聽浙江那邊的古墓情況，就聽汪倩在旁邊沒好氣地說道：「你可眞是賊心不死！問了我那麼多次，現在又打聽這事！我不早告訴過你很多都只是傳說，你還當眞了。」

我不好意思地道：「唉！這不是習慣了嘛！無利不起早，妳都知道咱們還是在浙江發的財……好了好了，不說這事了。」

黃寧端起酒杯，左右敬了一圈道：「諸位哥們兒，我這碰到個問題，想請教請教，希望大夥再幫幫忙。」

我早就等著這一問了，於是放下空酒杯，點起一根煙，靜待他發言。

黃寧接著慢慢說了一件事，原來他是個福建海軍的打撈員，去年在浙江新安江水庫打撈一架失事飛機，過程中出了不少蹊蹺，現在想知道內蒙的多倫隕石坑和二戰的德軍有沒什麼關係，這才收購不少軍事器物來研究。

這事我壓根兒不知道，幫不上他什麼忙，但大夥都是年輕人，也還相當投緣，於是從開始就聊天閒扯，外加喝酒。如此一直磨嘰到晚上，黃寧才告辭離去，汪倩也早就回家了，剩我和半醉的魏胖坐在包間裡。

黃寧臨走的時候結了帳，估計多給了不少錢，所以我扶著魏胖出門時，飯館的夥計都很熱情，一直把我倆送出了門外。

離開烏煙瘴氣、一地狼藉的包間，街邊清冽的冷風吹得我一陣頭痛。冬夜的寒風可不是鬧著玩的，尤其喝了酒後，一旦著涼，怕是又得病上一場。我不敢耽擱。趕緊扯著魏胖，加快步伐回家。

星星點點的微雨從天空飄落，落在我熱乎乎的臉上，冰涼刺骨。此時魏胖也清醒了過來，裹緊大衣跟著，緊趕慢趕。

轉過一個街口，前邊杵了一個漢子，擋住去路。

我狐疑地站住腳步，那人卻不吱聲。

我耐不住性子，問道：「誰啊你？有啥事嗎？」

此人道：「黃寧找你們，說了些什麼？」

我奇怪地道：「黃寧？哦！剛才那小夥是吧？喝喝酒罷了。你哪位？」

「我叫鄧建國，是他的戰友。」

我笑道：「沒事，黃寧他已經回去了。」

他點點頭，默不作聲地轉過身就走。他轉身的一刹那，我的酒卻瞬間就醒了。此人背後竟然蹲著一隻老猴，黑乎乎的，看起來非常眼熟，還背著一個黃挎包。

我愣了好幾秒，才一把揪住魏胖，吼道：「胖子！咱們快點追，是那老猴！」

魏胖莫名其妙地抬起頭：「什麼老猴？老丁，你在說啥？」

我沒好氣地說道：「海底那個……去年在海底碰上的那老猴！」實在是心急自己得而復失的七星金符，話剛說完，我已搶先一步追了出去。

魏胖回過神來，怪叫一聲也追上來：「丫的！你怎麼不早說！」

可惜，街道上已經冷冷清清，那人和老猴都沒了蹤影。

追出一段，我和魏胖喘著氣停下腳步，四下張望了一番，再瞅瞅天上，月明星稀的，小雨不知何時已經停了。看著空蕩蕩的街，又一個轉念，我的心情很快平靜下來，甚且變得開朗了。管他的呢！那些東西都是強求不來的。不是我的，終究不是我的。

•全書完

鬼靈報告書

上卷 馭鬼之術

Ghost and Soul Report

正宗道教傳人
降魔鎮邪冒險之旅！

大力金剛掌——著

命犯邪靈的鍾鬼靈，天生就是個超級倒楣鬼。
出生之後時不時就遇上要命的禍事，差點把命丟掉。
幸虧道教清微派傳人陸青陽出手相救，才沒一命嗚呼死翹翹。

原來，他的身上竟背著「十世冤煞」和「十世衰煞」兩隻妖怪級的超級怨靈！

為了改變自己的衰運，並且完成師父的遺願，
鍾鬼靈與師弟下山後開始替人消災解厄，
承接一些匪夷所思的委託，穿梭於各類恐怖詭異的事件中……

扣人心弦的降魔鎮邪之旅，出生入死的經歷，
令人窒息的情節，環環相扣的懸念，全在《鬼靈報告書》……

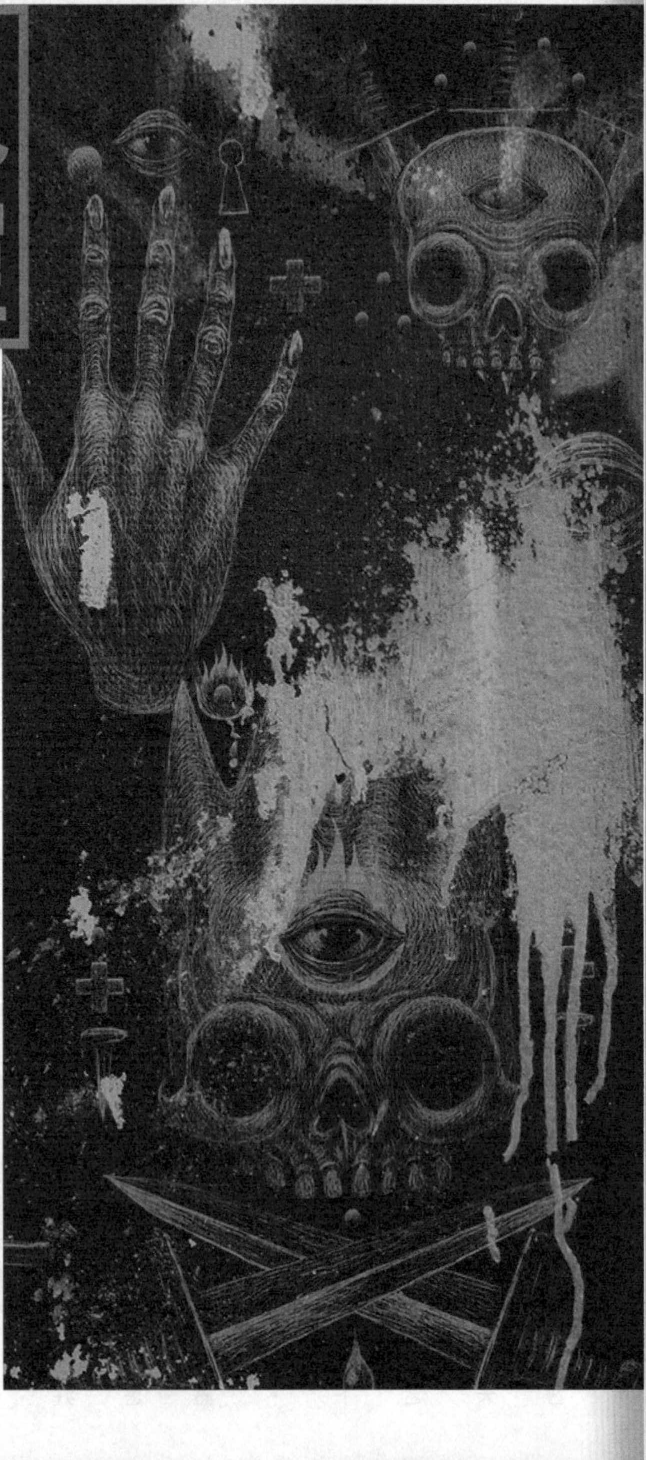

青丘 著 九月紫 繪
七人環
壹
多出來的一本書

飛行城堡

152

鬼畫符全集

作　　者　北嶺鬼盜
社　　長　陳維都
藝術總監　黃聖文
編輯總監　王　凌
出 版 者　普天出版家族有限公司
新北市汐止區康寧街 169 巷 25 號 6 樓
TEL / (02) 26921935 (代表號)
FAX / (02) 26959332
E-mail：popular.press@msa.hinet.net
http://www.popu.com.tw/
郵政劃撥 19091443 陳維都帳戶
總 經 銷　旭昇圖書有限公司
新北市中和區中山路二段 352 號 2F
TEL / (02) 22451480 (代表號)
FAX / (02) 22451479
E-mail：s1686688@ms31.hinet.net
法律顧問　西華律師事務所・黃憲男律師
電腦排版　巨新電腦排版有限公司
印製裝訂　久裕印刷事業有限公司
出 版 日　2018 (民 107) 年 12 月第 1 版
ISBN◉978-986-96524-7-6　　條碼 9789869652476

國家圖書館出版品預行編目資料

鬼畫符全集

北嶺鬼盜著.—第 1 版.—：新北市,普天出版

民 107.12 面；公分. - (飛行城堡；152)

ISBN◉978-986-96524-7-6 (平裝)